라 · 일락
붉게 피던 집

라일락
붉게 피던 집

송시우 장편소설

시공사

차례

프롤로그 7

노인은 등산용 점퍼에 벙거지 모자를 쓰고 있었다. 대략 일흔 살쯤 되어 보였다. 앙상하게 팬 볼, 가늘고 길게 뻗은 눈썹이 날카로운 인상을 풍겼다. 수빈은 조금 전 강당 제일 뒷줄에 앉아 자신을 바라보던 주름진 얼굴을 떠올렸다. 간혹 청중을 둘러볼 때마다 내리꽂히는 듯한 노인의 시선을 느낄 수 있었다.

노인이 등지고 앉은 창문 밖에는 여전히 눈이 내리고 있었다. 도서관 주차장에 세워진 차들 지붕에 흰 눈이 공평하게 쌓여 있는 모습이 내려다보였다. 수빈은 코트 주머니에 넣어 둔 자동차 열쇠를 한 번 쥐었다 놓았다. 머리 위로 히터 바람이 작은 소리를 내며 불어왔다.

수빈과 노인의 눈이 마주쳤다.

"날 찾아오신 거요?"

노인이 모자를 벗어 들고 엉거주춤 일어나 물었다. 갈매기 모양으로 벗겨진 이마에 백발 한 가닥이 툭 내려앉았다.

"아니요." 수빈은 맞은편 의자에 핸드백을 내려놓았다. "어르신께서 절 좀 뵙자고 하셨다고요."

찾아온 사람은 내가 아니고 당신이다, 라는 뜻이었다.

노인이 능청스레 웃으며 악수를 청했다.

"반가워요. 나 고영두라는 사람이올시다."

처음 듣는 이름이었다. 수빈은 의자 등받이에 핸드백을 붙여 세워놓고 앉았다. 테이블에 놓인 팸플릿에 눈길이 갔다. 영두가 수빈을 기다리며 꽤나 만지작거렸는지 한쪽 귀퉁이가 구겨져 비닐 코팅된 표면에 주름이 잡혀 있었다.

'시민대학 2강-대중문화평론가 현수빈의 리드라마(Re-drama).'

제목 밑에는 차이나칼라 정장을 입고 정면에 손가락 하나를 세워 든 수빈의 사진이 있었다. 수빈은 방금 그 팸플릿에 실린 강의를 마치고 시립도서관 강당을 나온 참이었다. 강의 자료를 정리해 가방에 넣고 있는데, 도서관의 시민대학 담당자라는 젊은 여자 사서가 다가와 말을 전했다. 강의를 들으신 분 중에 어떤 할아버지가요, 강사님을 잠깐 뵙자고 하시는데요. 사서는 난처한 듯 말끝을 흐렸다. 사서는 이 강의 일정을 잡느라 깐깐한 수빈과 몇 차례 쉽지 않은 통화를 해야 했다. 뭐든 사전에 준비되지 않은 일을 수빈에게 요구해선 안 된다는 걸 알 만했다. 도서관 2층에 있는 휴게실에서 기다리신다고 하던데요. 수빈은 사서의 말을 끊었다. 질문이 있으면 이쪽으로 오라고 하지 그러셨어요. 수빈의 책을 읽고 강의를 듣는 사람들은 대부분 2, 30대의 젊은 사람들이었다. 성공을 원하고, 성공을 위해 무언가 하고 있다는 자기 확인이 필요한 사람들. 수빈은 노인을 상대로 할 수 있는 말이 있을 것 같지 않았다. 사서는 당황하며 덧붙였다. 강사님이 요즘 신문에 연재하는 칼럼과 관련 있는 일이라고 하시던데요. 전직 경찰이라고 하시면서요.

사서의 마지막 두 마디가 수빈의 발길을 잡았다.

"커피 한 잔 빼드릴까?"

영두가 등산 점퍼 주머니에 손을 넣고 동전을 짤랑거리며 물었다. 수빈은 고개를 저었다.

"전에 뵌 적이 있었던가요?"

영두는 옆으로 길게 누운 눈으로 수빈을 바라보았다. 능청스러운 행동과 달리 예민하게 상대를 살피는 것도 잠시, 영두는 소리 내어 껄껄 웃었다.

"아니. 그건 아닌데…… 바쁘시오?" 영두는 일어나 뒤쪽에 있는 자동판매기로 걸어갔다. "블랙으로 드시나? 요새 젊은 아가씨들은?"

영두는 기어이 커피 한 잔을 뽑아 수빈의 앞에 놓고 다시 앉았다. 수빈은 포기하고 한입 마시는 시늉을 했다.

"전직 경찰이시라고 들었는데요."

영두는 테이블에 올려둔 서류봉투를 뒤적였다.

"그래요. 84년에 D동 파출소에 있었지."

수빈은 자신의 블로그에 띄워놓은 글을 떠올렸다. 1984년 은평구 D동 74-54번지에 살았던 분들의 연락을 기다린다는 팝업창. 신문 칼럼 연재에 도움을 받고자 올린 글이었다. 밑져야 본전이라는 마음으로 올렸는데 의외로 소득이 있었다. 이번에도 그런 경우인가 싶었지만, 라일락 하우스에 경찰이나 경찰 관계자가 살았던 기억은 없었다.

"이걸 보고 현 선생을 만나야겠다는 생각을 하게 됐지 뭐요. 생각만 하고 있었는데, 마침 가끔 다니는 도서관에서 현 선생 강의를 한다기에 말이야."

영두가 서류봉투 속에서 두 번 접힌 신문 조각을 꺼내 들어 수빈에게 내밀었다.

"내가 또 워낙 사람을 불쑥 찾아가는 스타일이거든."

수빈은 신문 조각을 펼쳤다. 현재 수빈이 연재하고 있는 칼럼 중 지난주에 실린 다섯 번째 칼럼을 정성스럽게 오려낸 것이었다.

대중문화평론가 현수빈의 유년기행 ⑤
온기(溫氣)를 위해 목숨을 걸다

연탄가게는 주로 쌀가게와 같이 했다. 쌀가게 아저씨가 자전거로 연탄을 배달하던 위태위태한 장면이 기억난다. 짐칸에 나무판자를 세워 대고 연탄을 높게 쌓아올린 채 가파른 골목길을 올라가던 아저씨의 자전거. 자칫 균형을 잃고 넘어지면서 연탄이 와르르 쏟아져 깨져버리기라도 할까봐 어린 내 맘이 다 조마조마했던 기억.

흔히 구공탄이라고 불렸던 연탄은 추운 겨울날 얼어붙은 구들을 달궈 서민의 방을 덥혀주는 고마운 연료였다. 서민들은 겨울이 닥치기 전 연탄을 대량으로 사서 광에 재어 넣고 뿌듯해하곤 했다. 라일락 하우스에도 다섯 가구가 공동으로 사용하는 연탄광이 있었다. 연탄은 쌀만큼 귀한 생필품이었다. (그래서 쌀가게에서 연탄을 팔았는지도 모른다.) 사람들은 연탄광 바닥에 금을 긋고 가구마다 자기 연탄 놓을 자리를 정확히 구분해놓았다.

연탄아궁이는 부엌에 있었다. 아궁이에 불붙은 연탄을 넣어놓으면 그 열기와 연기가 방고래를 통과하여 굴뚝으로 빠져나가면서 온돌을 뜨끈뜨끈하게 덥혔다. 방바닥 밑 방고래와 연탄아궁이가 이어져 있기 때문에 부엌 위치는 방보다 낮았다. 나는 부엌 입구에 달아놓은 마루에 앉아 슬리퍼를 꿰신고 부엌 바닥에 털썩 내려가곤 했다. 일곱 살 아이에겐 꽤나 벅찬 높이였다. 시멘트로 바른 부엌 바닥은 늘 젖어 있었다. 축축한 바닥을 바삐 오가는 엄마의 플라스틱 슬리퍼는 달각달각 소리를 내었다.

엄마는 아침마다 아궁이에 데운 세숫물을 양은 대야에 부어주었다. 뜨거운 물 두 바가지면 오빠랑 나랑 세수하고 손발 씻고 양치질하는 것까지 알맞게 마칠 수 있었다. 세숫물뿐인가. 겨울철 군것질로 감자나 고구마를 굽기도 했고, 계란 흰자를 거품 내어 카스텔라를 굽기도 했다. 엄마는 카스텔라 반죽이 충분히 되직하게 되었는지 보려고 머리 위로 반죽그릇을 뒤집어 보곤 했다.

겨울에는 새벽에 한차례 일어나 연탄을 갈아야 했다. 연탄은 아

궁이에 2층으로 쌓는데, 새 연탄은 위에 올려놓는다. 연탄집게로
위층 연탄을 집어 들어 바닥에 놓고 밑에 깔린 다 탄 연탄을 꺼낸
뒤, 먼저 꺼내놓은 위층 연탄을 밑에 깐 다음 그 위에 새까만 새 연
탄을 올려놓는 거다. 아래위 연탄의 공기구멍 열아홉 개를 일치시
켜야 불이 잘 타올랐다. 연탄집게 손잡이를 잡은 손목을 비틀어 공
기구멍을 맞추는 시간이 길어지다보면 연탄에서 피어오르는 가스
냄새에 비위가 상하기 일쑤였다.

겨울 아침이면 흰 연탄재가 골목마다 높게 쌓였다. 눈 내린 날에
는 연탄재를 깨서 바닥에 뿌려 빙판길 미끄럼 사고를 막기도 했다.
아이들에게 연탄재는 차고 던지며 놀기에 만만하고 흔한 장난감이
었다. 눈사람을 만들 때 눈 위에 굴려 눈덩이의 뼈대로 삼기도 했다.

한편 연탄은 외면할 수 없는 비극도 품고 있었다. 바로 연탄가
스 중독사고. 잠자는 동안 연탄에서 생겨나는 일산화탄소가 깨진
온돌이나 방문 틈새로 새어 들어가 이에 중독되어 사망하는 사건
이 매우 빈번하게 발생했다. 통계에 따르면 1984년 한해에만 전국
에서 약 4천 2백여 명이 연탄가스에 중독되어 사망한 것으로 추정
된다고 한다. 한겨울이면 서울 시민 사망자 반 이상이 연탄가스 중
독사라는 말이 돌 정도였다. 당시 어떤 신문은 연탄가스를 '살인가
스'라고 표현했다. 판잣집이나 단칸셋방에서 온 가족이 연탄가스
에 중독되어 몰살되는 기구한 사건이 종종 신문에 보도되었다.

돌아보면 그 시절 연탄아궁이 난방은 참으로 위험했다. 밀집된
가옥 구조, 보이지 않는 사이 언제 망가져 틈이 생길지 모르는 온
돌 바닥, 방문 하나 열면 지척에 놓여 있는 아궁이. 지금 생각하면
참으로 아찔한 환경이다. 목숨을 걸고 난방을 했다고 해도 과언은
아니다. 동네에 누가, 아는 사람 누가 연탄가스를 먹고 죽었다는

말이 흔하게 돌았고, 한 번쯤 연탄가스에 중독되어 비몽사몽 중에 동치미 국물을 마셔본 사람은 부지기수였다. 연탄가스 중독 사고는 분명 우리나라 현대 생활사가 품은 크나큰 비극이었다.

라일락 하우스도 비극을 피해가지 못했다. 문간방 영달이 오빠가 자다가 변을 당한 것이다. 어느 날 아침, 식전부터 어른들이 문간방 앞에 서서 수군대던 불길한 장면이 기억난다. 집주인 아저씨는 라일락 나무 밑에서 넋을 놓고 멍하니 앉아 있었다. 집주인 아저씨는 라일락 하우스 근처에서 따로 살고 있었는데 영달이 오빠와는 이전부터 아는 사이였던 것 같다. 라일락 하우스에 들리는 날이면 집주인 아저씨는 영달이 오빠 방에서 무언가 한참을 얘기하다 돌아가기도 하고 나가는 길에 영달이 오빠를 불러내어 밖에서 술을 먹여 들여보내기도 했다. 그렇게 각별하게 지냈던 젊은이가 자다가 졸지에 죽어버렸으니 얼마나 황망했을까.

영달이 오빠는 대학생답지 않게 집에 틀어박혀 있는 날이 많았는데 그런 날도 방 안에만 조용히 있어 존재감이 희박한 사람이었다. 영달이 오빠의 끼니를 챙겨주고 다달이 밥값을 받았던 별채 새댁조차도 영달이 오빠의 목소리를 잘 들을 수 없었다. 새댁이 문간방 앞에서 밥상을 차려 들고 부르면 영달이 오빠는 문을 열어 밥상을 받아 들고 도망치듯 들어가버렸다. 다 먹은 밥상은 슬그머니 별채 부엌에 갖다놓고 방 밖 댓돌에 걸쳐 앉아 담배를 피우던 모습이 얼핏 기억난다.

"문간방 총각 말예요. 학교도 잘 안 나가고…… 혼자 방 안에서 공부를 파는지, 잠을 자는지, 벽만 보고 있는지 알 게 뭐예요."

"데모하기 싫어 그렇겠지. 법대생이래. 전에 주인아저씨한테 들었는데 집 안에서 이미 법 쪽으로 성공한 사람도 있다고 하는 것 같드만."

"하긴 요새 대학이 어디 공부하는 대학인가. 데모질 하느라 신
세 망치느니 집에 죽치고 있는 게 나을 수도 있지."

안채에서는 영달이 오빠를 두고 이런 짐작뿐인 말들을 했다. 영
달이 오빠는 그토록 희미한 사람이었다. 하지만 몇 가지 기억을 더
들어 보면 인간다운 구석이 없었던 건 아니었다. 별채 과일장수집
아들, 우돌이 우영이 형제가 일하러 나간 부모를 기다리며 둘만 놀
고 있는 것을 보면 안쓰러웠는지 방으로 데리고 들어가 놀아주기
도 했다. 낮에 새댁이 무거운 것을 옮기는 걸 보면 얼른 뛰어가 들
어주었고, 변소를 푸는 날이면 대야에 물을 한가득 받아 인부에게
나르는 일을 도맡아 했다. 말이 없고 내성적이어서 그렇지, 실은
속이 여리고 진중한 사람이었던 것 같다. 펼치지 못한 그의 내면에
는 정녕 무엇이 있었을까.

영달이 오빠의 안타까운 죽음 후에 라일락 하우스의 연탄 단속
은 한층 꼼꼼해졌다. 어른들은 한동안 연탄을 갈 때마다 영달이 오
빠를 떠올리고 긴장했을 터다. 나 역시 내 인생 중 어느 한때 목숨
을 걸고 난방을 했던 시절이 있었다는 것을 문간방 총각, 영달이
오빠를 떠올리며 기억한다.

〈5회 끝〉

"나도 알아요."

수빈은 신문 조각을 내려놓고 말했다. 짐작되는 것이 있었는

데, 이럴 땐 앞질러 말해버리는 게 낫다고 생각했다.

"무슨······?"

"영달이 오빠가 사고사가 아니라 자살했다는 거요."

영두는 재미있다는 표정을 지었다.

"그런데 왜 사고로 죽은 것처럼 쓴 거요?"

수빈은 잠시 사이를 두고 생각했다. 오늘 처음 본 이 늙은이에게 글을 쓰는 일의 어려움이라든지 기억의 부정확한 속성 등에 대해 얘기를 해야 할까? 취재의 부족함을 사과하고 실수를 인정해야 할까? 내가 왜?

"사실 글을 쓸 때에는 사고인지 자살인지 확실하지 않았어요. 워낙 어릴 때 일이다보니."

"그럼 지금은 확실히 알게 된 거요? 어떤 계기로?"

영두가 캐물었다. 수빈은 추궁당하는 것 같아 마음이 불편했다.

"영달이 오빠 사건을 담당했었나요?"

영두가 말을 멈추고 가느다란 눈을 끔뻑거렸다. 전직 경찰은 곧 눈앞에 벌레를 쫓듯 손을 휘저었다.

"아. 미안해요. 내가 질문할 자리가 아니지······. 그래요. 내가 조영달 씨 변사사건을 담당했었어요. 라일락 나무집에도 갔었고. 나도 그 동네에 살았었어. 현 선생 칼럼을 첫 회부터 봤는데 조영달이가 살았던 바로 그 집 얘기구나 하고 진작 알아차렸지. 현 선생 어렸을 때 모습을 봤긴 봤을 텐데 기억은 안 나는구먼."

"사고사가 아니라는 걸 말해주려고 오셨나요?"

수빈은 글을 쓰고 말을 해서 먹고사는 사람이었다. 이 직업을 갖게 된 뒤 수빈이 쓴 글과 뱉은 말 중에 어떤 부분이 틀렸는지를 지적해주고 싶어 하는 사람은 언제나 있었고 얼마든지 있었다. 그것은 수빈에겐 중요하지 않았지만 그들에겐 중요한 일인 것 같았다.

　"글쎄요. 꼭 그런 건 아닌데……. 미안한데 한 가지만 물어봅시다. 왜 지금은 조영달이가 자살했다고 생각하는 거요?"

　"글이 나간 뒤에 어머니가 그러셨어요. 문간방 총각은 자살한 거라고. 방 안에 연탄을 놓고 죽었다고요." 수빈은 늙은 전직 경찰을 바라보았다. "그것 때문에 어머니도 경찰 조사를 받았다고요."

　"어머니라면 안채에 그 젊은 애 엄마?"

　올해 환갑인 엄마를 젊은 애 엄마라고 부르는 걸 듣고 수빈은 묘한 기분이 들었다. 하긴 당시 수빈의 엄마는 지금 수빈보다 어렸을 것이다.

　"네."

　"모친께서 만난 경찰은 나요. 내 기억대로라면 모친이 신고자였을 텐데?"

　"그러셨다더군요."

　"내 얘기를 좀 합시다. 나 정년퇴직한 지 7년 되었어요. 경찰 생활 거의 전부를 파출소 근무만 했단 말이오. 뭐, 제대로 된 사건 수사를 해본 적이 있었겠소? 그래도 뭔가 의혹이 남는…… 마무리가 찝찝한 사건은 몇 개 있기 마련이오. 이 사건이 그렇지."

"의혹이요?"

수빈이 물었다. 은폐된 이면에 다른 진실이 있다는 것을 암시하는 의혹이라는 단어가 수빈의 호기심을 자극했다. 영두가 만족스러운 미소를 지으며 말을 이었다.

"현 선생도 글에 썼듯이 그 시절 연탄가스 변사사고는 워낙 흔해서 특별할 게 없었어요. 겨울엔 하루에도 몇 번이나 연탄가스로 죽은 사람 집을 찾아다녔지. 자살사건도 더러 있었어요. 하지만 조영달이 같은 경우는 처음 봤어요. 사실은 어땠는지 아시오? 연탄은 방 안에 있지 않았거든. 방문이 5센티쯤 열려 있었고 연탄은 그 앞 댓돌 위에 얌전히 놓여 있었지. 어떠시오?"

수빈은 그 장면을 상상했다. 불붙은 연탄에서 피어나는 가스가 살짝 열린 방문 틈으로 새어 들어가는 장면을. 죽어라 죽어라 손짓하며 방 안에 낮게 깔리는 연탄가스. 죽는지도 모르고 죽는 사람.

"유서도 없었고 적어도 내가 조사한 범위 내에서는 자살해야 할 이유도 찾을 수 없었어요. 사정상 충분히 조사하진 못했지만."

"글쎄요⋯⋯. 무슨 의미인지 잘 모르겠네요."

전직 경찰은 손가락을 하나 들어 보였다.

"자살할 사람은 그렇게 하지 않아요. 연탄을 방 안에 갖다 놓지."

"그럼 다른 누군가가 영달이 오빠를 죽였다는 뜻인가요?"

수빈이 묻자 영두는 펼쳐 든 손가락을 옆으로 까딱까딱 흔들었다.

"그건 몰라요. 모르겠어. 내가 아는 건 이상하다는 것뿐이지. 어쨌든 현장을 처음 봤을 때 내 느낌이 어땠는지 말해볼까요? 누군가 주저했구나, 하는 생각이 들었지."

"주저?"

"그냥 타살이라고 가정해봅시다. 범인은 확실한 방법을 택하지 않았어요. 방 안에 연탄을 집어넣는 게 더 확실하게 죽이는 방법이었을 테고 자살로 위장하기에도 더 좋았을 거요. 나 같은 사람이 쓸데없이 의심하지도 않고."

"그거야 들키지 않으려고 그런 거겠죠." 수빈이 말하며 어깨를 으쓱했다. "피해자에게 될 수 있는 한 접근하지 않으려고……. 소릴 듣고 깰 수도 있으니까요."

영두가 고개를 끄덕였다.

"현 선생 생각도 일리는 있어요. 하지만 그날 조영달이는 만취한 상태였다구. 집에 제 발로 걸어오지도 못했지. 집주인이라는 남자랑 떡이 되도록 마시고 업혀서 들어왔다구. 연탄을 밀어넣었어도 모르지 않았을까. 그리고 댓돌 위에 연탄을 놓는 데도 들킬 가능성이 있는 건 마찬가지고……. 하여간 깊게 따지자는 건 아니고 그냥 내 첫 느낌을 말하는 거요. 누군가 주저한 흔적 같았다고. 애매한 처리. 피해자가 중간에 깨어나 죽지 않는다 해도 그건 그대로 어쩔 수 없다는 듯한. 어떤 여지를 남겨놓은 거구나 하는……."

"……."

"나는 타살 가능성에 대해 수사를 더 해봐야 한다는 의견을 올렸어요. 처음엔 검사도 동의했지. 그런데 다음 날 자살로 종결 처리하라는 지시가 떨어졌어요. 사실 본격적인 의심은 그때부터 시작된 건데……. 어때요? 내 말 흥미 있는 거요?"

수빈은 혼란스러웠다. 이 말을 어디까지 받아들여야 할까. 별 볼 일 없는 만남일 거라고 생각했다. 모르는 사람이 강의가 끝나길 기다렸다가 담당자를 사이에 끼고 강사를 따로 불러낸 게 마뜩찮았다. 수빈이 이 자리에 온 건 칼럼을 쓰는 데 혹여 도움을 받을 수 있지 않을까 하는 약간의 실리 때문이었다. 소용이 있을지 여부만 확인하고 자리를 뜰 작정이었다. 그러나 수빈은 뜻밖의 대화에 마음이 끌리고 있었다.

"그런데…… 현 선생은 조영달에 대해서 잘 모르는 것 같던데."

영두가 말했다.

"네?"

"많은 부분이 사실과 달라서 말이지. 조영달에 대한 다른 설명도 말이오."

"예를 든다면요?"

"예? 예를 든다……. 좋아요. 조영달이 대학생이었다고 믿고 있던 것 같은데. 어느 대학을 다닌 거요?"

"그것까진 모르죠."

"조영달은 대학생이 아니었어요. 재수생이었지. 그것도 말만 그랬던 것 같지만."

수빈은 작게 한숨을 쉬었다. 유년의 기억을 재구성하는 문제에 대해서 수빈도 많은 고민을 했었다.

"저는 일곱 살 때 기억에 의지해서 글을 쓰고 있어요. 생각해보세요. 어떤 사건에 대해 어린아이가 얻을 수 있는 정보는 아주 제한적이에요. 그리고 그 제한적인 정보나마 시간이 지나면서 잊은 게 많을 거예요. 사실과 다른 부분이 있을 수밖에 없죠."

"아니…… 그걸 뭐라고 하는 게 아니라……."

얼버무리며 영두는 시선을 아래로 내렸다. 무언가 곰곰이 생각하는 얼굴로 탁자 끄트머리를 바라보더니 서서히 입을 떼었다.

"그때 다른 사람들도…… 그 집 어른들도 말이오. 조영달이에 대해 잘 모르는 것 같은 생각이 들었거든……."

"그럴 수도요. 존재감이 없는 사람이었으니까. 하지만 그 사람에 대한 나름의 느낌만은 진실일 거예요. 제 느낌을 모두 글로 쓴 것도 아니고요."

영두는 동의할 수 없다는 듯한 표정을 지었다.

'그 집에 살았던 건 나예요!' 수빈은 큰 소리로 말하고 싶은 걸 참았다. '이것은 내 관점으로 쓰는 나의 이야기예요. 당신의 이야기가 아니라.'

"현 선생 기억에 조영달은 어떤 사람이었소?"

"네?"

"글로 쓰지 않은 부분도 있다는 거 아니오. 그럼 말해봐요."

영두는 다시 물었다.

"조영달을 어떤 사람으로 기억하고 있는 거요?"

"……."

수빈은 영두의 거듭된 물음에 대꾸할 말을 찾지 못했다. 유년의 기억을 떠올릴 때의 아련함과 그리움, 그러한 감정을 살금살금 맛보며 느꼈던 달콤한 기분은 몽땅 저 뒤편으로 물러났다. 회색빛으로 변한 기억을 제치고 살아 있는 늙은 전직 경찰이 눈앞에 나타나 진짜 무슨 일이 있었는지 묻고 있었다.

그건 수빈이 모르는 것이었다.

한편, 영두는 본격적인 이야기를 하기 전에 수빈에게 시간을 줘야겠다고 생각했다. 여기서 멈출 수도 있겠지만, 그러지 못할 거라는 걸 영두는 잘 알았다. 29년간 혼자 끌어안고 온 문제를 이제는 다른 사람에게 넘겨주고 싶었다. 당시 일곱 살 밖에 되지 않았던 여자아이가 그 대상이 된 것은 전적으로 우연이었다. 개중 이 여자아이가 유명인으로 성장하여 칼럼을 썼고, 그것을 영두가 우연히 알아봤기 때문이었다. 은퇴 후 할 일 없이 넘겨 보던 신문 속에서 과거의 사건이 영두에게 다시 다가와 해결되지 못한 의문을 건드렸다. 무엇을 더 하든 하지 않든 앞으로는 이 여자아이가 결정할 것이다.

그리고 몇 가지 우연이 더 겹치다보면 자신이 알고자 하는 단한 가지 사실을 이 여자아이를 통해 알 수 있을지도 모른다고, 영두는 생각했다.

제1장

"'드라마 다시 쓰기'가 아닙니다."

현수빈은 화이트보드에 적은 '리드라마' 글자 옆에 X자를 그었다. 사원증을 목에 건 흰 와이셔츠의 무리가 일제히 수빈을 주목했다.

"드라마는 반드시, 다시, 쓰여야, 합니다."

음절을 똑똑 끊어 읽으며 수빈은 자신의 말이 전달한 효과를 관찰했다. 신입사원들은 모두 집중하고 있었다. 유수한 대기업에 용케 채용된 젊고 총명한 인재들이었다. 연수원에서의 성적이 그들의 출발을 좌우할 것이기에 어떤 교육도 허투루 들을 수는 없을 터였다.

평균보다 큰 키에 늘씬한 몸매와 단정한 이미지의 얼굴, 적당한 울림이 있는 저음의 목소리까지. 수빈은 대중 강사로서 유리한 조건을 꽤 많이 갖추고 있었다. 또한 자신의 외모가 가진 이

점과 매력을 스스로 잘 알고 있었다.

"드라마가 투사하는 현대 한국인의 욕망은 무엇일까요? 말해보세요."

"돈이죠!"

앞줄에 앉은 굵은 뿔테 안경을 쓴 남자가 말했다. 수빈은 미소 지었다. 체면 때문에 세속적인 욕망을 애써 감출 필요가 없는 세상이었다. 거품을 걷어낸 날것의 욕망을 대놓고 추종하는 일은 이 사회에서 부끄러운 일이 아니었다.

"매력적인 외모!" 누군가 소리쳤다. "명예요!" 다른 방향에서도 외쳤다. 그러자, "그게 결국 돈이야." 주변에 있던 누군가 말을 받으며 히죽거렸다.

"'가족'도 있지 않을까요?"

흰 와이셔츠 군단 사이에 끼어 앉아 있던 연푸른색 투피스를 입은 여자 사원이 말했다. '로맨스'라고 외치는 사람도 있었다. 그러니까 그게 결국 돈이라구, 아까의 목소리가 또다시 빈정거렸다. 수빈은 거론된 낱말들을 화이트보드에 적었다.

"오케이. 다 맞아요. 이것들이 근본적으로 무엇이든지 간에……."

수빈은 낱말들을 감싸는 커다란 원을 그린 뒤 화이트보드 받침에 마커 펜을 톡 떨어뜨렸다.

"이러한 욕망들이 우리 드라마의 인물들을 움직이게 하고, 꿈틀거리게 하고, 갈등하게 만들죠. 그러면서 이야기들이 쏟아지는 거구요. 자, 그럼 생각해봅시다. 드라마의 주인공들은 자기의 욕망을 이루기 위해 과연 무엇을 하는가."

수빈은 앞으로 조금 걸어 나왔다. 사람들의 시선이 수빈의 쭉 뻗은 몸매와 자신감 가득한 표정에 쏠렸다. 우돌이 3주년 기념으로 선물한 브로치가 정장 앞섶에 포인트를 주고 있었다.

수빈은 본래 대중문화평론가였기에 수많은 자기계발서 작가 중에서도 그 방면에 전문성과 차별성을 인정받고 있었다. 대중문화 중에서도 드라마를 소재로 이야기를 풀어가는 것은 언제나 유용했다.

"2000년대부터 드라마의 한 축을 이루게 된, '신데렐라 이혼녀' 플롯을 예로 들어볼까요? 자, 한국 드라마의 주요 소비자는 40대 이상의 주부들이에요. 언제부턴가 주부들은 가난하지만 젊고 예쁘고 착한 아가씨가 재벌 2세를 만나 상대편 부모님의 반대에 수모를 겪으며 울고불고 하는 역경을 거치다가 결국 결혼에 골인하는, 그런 드라마를 보며 대리만족을 느끼는 것에 좀 지쳤어요. 하이틴 로맨스의 플롯으로는 더 이상 주요 소비자의 마음을 사로잡을 수 없게 된 거죠. 그들이 자신을 더 직접적으로 투사할 수 있는, 주인공이 아줌마인 이야기를 원하게 된 거예요. 신데렐라 모티프는 그대로 가져가면서 말이죠. 그래서 이제 아줌마 드라마, 이혼녀의 자아 찾기가 주요 시간대의 드라마에 등장하게 됩니다."

수빈은 집중하고 있는 신입사원들을 만족한 시선으로 훑으며 강의를 이어나갔다.

"이런 드라마에 나오는 아줌마는 처음에 어떤 인물로 그려지죠? 애 키우고 살림하는 거에 찌들어서 자신은 가꿀 줄 모르는 매력 없는 여자, 경제적인 모든 것을 남편에게 의지하는 무능한 여자, 오직 남편만을 믿고 헌신하는 바보같이 순종적인 여자로 설정됩니다. 이런 여자가 이혼 뒤 일을 찾아 성공하여 독립적이고 당당한 여성으로 거듭나는 이야기, 그 과정에서 새롭고 진실한 사랑을 만난다는 이야기가 펼쳐지게 되죠.

이 이혼녀의 성공 과정을 잘 보자구요. 남편의 배신으로 인한 상처를 수습한 이혼녀는 직업을 구합니다. 지금까지 남편이 벌어다주는 돈으로 그저 살림만 할 줄 알았던 여자가 미처 발현될 기회가 없었던 재능을 폭발시켜 별 시행착오도 없이 승승장구하죠. 20대부터 죽 그 일을 하며 경력관리를 해왔던 사람들을 모조리 제치고 두각을 나타냅니다. 뿐입니까? 회사 오너 아들, 돈 많고 젊고 잘생긴 데다가 해외 유학파 엘리트에 심지어 총각이기까지 한 멀쩡한 남자가 이 이혼녀를 사랑하게 돼요. 얼마나 여자다운 매력이 없었으면 남편마저 바람나서 버린 여자를 말이에요.

그 뒤 이야기는 신데렐라 드라마의 공식대로 갑니다. 결혼 반대 사유에 '애 딸린 이혼녀가 어디 감히'라는 게 추가될 뿐이죠. 어디 나오나 자녀의 결혼을 반대하는 일이 주 담당인 중견배우들이 그 역할을 맡고요. 자, 이상. 신데렐라가 되는 게 현실적으로 가능하지 않다는 것을 한 번 체험한 기혼녀가 왕자가 아니라는 것이 이미 증명된 남편을 갈아치우고 돈 많은 총각 왕자님과의 재혼에 골인한다는 이야기. 신데렐라의 패자 부활전입니다."

중간중간 청중 사이에서 웃음이 새어 나왔다. 수빈은 이 공식에 들어맞는 드라마를 말해보라고 하며 몇 가지 대답을 끌어낸 뒤 계속했다.

"그러나 현실은 어떻습니까? 경력이 단절된 중년 여성이 이혼 후 가질 수 있는 직업의 종류는 무엇일까요?"

현실적인 직업들이 사람들의 입에서 우후죽순 쏟아져 나왔다. 수빈은 말을 받았다.

"네, 맞아요. 마트 계산원, 보험 설계사, 정수기 판매원, 학교 급식 조리사, 여성고객 전문 대리기사, 자영업자 친구 가게의 반값 알바, 건물 청소용역 따위의 일자리예요. 위자료를 탈탈 털어 자영업에 뛰어들면 3개월도 안 돼 인테리어 비용도 못 건지고 망하기 일쑤고요. 마트 계산원에게 반하는 마트 사장 아들은 없을 뿐 아니라 애초에 사장 아들은 마트 계산원 아줌마와는 말을 섞지 않아요."

드라마에 욕망의 달성 과정은 생략되어 있다. 이것이 수빈이 끌어내고자 한 전제였다. 드라마가 투사하는 욕망은 나의 욕망으로 받아들이되, 생략된 과정은 다시 써야 한다. 당신이 성공하고 싶다면.

수빈은 드라마 종류별로 몇 가지 더 예를 들었다. 숨겨진 천

재적 재능과 진정성 하나로 성공하는 연예인 성장 드라마, 라이벌의 치졸한 방해 공작을 물리치고 참신한 기획과 착한 마음씨로 이사회의 결정을 움직이는 샐러리맨 드라마, 주인공의 로맨스를 이루기 위해서라면 몇 명이 죽어도 상관없는 첩보 액션 드라마, 한집에 모여 죽은 부모의 제사를 준비하며 구성원의 모든 상처를 치유하는 가족 드라마.

그리고 노골적인 물신주의와 혈연주의, 근친상간적 관계에 의한 사랑의 좌절에 목숨 건 소위 막장 드라마에 대한 설명을 전개할 때였다.

"그럼, 근친상간도 현대인의 욕망입니까?"

앞줄에 앉은 뿔테 안경이 물었다. 신입사원들이 키들키들 웃었다. 그러나 뿔테 안경은 진지한 표정이었다.

"좋은 질문이에요. 웃지 마세요, 여러분."

수빈은 설명했다.

"막장 드라마의 공식. 하필이면 배다른 남매가 우연히 만나 사랑하고, 남주인공이 호감을 느꼈던 여자가 알고 보니 어릴 적 실종된 여동생이었더라 하는 상황. 전 정신분석을 전공한 게 아니라 근친상간의 무의식적 욕망에 대해서 말할 순 없고요. 그건 드라마 작가도 마찬가지일 거예요. 그냥 남녀 주인공의 로맨스를 방해하는 운명적인 걸림돌로 사용하고 싶은 것뿐이죠.

그 증거로, 여러분, 잘 살펴보자고요. 드라마 작가가 근친상간을 종종 소재로 사용하면서도 그 본질을 피하기 위해 얼마나 노력하는지를. 요즘엔 남녀 주인공을 생짜로 친남매로 설정하기보단 좀 돌아가는 방법을 택하거든요. 이혼해서 새 가정을 꾸린 생부의 새로운 처가 이전 혼인관계에서 낳아 데려온 아들과 여자 주인공이 사귀는 식이라고 할까. 혈연관계는 아니지만, 혈연관계처럼 간주되는 관계가 등장해요. 그럴듯하죠. 그리고 여러분 그거 아세요? 근친상간 관계의 남녀 주인공은, 그들이 그 사실을 모르는 행복한 시절에도 결코 키스하거나 동침하지 않아요. 손잡고 포옹하는 것까지가 한계죠. 절대적 금기의 본질을 건드리는 일은 방송 드라마에 허용되지 않습니다."

뿔테 안경이 여전히 진지한 표정으로 고개를 끄덕였다.

신입사원들은 이제 수빈의 리드라마 기법을 수용할 준비가 된 것 같았다. 전문 인터뷰어이기도 한 수빈은 수많은 성공한 사람들을 인터뷰하면서 습득한 성공 방침 몇 가지를 도식화해서 말할 것이고, 각오가 남다른 신입사원들은 수빈의 말에서 위안을 얻을 것이다. 현대인은 자기계발서에서 구원을 찾는다. 수빈은 그 사실을 부정하지 않음으로써 유명해졌다.

수빈은 총 세 시간으로 잡힌 강의를 쉬는 시간 없이 두 시간 40분 만에 마쳤다. 강당을 웅장하게 울리는 청중의 마지막 박수 소리를 즐기며, 수빈은 강의 자료와 소지품을 챙겨 가방에 넣었다. 목이 탔다. 단상에 놓인 생수를 들어 한 병을 다 비웠다. 수빈은 글을 쓰는 것보다 말하는 것을 더 즐겼다. 말은 눈앞에서 바로 전달되고 반응도 즉각적으로 오기 때문이었다. 이런 생동감 때문에 일정이 고되더라도 수빈은 대중강의를 멈추지 않았다. 신입사원 몇 명이 수빈이 쓴 책 속표지에 저자 서명을 받기 위해 모여들었다.

연수원 복도를 걸어 나가며 수빈은 기분 좋은 피로감을 느꼈다. 오전과 오후, 지역을 옮기며 각각 세 시간의 강의를 마쳤다. 끝나는 시간에 맞춰 우돌이 차를 끌고 마중 오기로 되어 있었다. 수빈은 핸드백에서 휴대전화를 빼 들었다.

"어디야, 바둑돌?"

***

두 시간 뒤, 현수빈과 박우돌은 침대 위에 있었다. 옷은 진작 벗어 던진 상태였다. 압구정동에 있는 수빈의 오피스텔 안이었다.

수빈은 침대 등받이에 기대고 앉아 옆에 누운 친애하는 애인, 박우돌을 바라보았다. 우돌은 지그시 눈을 감고 엎드려 있었다. 넓은 등은 벌써 땀이 말라 부드러웠다. 수빈은 우돌의 척추뼈 부근 움푹 들어간 곳에 살며시 턱을 대고 뒤에서 그를 안았다. 살이 밀착되며 기분 좋은 온기가 느껴졌다. 29년 전, 몸에 맞지 않는 커다란 티셔츠를 입고 온몸에 찬바람을 묻힌 채 터벅터벅 방 안을 걸어 들어오던 어린 박우돌의 모습이 지금 이 순간과 살포시 겹쳐졌다. 우돌은 우주소년 아톰이 그려진 빨간 티셔츠를 입고 있었다. 수빈은 같은 옷을 입고 누워, 자다 말고 변소에 간 친구를 기다리고 있었다. 일곱 살 아이가 깨어 있기에는 너무 깊은 새벽이었다. 마루에 켜놓은 크리스마스트리 점멸등이 창호지 문에 어른거렸다. 어린 마음에 벅차게 솟아오르던 연민. 수빈은 등을 돌리고 누운 어린 박우돌을 뒤에서 힘껏 껴안았었다.

"언제 이렇게 다 컸지?"

수빈이 굵직하고 단단한 옆구리를 더듬으며 놀리자 우돌이 벌떡 일어나 앉았다. 수빈은 까르륵 거리며 웃었다. 우돌이 수빈의 어깨를 잡아 누르며 덮쳤다. 고음으로 키득대는 새된 웃음소리가 옆집까지 흘러들어갈 염려가 있었지만 수빈은 개의치 않았다.

"사돈 남 말?"

우돌이 까슬까슬한 턱을 수빈의 가슴에 대고 비비적거렸다. 우돌과 수빈은 격투의 상황극을 만들었다. 이불이 두 쌍의 팔다리에 아무렇게나 엉켰다. 그들은 웃느라 숨이 막힌 나머지 웃음도 아니고 울음도 아닌 이상한 소리를 냈다. 서른여섯 살의 연인도 스무 살처럼 유치해지는 게 연애였다. 우돌과 함께 있으면 한없이 유치해질 수 있어 수빈은 좋았다.

"알지?"

괜스레 촉촉해진 눈으로 수빈을 바라보며 우돌이 말했다.

"그래, 알지. 바둑돌은 사랑한다는 말 따윈 하지 않는다는 거."

수빈은 이 방에서 우돌과 처음 같이 보낸 밤을 생각했다. 머리 위까지 이불을 뒤집어쓰고 우돌은 속삭였다. 사랑해, 수빈아. 하지만 이 말을 하는 건 지금이 마지막이야. 무슨 뜻이냐고 묻자 돌아온 대답이 가관이었다. 사랑이라는 말을 내뱉는 순간 우린 그 말에 갇혀버려. 너도 알고 나도 알고 모두가 짐작할 수 있는 일이면 그냥 그 상태로 두면 돼. 그게 말이 되어 입 밖에 나와버리는 순간, 그건 마치 일정한 모양과 부피가 정해진 무언가가 되는 거야. 그 뒤엔 그게 아직 제자리에 있는지, 모양이나 색깔이 변하지 않았는지 계속 확인하고 싶어지겠지.

수빈은 리모컨을 들어 텔레비전을 켰다. 한창 인기 있는 미니시리즈 드라마가 방영되고 있었다.

"미안하지만, 나 저거 봐야 돼."

우돌이 양손을 들었다.

"그래. 현수빈에게서 프로의식을 빼면 뼈와 살만 남을 거야. 내가 아무리 관대한 놈이라도 고깃덩어리랑 잘 순 없으니까 놔둘게."

바지만 껴입은 상태로 우돌이 주방 쪽으로 걸어갔다. 걷는 동작에 맞춰 역삼각형 등판에 손으로 그린 듯한 견갑골이 씰룩였다. 몸 하나는 죽여주네, 수빈이 친구에게 우돌을 처음 소개시켜준 날 우돌이 화장실에 간 틈을 타 친구가 대뜸 던진 말이었다. 그런데 너무 촌스럽다, 얘. 돈은 좀 버니? 너보다 많이 벌진 못할 테고 연봉 5천은 돼? 출판물 편집디자이너인데 먹고살 만큼은 버는 것 같다고 하자 친구가 수빈의 옆구리를 쿡 찔렀다. 미친년, 벌써 잤구나?

"이거 마시면서 쉬엄쉬엄 봐, 현수빈 선생님. 아무리 그래도 드라마잖아?"

우돌이 얼음을 넣은 베일리스 잔을 내밀었다. 둘은 한쪽 어깨를 꼭 붙이고 침대 등받이에 기대앉았다. 이 맛은 정말 악마의 유혹 같아. 우돌이 걸쭉하고 달달한 커피 술을 홀짝이며 중얼거렸다.

드라마는 예고편 없이 끝났다. 또 생방송으로 찍고 있네. 예고로 쓸 몇 컷도 없나봐, 말하며 수빈은 메모를 갈겨쓰던 손을 멈췄다. 인기 있는 드라마를 가능한 실시간으로 모니터링 하는 건 수빈의 오랜 습관이었다. 미리 준비할 수 있으면 큰 문제는 없다. 대개의 문제는 연습부족에서 생겨난다고 수빈은 믿었다.

침대 곁탁자에 빈 잔을 내려놓으며 우돌이 물었다.

"저녁 타임에 새로 생기는 특강 쇼 나간다고 했었지? 녹화 언제야?"

"다음 달." 수빈이 대답하며 우돌의 겨드랑이로 파고들었다. "그 전에 칼럼 연재를 제안받았어. 전에 강의하러 갔던 신문사에서. 80년대 얘기를 써달래."

"80년대?"

"칼럼도 복고 바람을 타는 거지. 유년시절 이야기를 10회로 나눠 써야 해." 수빈은 우돌의 입술에 묻은 커피 술을 쪽 핥았다. "자기 도움이 필요해."

"내가 현수빈을 돕는다구?"

우돌은 깜짝 놀랐다는 듯한 표정을 과장되게 지어 보였다.

"우리 어렸을 적 살던 집 이야기를 쓸 거야. 커다란 라일락 나무가 있던 그 집."

다섯 살 무렵부터 여덟 살 초까지 수빈이 살았던 은평구 D동의 다가구 주택. 칼럼에 대한 제의를 받았을 때, 수빈은 가장 먼저 그 집을 떠올렸다. 마침 훌륭한 조언자가 바로 옆에 있었다. 20년 만에 다시 만난 소꿉친구, 우돌이 수빈의 기억을 보충하고 바로잡아줄 수 있을 터였다.

"바둑돌이 없었으면 수락하지 않았을 거야."

그때부터 둘은 텔레비전은 저 혼자 떠들라고 내버려둔 채 어릴 적 그들이 살았던 집에 대하여 얘기하기 시작했다.

골목 끄트머리에 있던 집이었다. 계단 몇 개를 올라가야 대문이 나왔다. 대문은 하늘색이었다. 건물은 안채와 별채로 나뉘어 있었다. 안채 뒤쪽에 문간방도 하나 붙어 있었다.

둘은 그 집에 누가 살았는지에 대해 격론을 벌였다. 안채에는 수빈네 가족과 젊은 언니 세 명이 살았던 것이 확실했다. 스무살이 갓 넘은 듯한 언니 세 명이 한 방에서 자취를 했다. 우돌은 세 언니가 들어오기 전에 할머니 한 분이 안채에 살았다고 했다. 어느 집 아이든지 간에 아이가 눈에 띄면 어떻게든 트집을 잡아 명아주 지팡이로 머리꼭지를 탕탕 때리던 할머니였다. 수빈의 기억에는 없는 사람이었다. 수빈보다 먼저 우돌이 그 집에 살았으니 수빈네 가족이 들어오기 전에 있었던 사람인 듯했다.

둘은 시간 순서에 상관없이 생각나는 집 구성원들을 열거해 보았다. 그 수만 해도 상당했다. 수빈은 자기들 가족과 세 언니들, 우돌이네 네 가족, 금실 좋았던 별채 신혼부부, 사우디에 간 남편을 기다리며 홀로 갓난아기를 키우던 아기 엄마, 문간방에서 자취했던 대학생 영달이 오빠를 기억했고, 어디에 살았는지는 몰라도 가끔씩 순찰하듯 들러 이것저것 참견하고 가던 집주인 아저씨도 기억했다. 우돌은 수빈이 말한 사람들 외에 조금 전에 말한 명아주 지팡이 할머니와, 근처 시장에서 포장마차를 하는 욕쟁이 엄마와 함께 살던 고등학생 누나가 더 있었다고 말했다. 그러나 문간방 영달이 오빠에 대해서는 잘 모르겠다고 했다. 수빈은 손바닥으로 우돌의 맨가슴을 찰싹 쳤다.

"기억 안 나? 영달이 오빠, 연탄가스 먹고 죽었잖아."

갑자기 떠오른 기억이었다. 우돌은 잠시 생각하더니 심드렁하게 말했다.

"그랬나? 그런 것 같기도 하고……."

"그런데 문제야. 그 많은 사람들이 한꺼번에 다 살았을 리는 없는데……."

"누군가가 이사 가면서 또 누군가가 들어오고 했겠지. 모두 셋방이었으니까."

우돌이 말했다. 수빈은 가만히 기억을 헤아려보다 못 참고 소리쳤다.

"이런 젠장! 도대체 그 집에 몇 명이 살았던 거야? 게딱지만 한 집에?"

"몰랐어? 그게 바로 1980년대의 미스터리야."

시간을 정해야 해, 수빈은 생각했다. 어느 한 해를 정해서 그 해 그 집에 살았던 사람들을 추려보는 거야. 그리고 그 해에 벌어졌을 법한 사건을 중심으로 기술하는 게 좋겠어.

"사진!" 수빈이 소리쳤다. "우돌! 옛날 사진 있어?"

"논산 아버지 집에 있겠지, 아마."

수빈 역시 본가에 옛날 앨범이 있을 터였다. 옛날에 찍은 사진 하단에는 현상한 날짜가 표시된 게 더러 있기 마련이었다.

"논산에 언제 갈 일 있어?"

우돌이 조금 난처한 표정을 지었다. 수빈도 그렇고 우돌도 명절날이 아니고는 본가에 좀처럼 내려가지 않았다. 우돌은 어머니가 일찍 돌아가신 뒤 혼자 고향을 지키고 계시는 아버지와 단둘이 대면하고 있기가 힘들다고 말하곤 했다. 남자들은 좀 그래, 명절날 논산에 내려가 겨우 시간을 보내고 온 우돌은 이런 말로 씁쓸한 감정을 표현했다.

"우돌! 내가 밥 살게."

수빈은 우돌의 팔뚝을 붙잡고 매달렸다. 수빈의 매달리는 힘에 끌려 우돌이 몸을 툭 기울였다.

"조만간, 되도록 빠른 시일 안에, 내려가서 앨범 좀 갖다 줘."

사진의 도움을 받으면 특정한 어느 한 해 그 집에 어떠어떠한 사람들이 살았는지 추정할 수 있을 것 같았다. 안 그래도 칼럼을 연재할 때마다 자료사진을 한 장씩 끼워 넣을 생각이었으니 옛날 사진은 될 수 있는 한 많이 필요했다. 우돌은 길게 저항하지 못하고 포기했다. 마지못해 승낙하는 우돌의 얼굴을 부여잡고 수빈은 들떠서 말했다.

"그 집을 부를 말이 필요해. '라일락 하우스'라고 하겠어."

둘은 침대 주위에 널려진 옷들을 하나씩 주워 입기 시작했다. 티셔츠를 목에 꿰던 우돌이 웃었다.

"안 어울려. 무슨 대저택도 아니고."

"아무렴 어때. 역설이야."

"쓸 때마다 보여줘. 나도 공동 집필자나 마찬가지니까."

"당연하지! 안 보려고 했어?"

칼럼 제목은 '대중문화평론가 현수빈의 유년기행'으로 확정되었다. 매주 토요일 주말 특별판에 연재하기로 했다.

첫 회분의 원고를 대략 완성한 날, 수빈은 원고를 들고 우돌의 오피스텔에 갔다.

대중문화평론가 현수빈의 유년기행 ①
라일락 하우스의 1984년

제법 큰 라일락 나무가 하나 있었다. 1984년, 일곱 살 때 살던 집 얘기다. 특별하다 싶은 건 그거 하나뿐이었다. 그 시절 집장수들이 지어올린 다가구 주택이란 게 워낙 비슷비슷했으니까. 하늘색 대문을 열고 들어가면 마당 왼편에 우뚝 서 있던 나무. 봄이면 가지마다 하얀 꽃이 어지럽게 피어, 빈속에 맡으면 알딸딸할 만큼 강한 향기를 뿜어내다가 여름이 오기 전에 졌다.

그때 찍은 사진을 보면 반 이상에 이 라일락 나무가 등장한다. 등장인물은 매번 바뀐다. 방 두 칸짜리 안채와 문간방 하나, 또 방 두 칸이 놓인 별채가 있던 그 집. 라일락 하우스엔 참 많은 사람들이 살았다. 다 합쳐봐야 스물다섯 평은 될까 싶은 집에 열네 명이 살았으니 과밀수용도 그런 과밀수용이 없었다. 방 하나에 한 가구씩, 총 다섯 가구였다.

단칸방에 한 식구가 다 사는 것은 그 시절 서울에서는 일반적인 모습이었다. 도시화와 함께 사람들이 계속 서울로 모여들 때였다. 땅은 좁지, 아파트는 대중화되기 전이지, 시골 가옥에서 살다가 서울로 올라온 사람들은 방 한 칸이라도 주택을 선호하지, 그래서 발달한 것이 다세대·다가구 주택이었던 것이다. 집 가진 사람들은 부엌을 하나씩 딸려 방을 늘려 지은 뒤 세를 놓았고, 그 방 하나에 온 식구가 세 들어 살았다. 통계에 의하면 1984년에 네 가구 이상이 사는 주택이 전체 주택의 10퍼센트를 차지했다고 한다. 셋집은 반수 이상이 5평 이하였고, 그중 일실(一室) 임차가 63.3퍼센트였다. 단칸셋방이 대부분이었다는 말이다.

그래도 우리 현 씨네 식구들이 개중 가장 넓고 아늑한 안채 안방을 차지했으니, 그 안에선 나름 유복했다고 할 수 있겠다. 부모님과 오빠와 나, 이렇게 넷이 안채 안방에서 살고, 안채 건넌방에는 언니들 세 명이 살았다. 세 언니들은 짐작컨대 모두 20대 초반으로 돈벌이를 위해 상경한 시골 처녀들이었다. 안방과 건넌방 사이에는 꽤 넓은 나무 마루가 있었고, 재래식 부엌이 하나 딸려 있어 안채 사람들이 같이 사용했다.

자, 여기까지 안채만 해도 일곱 명.

안채를 나와 뒤로 돌아가면 문간방이 하나 붙어 있었다. 작은 부엌이 딸린 문간방에는 대학생 오빠가 혼자 자취를 했다. 깡마른 체구에 통 말이 없던 이 오빠를 어른들은 그냥 '문간방 총각'이라고 불렀고, 아이들은 이름을 섞어 '영달이 형', '영달이 오빠'라고 불렀다.

자, 그러면 영달이 오빠까지 여덟 명.

별채는 안채의 뒤쪽, 문간방과 마주 보는 곳에 있었다. 방이 두 개였고 사이에 부엌이 끼어 있었는데, 별채 방에는 바깥과 통하는 문이 따로 없어 오로지 부엌문을 통해서만 두 방에 드나들 수 있었다. 방 하나에는 과일장수 부부가 나와 비슷한 또래의 형제를 키우며 살았다. 형제 중 형은 박우돌, 동생은 박우영. 다소 특이한 이름 탓에 바둑돌이라는 별명으로 불렸던 우돌은 나와 동갑이었고, 우영은 두어 살 아래였다. 부부는 리어카에 과일을 싣고 새벽같이 동네 재래시장으로 갔다. 부모가 시장에 간 사이 낮에 둘이서만 집을 지키곤 하던 형제와 우리 남매는 자연스럽게 소꿉친구가 되었다.

그 시절 한집에 사는 아이들은 네 집 내 집 가릴 것 없이 같이 섞여 자랐다. 한집에 여러 가구가 벌집처럼 모여 살다보니 오늘날과 같은 사생활 보장은 꿈도 못 꿨다. 어른들은 외출할 때면 서로 옆방에 스스럼없이 아이를 맡겼고, 맡겨진 아이는 때 되면 밥 얻어먹어가며 그 집 아이와 뒹굴고 놀았다. 집이라기보다는 마치 단체 합숙소 같았다고나 할까.

그럼 여기까지 열두 명인데, 별채 다른 방에 사는 신혼부부까지 합하면 총 열네 명이 된다. 20대 초반의 신혼부부는 참으로 금실이 좋았고, 둘 다 꽃처럼 예뻤다. 어른들이 입을 모아 은평구 최고의 미남 미녀인 것은 틀림없고 서울시 전체에 내놔도 손꼽힐 잘생긴 부부라고 말할 정도로. 위에 사진 속에서 긴 점퍼를 입고 워커를 신은 차림으로 라일락 나무 앞에 서 있는 젊은 남자가 바로 새신랑이다. (라일락 나무를 타고 앉은 꼬마애가 필자의 일곱 살 때 모습). 저녁에 군고구마나 붕어빵 따위를 점퍼 속에 품은 채로 하늘색 대문을 숨차게 들어오던 그의 모습이 떠오른다. 그러면 집에 있던 새댁은 일하던 손을 멈추고 비 갠 날 해 보듯 환한 얼굴로 남편을 맞았다. 어린 나이였어도 나는 그들 사이에 오가는 뜨겁고 싱그러운 사랑을 느낄 수 있었다. 너무 가까이 살았으니, 부부 간의 사랑도 들통 날 수밖에 없었던 거다.

화장실은 딱 하나, 별채 앞에 놓인 재래식 변소를 그 많은 사람들이 같이 써야 했다. 아침이면 사람들은 이제나저제나 화장실이 비기를 기다리며 정원과 수돗가 근처를 서성였다. 화장실이 밖에 있다 보니 추운 겨울철 아이들 볼일은 요강으로 해결하곤 했다. 모르면 몰라도 아마 어른들도 종종 이용했을 테지만, 아이 있는 집 엄마들은 아침마다 당당히 요강을 비우고 물로 부시면서 시침을 뗐다.

난방은 부엌에 달린 연탄아궁이로 했다. 욕실은 따로 없었다. 밤에 부엌문을 걸어 잠그고 쪼그리고 앉아 물을 끼얹거나 수돗가에 천막을 치고 목욕을 했다. 겨울철 세숫물은 연탄아궁이로 데웠고 취사는 석유풍로로 했다. 집 귀퉁이마다 장독을 놓아 된장 고추장을 담가 먹었고 가을에는 화단에 구덩이를 파서 김장 김치를 묻었다. 청바지도 겨울 점퍼도 수돗가에서 손으로 빨아 짜서 빨랫줄에 널었다…….

"여기까지 어때?"

수빈이 물었다.

"등장인물과 배경 소개군."

우돌이 간략하게 대꾸했다. 수빈은 우돌의 침대에 다리를 꼬고 누운 채로 고개를 끄덕였다.

"첫 회니까. 좀 재미없나?"

재미없는 건 아닌데, 하고 중얼대더니 우돌이 회전의자를 돌려 책상 앞에 앉았다. 우돌은 컴퓨터의 대기화면을 풀고 또각또각 자판을 두드렸다.

"집 평면도를 그려보는 건 어때? 다른 사람들은 집 구조가 머리에 잘 안 들어올 수도 있어. 신문에 같이 실으면 좋을 것 같은데……. 어쨌든 그려두면 기억을 떠올리기도 편할 거야."

우돌은 곧바로 작업을 시작했다. 신문에 평면도를 실을 여지는 없었지만, 수빈은 우돌이 하는 대로 내버려두었다. 편집디자이너인 우돌에겐 간단한 일이었다.

우돌의 오피스텔 안에는 일하는 데 필요한 모든 장비가 갖춰져 있었다. 우돌은 잡지 전문 편집디자이너였고 동업자인 친구와 함께 쓰는 사무실도 있었지만 주로 집에서 일하는 편이었다.

"그런데 나는 이렇게 실명을 거론해도 되는 거야? 허락도 없이?"

부지런히 손을 놀리며 우돌이 투덜댔다.

"바보. 그건 내가 네 이름을 알기 때문이야. 과일장수 큰아들이라고만 하는 게 더 낫겠어? 내가 특별히 이름을 부여해준 거라고."

"과일장수 큰아들 박우돌이나 과일장수 큰아들이나……. 별명까지 쓰고 말이야. 개명을 하든지 해야지. 에고, 그놈의 별명지겨워라."

수빈은 침대에서 일어나 방 안을 서성였다.

"그러고 보면 어른들은 참 자기 이름으로 불리지를 않았어, 그치? 다들 '건넌방 총각'이니 '새댁'이니 '긴 머리 언니' 같은 별칭으로 불렸잖아? 사이버 세계에서만 닉네임이 있는 게 아니었어. 훨씬 오래전부터 있었다고."

수빈은 뒤에서 우돌의 어깨를 살포시 껴안고 속삭였다.

"알고 싶어."

"흐흐흐." 우돌은 귓가에 수빈의 숨결이 닿자 간지러워 고개를 털어냈다. "뭐를?"

"그들의 이름. 진짜로 어떤 사람들이었는지. 또 지금은 어떻게 살고 있는지."

수빈은 핸드백을 뒤져 비닐 파일에 끼워 넣은 종이를 꺼냈다. 책상에 기대서서 짠, 하는 소리와 함께 우돌의 앞에 종이를 펼쳐 들었다. 우돌이 흘러내려간 안경을 끌어올리며 종이를 받아 들었다.

"이게 뭐야? 주민등록초본? 니 거야?"

"응. 과거 주소 다 나온 거야. 짜자잔. 라일락 하우스의 주소는 D동 74-54번지랍니다."

우돌이 수빈이 말한 주소가 적힌 부분을 손가락으로 짚었다.

"어디 보자……. 74-54번지에 1982년 10월부터 1985년 2월까지 살았네?"

"다섯 살 가을 무렵부터 여덟 살 초반까지 살았지. 평면도 다 하면, 내 블로그에 팝업 하나 올려줘."

"무슨 팝업?"

"공개수배 하는 거야. 1984년에 D동 74-54번지에 살았던 사람들의 연락을 기다린다고. 하단에 내 이메일 적어놓고, 메일 보내든지 아님 방명록에 메시지 남겨달라고 해줘. 트위터에도 링크시켜야겠다. 누구라도 연락이 오면 우리 같이 만나보자. 재밌을 것 같지 않아?"

"라일락 하우스의 생존자 모임이라도 만들 거야?"

우돌은 수빈이 원하는 대로 해주었다.

칼럼을 준비하면서부터 수빈은 툭하면 감상에 빠지게 되었다. 추억의 사건들은 이미 지나가버렸으니 안전했고, 멀리 떨어져 있으니 아름다웠다. 기억을 짜 맞추다보면 어느 대목에 이르러 갑자기 많은 양의 추억이 울컥 밀려들 때가 있었다. 남에게 성공하는 방법에 대해 가르치면서 누구보다 수빈 자신이 성공에 매진하고 있었다. 자신의 평판과 가치가 떨어지지 않을까 신경 쓰며 늘 바쁘게 지내느라 때론 피로마저 잊었다. 경쟁하고 성공하는 일과는 관련 없었던 시절로 회귀하는 시간은 아늑했다.

그러나 어린 시절의 기억을 더듬는 것은 시간 순서와 관계없이 뒤섞인 커다란 사실들의 깨진 파편을 줍는 격이었다. 수빈은 1회분의 칼럼을 준비하면서 우돌과 함께 기억의 조각들을 꺼내들고 전후 순서를 따져보려 애쓰다가 일부는 능력 밖의 일이라는 걸 깨달았다. 흐르는 시간 어느 구석에서 떨어졌는지 알 수 없는 짧막한 에피소드들이 하나의 이야기를 이루지 못하고 있었다.

그리고 그때도 몰랐던 건 당연히 지금도 몰랐다. 그때 수빈과 우돌은 어린아이였다. 어린아이가 알지 못하고 지나간 무수한 사실들, '어른들의 세계'가 있었을 것이다.

"이 사진, 같이 넣으려고."

수빈은 부모님의 앨범에서 떼어낸 낡은 사진 하나를 우돌에게 내밀었다. 어린 수빈이 라일락 나무 등걸을 타고 앉아 있는 사진이었다. 나무 앞에는 점퍼를 입은 젊은 남자, 별채 새신랑이 서 있었다.

"푸핫. 갈래머리. 촌스러."

우돌은 사진 속 어린 수빈의 머리를 손가락으로 짚으며 킥킥거렸다.

"우리 엄마가 따준 거야. 죽을래? 그리고 애한테 촌스럽고 말고가 어딨어. 그나저나 우돌, 앨범 안 갖다 줄 거야?"

수빈이 질책을 담은 목소리로 묻자, 우돌이 어깨를 으쓱했다.

"이번 주말에 간다니깐. 수혁이 형과는 얘기해봤어?"

"필요 없어. 오빠는 나보다 더 기억 못 해."

수빈은 코웃음을 쳤다.

수빈에겐 세 살 위인 오빠 현수혁이 있었다. 수혁은 본인도 인정하건대 머리가 별로 좋지 못했다. 수빈이 생각하기에 열 살 때는커녕 열다섯 살 때의 기억도 별로 없는 사람이었다. 심성은 착했지만 단순했고 머리 쓰는 일은 죽어도 하지 못했다. 육군 부사관으로 복무하다가 제대하여 지금은 경기도 모 백화점에서 경비원으로 근무 중이다. 4년 전에 결혼했고 아이가 둘이다. 처자식을 벌어 먹여가며 그런대로 착실하게 살고 있었다. 수빈은 오빠를 싫어하지는 않았지만 자신과는 다른 사람이라고 생각하여 가깝게 지내지 못했다.

무엇보다 수빈이 필요로 하는 건 그 시절 어른이었던 사람들

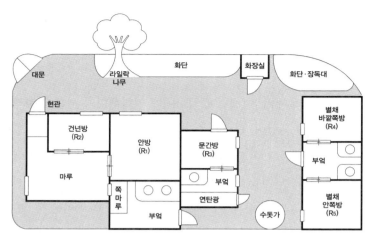

R₁ 현수빈네 가족　R₂ 건넌방 세 언니　R₃ 영달이 오빠　R₄ 과일장수 가족　R₅ 신혼부부

의 이야기였다.

"완성했음. 대충 맞는 것 같지?"

우돌이 출력한 종이를 수빈에게 건넸다.

우돌은 앉은 자리에서 블로그 팝업창도 뚝딱 만들어 올렸다.

"다음 회엔 뭘 쓸 거야? 미리 정해놔야 하는 거 아냐?"

우돌이 수빈에게 물었다.

"3회까지만 대충 생각해놨어. 2회는 우리 현씨네 가족 비롯해서 안채 식구들 얘기를 먼저 풀어야 할 것 같아. 너 우리 엄마가 부업으로 고양이 장난감 만들었던 거 기억나?"

"고양이 장난감?" 우돌이 고개를 갸우뚱하더니 소리쳤다. "아하. 그 쥐새끼들! 고양이 장난감이라고 해서 뭔가 했네."

"그래. 털실로 만든 쥐. 모여 앉아 부업을 하던 애기로 시작해서 안채의 풍경을 죽 끌고 가보려고."

"3회는?"

"별채 새댁 얘기. 어젯밤에 엄마에게 전화했다가 새롭게 충격적인 얘기를 들었어. 엄마도 어제야 기억이 났대."

"별채 새댁? 그 이쁜 아줌마?" 우돌은 칼럼 1회분에 삽입 예정인 사진 속 남자를 가리켰다. 낡은 점퍼에 흙 묻은 워커를 신고 라일락 나무 앞에 선 젊은 남자. "이 아저씨 부인 말야?"

"그래. 몰랐겠지만 내 어린 시절 우상이었지……. 여자아이에게는 이모뻘의 멋진 여자가 우상이 되거든. 근데 그 아줌마가 어느 날 갑자기 사라진 이유를 알게 되었지 뭐야. 지금 애기하기보다 쓰면 보여줄게. 너도 놀랄 거야. 그나저나 배고프다. 뭘 좀 먹으러 가자!"

둘은 입던 옷에 코트만 걸치고 나갔다. 우돌도 그제야 배가 고파 속이 쓰릴 지경이라고 말했다. 둘은 가까운 삼겹살집에 들어가 드럼통에 철판을 끼운 식탁에 마주 앉았다.

주인 남자가 불붙은 연탄을 연탄집게로 들고 와 수빈과 우돌이 앉은 식탁 드럼통에 끼워 넣었다. 작은 불티가 날리며 메스꺼운 연기가 둘의 코를 스쳤다. 우돌이 넓적한 생삼겹살을 석쇠에 올렸다.

수빈이 표면에 지글지글 기름이 끓는 두툼한 고기를 부지런히 상추에 옮겨 볼이 미어져라 먹으며 말했다.

"옛날엔 구공탄으로 뭐든지 다 했었는데. 불 꺼뜨리면 큰일 났고. 지금은 생각날 때 와서 고기 익혀 먹는 복고상품으로 전락했네."

"연탄 갈기는 내가 선수였지." 우돌은 기름이 묻어 번들거리는 입술을 핥으며 2인분을 더 주문했다. "조금 덜 추운 날은 아래위 구멍을 어긋나게 쌓아놔야 연탄이 덜 타. 몰랐지?"

"일곱 살짜리가 연탄도 갈고. 착했네. 깨뜨려 먹은 적은 없었냐?"

"무슨. 화가 나서 뭘 집어 던지려고 해도 연탄은 안 던졌어. 그랬다간 엄마한테 맞아 뒈지려구. 깨지려면 차라리 아들이 조금 깨지는 게 낫지 연탄이 깨지는 건 용납을 못 하셨을걸."

둘은 한동안 눈이 마주치면 피식피식 웃어가며 먹기 대회 지역대표라도 된 듯 빠르게 고기를 먹어 치웠다. 중간중간 서로 상대가 더 많이 먹고 있다며 승산 없는 싸움을 걸기도 했다. 수빈은 일하며 만나게 되는 누구에게도 이런 모습을 보여주지 않았다. 오직 우돌에게만 보여주는 비공식적인 먹성이었다. 서로 볼 꼴 못 볼 꼴 다 보고 자란 어릴 적 친구에게 얌전 떨어봐야 애초에 아무 소용이 없었다.

"그런데 말이야……."

고기가 새로 구워지는 동안 숨을 고르고 있는데 우돌이 입을 뗐다.

"응?"

"저…… 그거, 우영이 얘기도 쓸 거야?"

수빈은 우돌이 아무렇지 않은 척 말하려고 애쓰고 있다는 것을 눈치챘다. 일부러 이런 느슨한 순간을 노린 것도. 수빈 역시 대수롭지 않게 말했다.

"비중이 작든 크든 들어가야 되지 않을까?"

"아빠가 우영이 얘기는 잘 안 하려고 해서…… 나도 별로 아는 건 없고."

"걱정하지 마."

수빈은 할 수 있는 한 최대한 큰 쌈을 싸서 우돌의 입에 들이밀었다. 우돌은 입을 몇 번 좌우로 움직여 풀더니 순순히 입을 벌렸다. 가까스로 입에 집어넣은 커다란 쌈을 씹느라 쩔쩔매며 우돌은 눈물까지 흘렸다.

"모르는 것까지 불라고 고문하지 않을게."

우돌은 복수를 다짐하며 커다란 상추 이파리를 찾아 채소 바구니를 뒤적였다. 둘은 다시 행복한 먹보 커플로 돌아갔다. 수빈은 정말 말도 안 되게 큰 쌈을 두 번 연속으로 먹어야 했다.

제2장

이의철은 샤워를 마치고 괜히 옷장을 뒤적거리는 중이었다. 딱히 나갈 곳도 반드시 해야 할 일도 없었다. 대학은 내년 3월에 복학할 예정이었다. 친구들은 이미 취업을 했거나 취업을 준비하느라 모두 바빴다. 연애도 시들했다. 군대를 갔다 오니 이제 여자애들이 면접을 보듯 남자를 고르고 있었다. 의철은 외모 분야에서는 1등급을 받을 수 있었으나 다른 많은 부분이 과락이었다.

이마 위에 굽이치는 곱슬머리를 빗어 넘기고 의철은 옷장 거울에 얼굴을 요리조리 비춰보았다. 작고 하얀 얼굴에 오밀조밀한 눈코입이 길을 가던 사람도 한 번쯤 더 쳐다보게 만들 만큼 예쁘장했다. 내년이면 이제 서른이 되는 나이지만 스물넷 정도로밖에는 보이지 않았다. 더 어렸을 땐 모델이나 배우를 해보라는 제안도 심심치 않게 받았다. 하지만 남들 앞에 자기 자신을 온전히 내놓고 잘 봐달라고 아양 떠는 일에는 영 소질이 없었다. 보통 사람 속에 섞여 있을 때나 특별해 보이지 날고 기는 미소년들 사이에서 치여 가며 온갖 굳은 훈련을 감내할 만한 인내심도 없었다. 의철의 엄마도 그런 의철의 성격을 잘 알았다.

"그냥 평범하게 살아. 당장 할 게 없으면 아무것도 안 해도 좋으니."

의철의 엄마가 늘 하는 말이었다. 재수해서 들어간 대학이 마음에 안 든다고 1년 만에 때려치웠을 때나, 설렁설렁 공부해서 이전과 별다를 것 없는 대학에 다시 들어갔을 때나, 학사경고와 휴학을 밥 먹듯이 하며 입대를 마냥 미루고 있을 때나, 취업하기엔 이미 늦은 나이에 뾰족한 수도 없이 복학을 기다리며 시간을 보내고 있는 지금이나 엄마는 한결같았다. 5년 전에 의철의 아빠가 갑자기 교통사고로 돌아가셨을 때도 엄마는 의철에게 아무런 짐을 지우지 않았다. 엄마는 아빠의 보험금을 기반으로 혼자 알아서 식당 개업을 준비했고, 어느새 뚝딱뚝딱 간장게장 전문 식당을 차려냈다. 엄마의 식당은 소위 대박이 나서 한해가 다르게 규모가 커졌다. 올해 엄마는 아예 새로 4층짜리 건물을 인수했다. 꼭대기층은 의철과 함께 사는 살림집으로 꾸몄고 아래층은 모두 식당이었다. 대단한 엄마. 곱상하고 여리게 생긴 분이 생존에는 특별한 비책이라도 있는지 손끝도 여물고 일 벌이는 것도 대범했다.

의철은 옷장 주변을 서성이는 짓을 그만두고 침대에 벌렁 누웠다. 의철은 엄마를 생각하는 마음 하나는 끔찍한 아들이었다. 엄마에게 도움이 되는 아들이 되고 싶은 생각은 간절하지만, 단지 뭘 해야 할지를 모를 뿐이었다. 공무원 시험을 준비해볼까? 늦었다 생각 말고 취업 원서라도 내볼까? 요리학원에 등록해?

이런저런 생각을 하며 뒤척이는데 이불 속에서 휴대전화 진동음이 느껴졌다. 의철은 하얗고 가느다란 손을 뻗어 휴대전화를 집어 들었다. 발신전화 표시를 보니 고등학교 동창놈이었다.

"왜? 미친놈아."

의철은 늘 하던 인사말로 전화를 받았다. 동창이 말했다.

"어때? 들어가 봤냐?"

"들어가긴 어딜?"

"내 문자 안 봤어?"

의철은 아함, 하고 하품을 하며 셔츠를 들춰 배를 득득 긁었다.

"……문자 보냈냐?"

"너 이 새끼. 어디냐?"

"집."

"집구석에서 뭐해? 문자도 안 보고?"

의철은 휴대전화를 귀에서 떼고 문자 수신함을 열어보았다. 한 시간쯤 전에 친구가 보낸 문자가 부재중 메시지로 떠 있었다. 밑도 끝도 없이 어느 인터넷 사이트 주소만 찍혀 있었다.

"이게 뭔데?"

"너 지난번에 카카오스토리에 올린 사진하고 똑같은 게 신문에 났더라."

"내가 올린 사진이라니?"

의철은 그간 올렸던 사진들을 헤아려보았다. 휴대전화 카메라로 찍은 시답잖은 일상에 대한 사진들. 그중 신문에 날 게 뭐가 있을까. 친구가 답했다.

"네 아버지 기일 날. 아버지 젊었을 때 사진이라고 올린 거 있잖아, 왜."

"엉?"

그래, 그런 사진이 있었다. 아빠가 돌아가신 후 아빠가 쓰던 책상 서랍에서 발견했다. 도금공장 직원들과 야유회에 가서 찍은 사진 속에 어울리지 않게 끼어 있던 낡은 사진. 의철은 그 사진을 통해 아빠의 젊은 시절 모습을 처음 보았다.

"현수빈이라고 예전에 '현수빈의 현재와 현장'이라는 프로 진행했던 여자 있잖아. 그 여자가 자기 어릴 적 살던 집에서 찍은 사진이라고 신문에 실었어. 내가 그걸 보고 분명 어디서 봤는데, 어디더라…… 막 생각하다가 네놈 카카오스토리에서 봤던 게 딱 기억나는 거야."

전화를 끊고 의철은 항상 켜놓는 컴퓨터 앞에 다가가 앉았다. 친구가 보낸 주소를 인터넷 창에 받아쳤다.

대중문화평론가 현수빈의 유년기행.

현수빈이라면 들어본 적이 있었다. 서점에 가면 자기계발서

코너에 그 여자의 책이 베스트셀러 상위에 링크되어 있었다. 얼마 전까지 공중파 TV의 명사 인터뷰 프로그램인 '현수빈의 현재와 현장'을 진행한 것으로도 유명했다.

의철은 칼럼의 내용을 되풀이해서 읽었다. 자기가 가지고 있는 사진과 완전히 똑같은 자료사진도 휘둥그레진 눈으로 뜯어보았다.

사진 속에는 양 갈래 머리를 딴 여자아이가 라일락 나무 등걸을 올라탄 채 한 손을 쭉 뻗어 나뭇가지를 붙잡고 있었다. 여자아이는 제 키보다도 높은 나무 등걸 위에 앉아 있으면서도 전혀 두려운 내색 없이 정면을 응시하고 있었다. 성공하고 싶으세요? 텔레비전이나 책 표지에서 흔히 보았던 현수빈이라는 여자의 얼굴이 떠올랐다. 지금은 라일락 나무 위 여자아이가 말하고 있었다. 드라마 따위에 욕망을 투사하는 일은 그만두고, 진짜 자신의 욕망을 실현하고 싶지 않나요? 여자아이가 뻗은 손은 가늘지만 가장 단단한 나뭇가지처럼 보였다.

나무 밑에는 잘생긴 곱슬머리 새신랑이 서 있었다. 지금의 의철보다 어린 나이에, 의철과 똑같이 생긴 남자였다. 그 무렵 건설현장 인부였다는 남자는 카키색 점퍼에 워커를 신고 전형적인 '사진 찍는 포즈'를 취하고 있었다.

문제의 사진은 현수빈이 쓰는 시리즈 칼럼의 첫 번째 편에 실려 있었다.

의철은 링크되어 있는 두 번째 칼럼을 열어보았다.

대중문화평론가 현수빈의 유년기행 ②
쥐 한 마리에 20원

"수빈아, 목발 언니 고구마 먹으러 오라고 해라."

엄마가 연탄아궁이에 고구마를 구우며 심부름을 시키면, 나는 건넌방으로 쪼르르 달려가 한옆에 놓인 목발을 들어 건네며, "목발 언니! 고구마 먹으러 오래" 하고 말하곤 했다. 건넌방 언니들 중 한 명이 한쪽 다리가 불편한 장애인이었다. 목발 하나를 짚고 다닌다고 해서 모두들 그녀를 '목발 언니'라고 불렀다.

엄마와 목발 언니는 종일 집에서 쥐를 만들었다. 작은 털실 주머니에 솜을 채워 넣어 꿰매고 귀와 꼬리를 매단 뒤 스티커로 된 눈알을 붙이면 쥐 인형, '고양이 장난감'이 완성되었다. 도대체 누가 고양이를 위해 그 장난감을 사는지는 몰라도 그건 라일락 하우스 여자들에겐 요긴한 부업거리였다. 한 마리에 20원이었던 걸로 기억한다. 다섯 개를 만들면 과자나 라면 한 봉지를 살 수 있는 돈이 되었다.

털실과 솜을 만지다보면 먼지가 많이 날렸다. 그래서 아주 추운 날이 아니면 엄마와 목발 언니는 보통 마루에 나와 일을 했다. 그날 만든 빨갛고 파랗고 노란 쥐들을 마루에 쌓아놓으면 마치 알록달록한 무덤 같아 보였다.

저녁 시간에는 긴 머리 언니도 경상도 언니도 퇴근하고 돌아와 쥐 만드는 일을 거들었다. 허리까지 오는 긴 머리를 한 줄로 꼬아 늘이고 다녔던 긴 머리 언니, 목에 왕방울을 단 것 같이 큰 성량에 억센 경상도 사투리를 쓰던 경상도 언니, 그리고 목발 언니 이렇게 셋이 안채 건넌방 언니들이었다. 그들 중 둘이 자매였고 한 명은 자매 중 한 명의 친구였던 것으로 기억하는데 누가 누구랑 자매사이였는지는 모르겠다. 사실 내 기억 속에서 세 언니들은 잘 구분되지 않는다. 언니 한 명이 그때 무엇을 했고 내게 무슨 말을 했다는 것 따위는 기억나는데 그게 셋 중 누군지는 알 수 없는 식이다. 그들 모두가 내겐 그냥 '건넌방 언니들'일 뿐.

활짝 열어놓은 방문을 통해 방 안에 틀어놓은 TV를 힐끔거리며쥐를 만들던 엄마와 세 언니들. 손을 재게 놀리면서도 동네의 이런저런 소문들을 끊임없이 늘어놓던 그들은 마치 사이좋은 네 자매같았다. 나는 한구석에서 자투리 털실과 솜뭉치를 가지고 놀면서안 듣는 척 그들의 수다에 귀 기울이곤 했다. 때론 엄마를 돕는답시고 쥐에 스티커 눈을 붙인다는 것이 줄줄이 거꾸로 붙여 놓았다가 혼이 난 적도 있었다. 엄마는 가장 예쁘게 만들어졌다 싶은 쥐두 마리의 꼬리를 엮어 TV 위에 장식품으로 올려놓았다.

그 시절 여자들은 부업을 많이 했다. 알뜰한 주부들은 구슬 꿰기, 봉투 붙이기, 인형 눈 붙이기, 마늘 까기 등의 일을 하며 살림을 보탰고 혼자 된 여자들을 이를 생활의 원천으로 삼기도 했다. 별다른 기술이 필요 없는 허드렛일이고 여자들이 하는 일이니 보수는 높지 않았다. 고양이 장난감 부업은 개중 손이 많이 가는 일이라 단가가 높은 편에 속했다.

부업을 대주는 곳은 동네 구멍가게였다. 세 살 위인 오빠는 구멍가게와 집 사이에 고양이 장난감 재료와 완성품을 운반하는 심부름을 도맡아 했다. 세 살 위라고 해봤자 고작 열 살이었는데 워낙 덩치가 크고 힘이 세서 엄마도 부담 없이 심부름을 시켰던 것 같다. 오빠는 큰 덩치를 앞세워 밥숟가락만 놓으면 집 밖에 나가 동네 아이들을 때리고 다니느라 바쁜 말썽꾸러기였는데, 부업 심부름만은 군소리 없이 잘했다. 완성품을 싼 비닐봉지를 건네주면 구멍가게 아주머니는 재료가 든 그만 한 크기의 봉투를 오빠 손에 들려주면서 심부름하는 게 기특하다고 껌이나 사탕을 같이 쥐어주곤 했다.

아빠는 거의 집에 없었다. 과일장수인 우돌이 아빠도, 건설 현장에서 일하는 새신랑도, 대학생 영달이 오빠도 모두 저녁이면 집에 들어오는데 우리 가족은 아빠 없이 셋만 자는 날이 많았다. 아빠는 일당제 시내버스 운전기사였다. 일을 가능한 많이 하려고 평소에는 버스회사 합숙소에서 잠을 자고 집에는 열흘에 한 번 꼴로 왔다.

집에 손님처럼 왔다 가는 아빠는 인심이 후했다. 딸인 나를 유독 예뻐한 아빠는 집에 있는 날이면 나를 목마 태워 구멍가게로 데려가는 걸 좋아했다. 동네 구멍가게에 나를 내려놓고 과자며 사탕이며 빵이며 조막손이 욕심껏 집는 대로 다 사줬다. 1984년에도 서울시 은평구에 딸바보 아빠가 한 명 있었던 거다.

아빠의 헤픈 씀씀이를 알뜰한 엄마가 맘에 들어할 리 없었다. 아빠가 나를 목마 태우는 시점부터 엄마는 곱지 않은 눈으로 아빠를 노려보았고 아빠는 어떻게든 엄마 몰래 구멍가게에 갈 틈을 살펴야 했다. 엄마가 특히 화가 났던 사건이 있었는데 때는 크리스마스이브 날이었다. 마침 그날 아빠가 집에 왔다. 특별한 날이라 해도 형편상 빵이나 몇 봉지 사왔으면 좋았으련만, 커다란 플라스틱 트리를 한쪽 어깨에 메고 손에는 아이들을 위한 선물 꾸러미를 주렁주렁 들고 나타났던 것이다.

"트리하고 케이크뿐이냐 어디. 티셔츠를 제 자식 것만 사온 것도 아니고 남의 자식 것까지 사오면서 마누라 선물은 싸구려 머리핀 하나 없더라."

엄마가 화가 난 핵심은 이거였다. 그즈음 별채 과일장수 아들 우돌이가 사정이 있어 우리 방에서 같이 지내고 있었다. 아빠는 크리스마스 선물로 오빠와 내 옷을 사면서 우돌이 옷까지 같이 사왔지만 엄마 선물은 하나도 안 샀다. 아톰 캐릭터가 크려진 빨간 티셔츠였다. 아이 옷값 사정에 밝을 리 없는 아빠가 장사꾼이 달라는 대로 후하게 주고 사온 게 틀림없었을 거다. 플라스틱 트리도, 트리에 매다는 장식품도 마찬가지였으리라.

그날 아이들은 아톰 티셔츠를 하나씩 걸쳐 입은 채로 플라스틱 트리에 색색의 모루를 장식하고, 솜뭉치를 뜯어 얹고, 점멸등이 달린 전선을 휘휘 감았다. 건넌방 언니들도 모두 나와 가지 끝에 종이학을 매달기도 하고 색종이를 오려 뿌리기도 했다.

"메리 크리스마스! 내년엔 시집가자!"

라고 외치며 콘센트에 점멸등의 전원을 꽂았던 언니는 목발 언니였을까, 긴 머리 언니였을까, 아니면 경상도 언니였을까. 점멸등에 불이 들어와 깜빡깜빡하는 순간 트리 앞에 모여 앉은 사람들은 애나 어른이나 모두 손뼉을 치며 좋아했다.

안채 식구들의 합작품인 그 트리는 겨울이 완전히 물러갈 때까지 마루 한쪽을 당당히 차지했다. 트리 앞에는 언제나 고양이 장난감이 한 무더기 쌓여 있었던, 1980년대 어느 해 라일락 하우스 안채의 겨울 풍경이 어렴풋이 떠오른다.

〈2회 끝〉

옛날 앨범은 아버지의 옷장 깊숙한 곳에 있었다. 무질서하게 쌓인 아버지의 옷더미 밑에서 박우돌은 두툼한 파란색 하드커버 앨범을 끄집어냈다. 아마도 돌아가신 엄마가 놓아둔 그대로 그 위에 아버지의 옷만 쌓여갔을 것이다.

앨범의 첫 장은 부모님의 결혼식 사진으로 시작했다. 부모님이 우돌을 낳고 몇 해가 지나서야, 빼먹고 지나가 맘에 걸렸던 일 수습하듯 치러진 결혼식이었다. 어머니가 입은 웨딩드레스는 폭이 좁았고, 목까지 빈틈없이 여며져 심지어 칼라까지 달려 있었다. 아버지는 연보라색 양복 위로 볕에 검게 탄 얼굴을 내놓고 심각한 표정을 짓고 있었다. 보수적이기 짝이 없는 웨딩드레스도, 유행에 한참 뒤떨어진 연보라색 양복도, 검은 머리 파뿌리가 어쩌고를 읊어댔을 주례 선생도 모두 당일 예식장에서 빌렸다고 했다. 점심때 결혼식을 치르고, 신혼부부는 오후에 천

안에 가서 호두과자와 가락국수를 먹는 것으로 신혼여행을 때우고 돌아왔다. 다음 날부터 부부는 또 새벽부터 도매시장에 가서 과일을 떼다가 리어카에 싣고 동네 재래시장에서 좌판을 벌였을 것이다.

앨범의 나머지 대부분은 우돌이 초등학교에 들어간 이후 소풍날이나 졸업식 때 찍은 사진들과 우돌이 학교에서 받아온 상장들로 채워져 있었다. 라일락 하우스에서 찍은 사진은 몇 장 되지 않았다. 당연한 일이었다. 그 시절 부모님에겐 카메라가 없었다. 라일락 하우스에서는 수빈이네 정도만이 카메라를 갖고 있었을 것이다.

어린 우돌과 어린 수빈이 마당에 있는 병아리 주변에 쪼그리고 앉아 있는 사진이 있었다. 어린 우돌은 작은 나뭇가지 두 개를 젓가락처럼 쥐고 있었다. 그 옆에서 내복 차림의 수빈이 입을 떡 벌리고 병아리를 내려다보고 있었다. 우돌은 사진의 의미를 이해하고 풋, 하고 웃었다. 어느 해 잠깐 라일락 하우스에 병아리들이 돌아다니던 때가 있었다. 우돌은 우연히 병아리가 변소 주위에 우글거리는 구더기를 쪼아 먹는 것을 보았다. 나뭇가지로 구더기를 집어 던져주니 병아리들이 서로 먹겠다고 달려들었다. 구더기는 병아리의 부리 안에서도 필사적으로 꿈틀거렸다. 수빈은 그 장면을 징그럽다고 하면서도 신기해하며 보았다. 아마 구더기 같은 걸 먹고 자라는 닭 따위는 앞으로 먹지 않겠다고 그날 제 엄마에게 선언했을지도 몰랐다. 현수빈이라면.

우돌은 다음 사진으로 눈을 옮겼다. 때는 한여름인 모양이었다. 벌거벗은 어린 형제가 수돗가 주변 고무 다라이에 몸을 담그고 서로에게 물을 튀기며 장난질을 치고 있었다. 어린 우돌과 우영 형제.

오랜만이구나. 우돌은 개구지게 웃고 있는 어린 동생의 모습을 가만가만 뜯어보았다. 얘가 이렇게 생겼었나. 몇 살 때였을까. 네 살쯤? 아니면 다섯 살?

"불고기 좀 사왔어. 재어놓고 파는 게 있어서리."

현관문이 드르륵 열리는 소리와 동시에 아버지의 말소리가 들렸다. 우돌은 황급히 앨범을 덮고 옷더미 밑 제자리에 쑤셔 넣었다. 아버지가 찾으러 들어오기 전에 주방에 나갈 수 있었다.

가스레인지 위에 프라이팬을 올려놓는 아버지의 굽은 등이 보였다. 온실 텃밭에서 뜯어온 푸성귀가 플라스틱 바구니에 수북이 쌓여 있었다.

"저, 올라가야 돼요."

싸늘하게 내뱉고는 우돌은 금방 후회했다. 아버지는 곁눈질로 슬쩍 우돌을 돌아보더니 들고 온 검은 봉투를 손으로 북 뜯었다.

"이거만 지져서 후딱 먹고 올라가." 아버지는 검은 봉투에서 비어져 나온 양념 불고기 덩어리를 한 손으로 툭 받아 프라이팬 위에 던졌다. 검은 간장 양념이 아버지의 손목을 타고 흘렀다. "밥 안칠 시간은 없고, 찬밥 데워야겠는디."

우돌은 말없이 아버지의 하는 양을 지켜보았다. 양념을 썻을 겨를도 없이 젓가락을 들고 고기를 휘젓고 있는 아버지의 손. 오른쪽 검지와 중지에 희미하게나마 남아 없어지지 않는 상처. 늙고 살이 빠지면서 아버지의 상처는 조금 더 분명하게 드러난 것 같았다.

28년 전 그날 밤, 아버지는 부엌칼로 자신의 오른손을 내리찍었다. 어린 자식을 묻고 돌아와 겨우 한다는 짓이 뒤늦게 자신을 벌하는 일이었다. 방 안에서 울고 있던 어머니는 피가 뚝뚝 듣는 손을 움켜잡고 짐승 같은 비명을 지르는 아버지를 보고는 맨발로 뛰어나왔다. 수건으로 아버지의 손을 칭칭 감으며 어머니는 원망 섞인 말과 함께 아버지의 등짝을 퍽퍽 때렸다. 그 모든 것을 지켜보던 우돌은 방 안에서 목 놓아 울었다. 좁은 셋방은 부부와 어린 우돌의 괴성으로 터져나갈 듯했다.

아무튼 도움이 안 되는 사람이었다. 반성하는 모습도 과시해야 직성이 풀리나. 아버지의 그런 행동이 그 밤을 견디기 위한 일종의 퍼포먼스였다는 것을 우돌은 다 커서야 조금 이해할 수 있었다. 그러나 전부 다는, 아니다.

"이거, 씻어요?"

우돌은 플라스틱 바구니에 담긴 상추며 깻잎을 싱크대 안에 털어 넣고 물을 틀었다. 앉아 있어라, 아버지가 말했다. 우돌은 개의치 않고 채소를 한 장 한 장 씻었다.

부모님은 열심히 일했다. 배운 게 없으니 할 수 있는 일은 몸을 쓰는 일뿐이었다. 고향에서 물려받은 논 몇 뙈기에 농사를 지어봤자 갈수록 빚만 늘었다. 어린 두 아들을 데리고 부부는 무작정 서울로 왔다. 장사할 자리조차 변변히 맡아놓지 못해 리어카에 과일을 싣고 재래시장 이곳저곳을 옮겨 다니며 팔았다. 그렇게 모은 돈은 1년에 한 번씩 벌이는 아버지의 화투판에서 고스란히 날아갔다. 모은 돈을 날리는 것에 더해서 빚까지 지고 아버지는 술에 곤죽이 된 상태로 울면서 단칸셋방으로 돌아오곤 했다. 그러고 나면 피해자의 몰골로 며칠 동안 끙끙 앓으며 일도 나가지 않는 통에 어머니 혼자 리어카를 끌어야 했다. 더도 덜도 아니고 꼭 1년에 한 번씩이었다. 몽땅 잃기만 하는 그 연례행사를 왜 그때는 끊지 못했는지 우돌은 아직도 이해할 수가 없었다. 병이었다. 병은 자식의 죽음을 대가로 치르고서야 고쳐졌다.

"수빈이는 잘 있고?"

밥상을 차려 마주 앉아 아버지가 물었다. 우돌은 건성으로 고개만 끄덕였다.

"가는 잊을 만하면 티비에 나오더라. 여자가 너무 잘나도 남자가 거시기한 뱁인디……"

시골 시장에서 재어놓고 파는 불고기는 너무 짰다. 아버지가 만든 쌈장에서는 퀘퀘한 냄새가 났다. 우돌은 아버지가 있는 한 수빈과 결혼까지는 하고 싶지 않다고 다시금 생각했다. 수빈은 우돌의 어린 시절 중간에 떠났다. 당시 우돌네 네 가족에게 있었던 자세한 일들, 수빈이 떠난 후 우돌에게 벌어졌던 일들에 대해 우돌은 수빈이 모르길 바랐다. 있었던 사실과 그에 대한 감정이 말이 되어 나오는 순간 우돌은 그것을 감당해야 했다.

서울로 돌아오는 차 안에서 우돌은 수빈에게 전화했다. 수빈은 전화를 받자마자 앨범을 갖고 오는지부터 물었다.

"하루 종일 집 안을 뒤졌는데 찾을 수가 없는 거야. 엄마 돌아가실 때 어영부영 처분했는지 도통 모르겠어."

우돌은 수화기 건너편에서 수빈이 눈을 흘기는 게 느껴지는 것 같았다. 수빈은 오늘 새벽부터 비행기를 타고 제주도에 가서 제주 소재 대학에서 오전 강의를 하고, 학생과장이 사주는 회까지 얻어먹은 후에 다시 서울로 올라와 청탁받은 글을 써볼까 하다가, 요즘 너무 체력관리를 안 했다는 반성을 하고 헬스클럽에서 자전거를 타던 중이었다고 했다.

수빈이 거친 숨소리 사이로 내뱉었다.

"뭐 어쩌겠어. 바둑돌이 밥을 사야지. 나한테!"

전화를 끊고 우돌은 고속도로 휴게소에 차를 세워두고 한동안 차 안에 앉아 있었다.

오늘 정말 오랜만에 동생의 얼굴을 보았다. 천진하고 밝고 건강했던 동생의 얼굴. 그 환한 얼굴을 제치고 끼어든, 불편한 기억의 덩어리가 우돌의 마음을 건드리고 있었다. 불편하다는 느낌 외에 아직 그 정체를 알 수가 없는 무언가.

우돌은 그것에 대해 더 이상 알고 싶지 않았다.

제4장

'황 미용실'은 청파동 언덕바지 귀퉁이에 있었다. 금발을 풍성하게 부풀려 컬을 낸 외국 모델이 등장하는 포스터 몇 점이 가게 유리문에 붙어 있었다. 80년대 미국 드라마에서 흔히 본 듯한 얼굴이었다. 안에는 붉은 인조가죽을 덧댄 회전의자 세 개가 거울 앞에 나란히 놓여 있었고, 한구석에 자리 잡은 손님용 소파에는 여성잡지와 신문이 쌓여 있었다. 미용사와 언니 동생하며 얼굴을 익힌 알뜰한 동네 주부들이 요령껏 파마 값을 깎아가며 이용할 법한 동네 미장원이었다.

미용실 안쪽, 살림집과 통해 있는 문이 열리고 체크무늬 남방을 입은 땅딸막한 중년 여자가 김이 모락모락 나는 냄비를 쟁반에 받쳐 들고 나왔다. 미용실 안에는 50대 즈음의 여자 손님이 두 명 있었다. 손님이라기보다는 마실 나온 동네 여자들이었다. 한 명은 막 파마를 말았는지 머리에 주홍색 보자기를 두르고 있었고, 다른 한 명은 소파에서 한가로이 신문을 넘겨 보고 있던 참이었다.

"수제비도 넣고 맛있게 끓였어. 언니들, 점심 먹었어도 한 술씩 떠봐."

땅딸막한 여자가 뒤뚱거리며 걸어와 소파 앞 응접탁자에 쟁반을 놓았다. 너부죽한 얼굴에 서글서글해 보이는 눈. '황 미용실' 원장 황경자는 불편한 다리를 나름의 효율적인 방법으로 움직여 의자를 끌어당겨 앉았다. 수제비를 넣은 바지락 칼국수는 황경자가 제일 잘하는 음식이었다. 식사 때가 되면 미용실에 있는 손님들에게 가장 자주 대접하는 별미이기도 했다.

"아유, 냄새 좋다."

보자기를 쓴 여자가 다가왔다. 황경자가 넉넉한 웃음을 지으며 국그릇에 칼국수를 퍼 담아 건넸다.

"자기." 소파에 앉아 있던 여자가 신문에서 눈을 떼지 않은 채 황경자에게 말을 걸었다. 황경자는 땀이 송글송글 맺힌 얼굴을 들어 눈짓으로 답했다. 여자가 신문의 한 면을 손가락으로 짚었다. "이거 자기 얘기 아냐?"

"응? 뭔데 그거."

보자기를 쓴 여자가 대신 물었다.

"전에 자기, 애 안다고 그랬잖아. 현수빈."

황경자가 국자를 놓고 신문을 받아 들었다. 일찍 노안이 온 탓으로 눈을 찡그리며 신문의 잔글씨를 읽어 내려갔다. 현수빈이라면 황경자가 스무 살 무렵 옆방에 살았던 아이였다. 지금은 텔레비전에 나와 유명한 사람들과 마주앉아 인터뷰도 하고, 이곳저곳 많은 사람들에게 강의도 하러 다니는 선생님이 되었다. 황경자는 일찍이 그 아이를 텔레비전에서 처음 본 순간 딱 알아보았다. 미용실 손님들에게도 틈틈이 그 아이와 자신의 인연을 얘기하며 자랑하곤 했다.

신문을 읽는 황경자의 머리 옆에 보자기를 쓴 머리가 다가왔다.

"맞네! 원장 네 얘기 맞다."

황경자는 칼국수를 먹는 것도 잊어버리고 칼럼을 끝까지 읽었다. 스무 살, 꽃다웠던 시절. 단칸셋방에서 부업으로 쥐 모형을 만들며 보냈던 때의 이야기가 신문에 글로 적혀 있었다.

이 아이가 나를 기억하고 있었다니.

황경자는 먹먹해진 마음으로 신문을 가슴에 안았다.

***

휴대전화로 트위터 타임라인을 내려 보던 걸 멈추고, 수빈은 우돌에게 전화를 걸었다.

한참 신호가 간 뒤에야 우돌이 전화를 받았다. 주위가 웅성웅성 시끄러웠다. 오늘 업계 사람들이랑 미팅이 있다더니 술집에서 뒤풀이를 하는 모양이었다. 트위터 타임라인에 기다리던 연락이 와 있었다.

@SuBinHyun78 안녕하세요? 저는 대학생이고 이의철이라고 합니다. 평론가님께서 말씀하시는 별채 신혼부부(?)가 저희 부모님인 것 같아요^^ 우리 어머니 만나보시지 않겠어요? 제 폰번호는 010-****-****입니다. 전 상계동 살아요.

수빈은 휴대전화에 대고 소리쳤다.

"바둑돌! 드디어 낚았어!"

"오! 현수빈 여사님!" 벌써 얼근하게 취한 듯 우돌은 느물거렸다. "이봐! 이제 막 시작했다구. 나 한 잔만 더 하고 갈게."

"시끄럽고. 이게 왜 바가지 긁는 마누라 취급이야? 연락 왔다구!"

"응? 무슨 좋은 연락이 오셨는가?"

"라일락 하우스 생존자에게 처음으로 연락왔다구! 아니, 생존자 2세지. 어쨌든."

"하하하하하!"

이 남자는 뭐가 좋다고 바보같이 웃는담. 제대로 알아듣기나 한 거야? 수빈은 살짝 짜증이 났다. 바보같이 구는 것도 모자라 우돌은 전화기에 대고 꺼억, 트림까지 날렸다.

"일요일에 약속 잡을 거야. 바둑돌도 같이 갈 거지?"

"……왜?"

"뭐가 왜야?"

"왜 같이 가?"

수빈은 한숨을 쉬었다.

"마음대로 해. 이것만 알아둬. 연하의 남자 대학생이야. 별채 신혼부부 아들이라니 아마도 죽여주게 잘생겼겠지?"

"……."

"뭐야? 끊었어?"

"……왜 일요일에 만나? 오늘 금요일인데 내일 안 만나고."

"내일은 내가 바쁘니까. 잊었어? 특강쇼 녹화 있다고 했잖아!"

***

"명사에게 삶의 지혜를 듣는다. 새로운 형식의 TV 특강쇼! 그 첫 번째 강사를 소개합니다. 리드라마 성공기법을 만든 이 시대의 멘토. 여대생들이 뽑은 가장 닮고 싶은 롤 모델 1위. 대중문화평론가이자 전문 인터뷰어, 현수빈 씨입니다!"

성우의 소개멘트와 함께 수빈은 핀 조명이 내려진 원형 무대로 걸어 나갔다. 무대를 둘러싸고 앉아 있던 방청객들이 일제히 박수를 쳤다. 이제 녹화가 끝날 때까지 오로지 수빈이 프로그램 진행을 주도해야 했다. 수십 대의 카메라가 수빈과 방청객의 얼굴을 시시각각 급속한 줌인업 방식으로 잡아낼 거라고 했다. 수빈은 오늘 이 쇼의 여주인공이었다.

수빈은 재킷 단추를 열고 소매를 걷어 올린 차림으로 씩씩하게 등장했다. 방금까지 책상에 앉아 정신없이 일하다가 나온 사람

같은 인상을 주기 위해서였다. 오랫동안 박수가 끊이지 않았다.

"여러분. 지금은 여러분이 이렇게 저에게 많은 박수를 보내주시고 계시지만, 저는 6년 전까지만 해도 고만고만한 대학을 졸업해서 그저 그런 회사에 다니던 평범한 여직원이었죠."

수빈은 이런 말로 강의를 시작했다. 먼저 자신의 스토리를 밝혀라, 수빈이 강의 서두에 종종 써먹는 수법이었다. 특별할 것 없는 일을 하면서도 늘 꿈을 잃지 않았다는 것. 현상을 분석하고 많은 사람들 앞에서 생각을 펴는 일을 즐겼다는 것. 그래서 드라마 평론 공모에 응시했고, 당당히 대상을 받았으며, 그 덕에 TV 옴부즈만 프로에 패널로 출연하게 되었고, 잡지에 평론을 기고하기 시작했다는 것. 인터뷰 프로그램을 진행하게 되기까지의 우여곡절들. 방송을 하며 느꼈던 보람과 힘든 순간들. 인터뷰이에게 배웠던 삶의 지혜들.

"현수빈 씨만이 가진 인터뷰의 기술이 있다면 무엇인가요?"

PD의 사인을 받고 1번 질문자가 적절한 때 질문을 던졌다. 수빈은 한쪽 팔을 허리에 얹고 다른 팔로는 턱을 괸 채 잠시 생각하는 포즈를 취했다. 이동식 카메라가 수빈의 얼굴을 클로즈업으로 잡고는 빠르게 물러났다. 위에서 지미집 카메라가 방청객 주위를 한 바퀴 돌았다.

"늘 질문을 하던 입장이었다가 오늘은 당하는 입장이 되니까 기분이 묘한데요."

수빈이 곤혹스러운 표정을 지었고, 방청객이 웃었다.

수빈은 '뻔하지 않은 질문으로 뻔하지 않는 답을 이끌어내는 인터뷰어'로 알려져 있었다. 노련한 작가가 평이한 문장과 좋은 문장을 적절히 섞어 작품을 빛내는 것처럼 인터뷰이를 대상으로 대중이 원하는 평이한 질문과 재미있고 특색 있는 질문을 번갈아 던지는 솜씨가 있었다. 때문에 연예인, 스포츠 선수, 정치인, 기업가, 종교인, 학자 등 각종 유명인들을 상대로 한 인터뷰 프로그램인 '현수빈의 현재와 현장'은 교양 프로그램 중에서도 높은 시청률을 자랑하며 인기를 끌었다. 방송사는 수빈과 계약을 연장하길 원했지만, 방송에 매여 있다 보면 도통 다른 일을 하기가 어려워 수빈이 거절했고, 방송은 인기 있을 때 보기 좋게 종영되었다.

"저는 인터뷰이에게 그다지 친절한 인터뷰어는 아니에요. 그들이 하고 싶은 말만 하게 놔두질 않죠."

얼굴 앞에서 손으로 '웃는 입'을 그리는 것과 함께 과장된 미소를 지으며 수빈이 말을 이었다.

"물론 얼굴은 늘 이렇게 친절하게 웃고 있지만요."

방청객이 따라 웃었다. 수빈은 앞으로 몇 걸음 나아갔다.

"성공한 사람들은 실수를 통해 배웠어요. 저는 그들이 어떤 실수를 했는지 알고 싶죠. 그래야 다른 사람들도 배울 수 있지 않겠어요? 그들이 그간 어떤 실수를 했는지 끌어내고 싶을 때, 제가 자주 던지는 질문이 있죠. '그때 당신이 선택한 길과 선택하지 않은 길은 등가치였습니까?'라고요."

수빈이 이와 같은 질문을 던졌을 때, 돌아오는 대부분의 대답은 '모르겠다'는 거였다. 일어나지 않은 일을 어떻게 아냐는 그런 식의 대답에는 가치를 두지 않았다. '그때 다른 선택을 했으면 좋았을 것이다'라는 대답에 수빈은 집중하곤 했다. 수빈은 어린 나이에 미혼모가 되어 지금은 A급 배우로 성장한 성수정을 예로 들었다.

"성수정 씨가 그러더군요. 미혼모였기에 오히려 작품에서 20대 엄마 역할을 잘 할 수 있었다. 연예계 생활을 하면서도 자기관리를 잘 할 수 있었다. 하지만 미혼모가 되지 않았다면 더 나았을 것이다. 인터뷰를 하면서 성수정 씨는 자신에 대해 참 솔직한 분이구나, 하는 생각을 했어요. 또 제가 인터뷰한 사람 중에……."

이어서 수빈은 다른 인터뷰이에게 들었던 몇 번의 실수담을 덧붙였다. 이야기 속에 인기인이 언급되자 방청객들이 흥미를 보였다.

"……제가 끌어내려고 애쓰는 건 이런 것들이에요. 실수를 받아들이고 그들이 어떻게 그것을 딛고 일어섰는가."

수빈은 근처에 놓인 자신의 책을 들어 보였다. 《현수빈의 리드라마》. 처음 쓴 책이지만 현재도 꾸준히 팔리는 수빈의 대표작이었다.

"이쯤에서 저 오랜만에 텔레비전 나온 김에 광고 좀 할게요. 1번 카메라맨 선생님, 여기 좀 잡아주시고. 드라마에서도 하는 PPL 저도 좀 할게요."

다시금 방청객들의 웃음이 터졌다. 카메라가 책을 들고 있는 수빈의 상체를 가까이 잡았다.

　"제가 쓴 이 책이 자기계발서로 분류되어 있더군요. 자기계발서가 삶의 기법을 단순화시켜서, 마치 그 방법만 지키면 각자가 가지고 있는 복잡한 문제들을 모두 해결할 수 있을 것처럼, 정해진 단계를 밟으면 성공이라는 단꿈을 반드시 안을 수 있을 것처럼 현혹하고 착각을 불러일으킨다, 이런 비판이 있다는 거 알고 있어요.

　하지만 그런 편견, 한번 깨고 봐주세요. 이 책에 나온 성공한 사람들의 이야기는 대부분 실수담이에요. 실수를 딛고 노력해서 그야말로 드라마 같은 욕망을 이루어낸 이야기거든요. 실수해서 좌절한 사람들에게 위안을 줄 수 있는 이야기라고 저는 생각해요. 여러분. 우리나라가 OECD 국가 중 자살률이 부동의 1위라는 거 아시죠? 사람들이 자살을 하는 건요, 노력을 해도 소용이 없을 것이다, 라고 느낄 때라고 저는 생각합니다. 아무리 지독한 실수를 했어도 노력을 하면 달라질 수 있다는 확신이 있다면, 그거 하나만 확실해도 자살은 하지 않겠죠."

　조명과 방청객들이 뿜어내는 열기로 인해 녹화가 끝나고 난 뒤 수빈의 몸은 땀으로 흠뻑 젖었다. 수빈은 오랜만에 하는 텔레비전 녹화가 만족스러웠다. 공들여 준비한 대로, 기획한 대로 잘 끝났다. TV 특강쇼는 방송사가 예능 프로그램 일색인 밤 11시 시간대에 방영할 목적으로 야심차게 마련한 프로그램이었다. 수빈이 첫 게스트였고 방영은 3주 후에 될 예정이었다. 편집만 세련되게 마친다면 나쁘지 않을 것 같았다.

녹화 후 제작진들과 환담을 나눴다. 수고했다는 인사와 함께 PD가 말했다.

"요즘 일간지에 '유년기행'이라는 칼럼 연재하고 계시죠? 재밌게 읽고 있습니다."

"아, 그걸 보셨어요?"

PD가 쓰고 있던 야구모자를 벗고 머리를 매만졌다. 서글서글한 인상의 남자로, 수빈과는 동년배였다.

"재밌던데요. 딱 우리 어렸을 때 이야기 아닙니까. 그런데 좀 의외에요. 우리 도시적인 이미지의 현수빈 씨가 80년대 얘기를 그렇게 구수하게 쓰시니."

수빈은 마침 오늘이 세 번째 칼럼이 나오는 날이라는 걸 떠올렸다. 수빈은 기고한 글이 인쇄된 결과물을 꼭 확인하고는 했다. 방송사에서 나오는 길에 가판대에서 신문을 샀다.

대중문화평론가 현수빈의 유년기행 ③
서민 낙찰계의 실상: 얌전한 새댁이 그럴 줄 몰랐네

라일락 하우스 별채의 제일 안쪽 방에는 신혼부부가 살았다. 젊

은 부부는 누구든 첫눈에 인정할 수밖에 없는, 눈에 띄는 미남 미
녀 커플이었다.

"내외가 다 깎은 밤톨 같이 생겼네. 허허. 한쪽이 예쁘면 다른 쪽
은 좀 빠지던지."

"신랑은 공사장 나가기엔 영 아까운 얼굴이구먼. 신성일 뺨치겠어."

"새댁도 살림만 하고 들어앉아 있을 얼굴은 아녀. 유지인 정윤
희 쯤 쪄 먹겠다."

"어째 부부는 닮는다더니……. 빚어놓은 것 같은 콧대하며 쌍꺼
풀 진한 것 하며……. 예쁜 것도 예쁜 거지만 둘이 똑 닮지 않았어
요?"

신혼부부의 뛰어난 외모는 주변 사람들의 수다에 이런 식으로
자주 오르내렸다. 꽃같이 아름다운 20대 초반의 부부. 남녀 간의
사랑이 얼마나 뜨겁고 행복한 에너지를 발산하는지 나는 그들을
보며 처음 느꼈다.

공사장 인부인 새신랑은 새벽에 집을 나섰다. 여름에는 반팔 남
방셔츠, 겨울에는 한 벌 뿐인 작업용 점퍼를 걸치고 사시사철 흙물
이 든 워커를 신은 채로. 안채 식구 중 누군가가 새벽에 변소 출입
을 하거나 연탄불을 갈러 나왔다가 새신랑이 출근하는 장면을 목
격한 날이면, "새댁이 얼마나 애틋하고 눈물겹게 신랑을 배웅하던
지 간지러워서 못 봐주겠더라"라는 목격담이 그날의 수다에 끼어
들곤 했다.

새댁도 부업으로 고양이 장난감을 만들었다. 새신랑이 출근하
고 나면 별채 방 안에 혼자 앉아 쥐 인형을 꿰맸다. 수줍음 많고 내
성적인 성격이어서 안채 언니들과는 또래였어도 그다지 친하게
지내지 못한 것 같다. 그러나 돈벌이엔 억척스러운 면이 있었다.

고양이 장난감을 만드는 일 외에도 문간방 영달이 오빠 끼니를 챙겨주고 다달이 얼마씩을 받았다. 평일 한낮에도 자주 집에 있던 영달이 오빠는 내외를 하느라 새댁이 챙겨주는 점심 밥상을 문밖으로 손만 내밀어 들여갔다.

나는 라일락 하우스 여자 어른들 중 새댁이 제일 좋았다. 예뻐서만은 아니었다. 새댁은 여성적이고 상냥했다. 건넌방 세 언니들도 한창 피어오르는 나이답게 예뻤고 싱그러웠지만 그들은 너무 가까이에 살았고 또 말이 너무 많았다. 안채에서 한 식구처럼 엉켜서 맨살을 맞대고 사는 것처럼 지겨운 면이 있었던 거다. 반면 별채에 사는 새댁은 내겐 적당히 멀리 있는 신비로운 대상이었다.

"누구세요?"

어느 날 별채 앞 수돗가에 푸른 천막이 쳐져 있는 것을 보고 나는 물었다.

"수빈이가? 아줌마 목욕하는 기다."

경상도 사투리를 쓰던 새댁의 수줍은 목소리와 함께 '쏴아' 하는 물소리가 들려 왔다.

"아줌마. 목욕하는데 왜 이거(천막) 치고 해요?"

"왜는 왜야. 창피하니까 그렇지."

"왜 창피해요?"

"다 벗었는데 창피하지 그럼."

나는 이렇게 뻔한 말을 시키며 천막 주변을 맴돌았다. 한참 후에 옷을 다 차려입고 수건으로 머리를 싼 채 천막에서 나온 새댁의 몸에서는 달콤한 비누 향기가 났다.

그러나 이 얌전한 새댁은 사람들에게 큰 충격을 남기고 라일락 하우스를 떠났다. 곗돈을 타고 남은 계를 붓지 않은 채 도망을 치고 만 것이다.

그 시절 여자들은 목돈을 마련하기 위해 계를 많이 들었다. 은행보다는 아는 사람끼리의 약속을 더 믿던 때였다. 계주가 곗돈을 떼먹고 도망가고, 중간에 계가 깨져 하루아침에 돈을 날리는 사건이 빈번하게 일어나 사회문제로까지 오르내리는데도 그랬다.

특히 목돈 마련에 유용했던 게 낙찰계였다. 낙찰계는 운영하는 사람과 지역에 따라 방법이 가지각색이라지만 일반적인 룰을 설명하자면 이렇다. 일단 계주가 계를 조직한다. 20명의 사람이 매달 10만 원씩 내서 한 달 총 계금이 200만 원인 계를 조직했다고 하자. 계원들은 한 달에 한 번 갖는 계모임에서 200만 원의 한도 안에서 자신이 받고 싶은 곗돈을 쪽지에 적어 낸다. 이때 급전이 필요한 사람은 200만 원보다 한참 적더라도 당장 필요한 돈을 적어낼 것이고 급하지 않은 사람은 200만 원 가까이 적어낼 것이다. 그럼 계주가 쪽지를 모두 확인하여 그달 가장 적은 돈을 적어낸 사람에게 계금을 낙찰시킨다. 140만 원을 적어낸 사람에게 계금이 낙찰되었다고 치자. 계주는 그 사람에게 140만 원을 주고, 남은 60만 원은 아직 곗돈을 타지 않은 계원들에게 고루 나누어 준다. 이런 식으로 매달 계를 한다고 치면 곗돈을 최대한 늦게 탈수록 원금 200만 원에 상당하는 곗돈을 받는 것과 더불어 먼저 낙찰 받은 사람들이 받고 남은 계금을 다달이 이자 조로 나누어 받을 수 있다. 잘하면 가장 나중에 타는 사람은 시중 은행의 금융상품과는 비교할 수 없는 파격적인 이자를 챙길 수 있다. 한편 급전이 필요한 사람은 당장 목돈을 구해 쓴 뒤 남은 기간 이자를 합쳐 갚는 셈 치고 다달이 나누어 갚을 수 있는 것이다.

당시 새댁과 라일락 하우스의 몇몇 사람들도 이 낙찰계를 들었다고 한다. 새댁은 계원으로서 자기 차례가 되어 곗돈을 타고는, 며칠 후 온다 간다 말없이 야밤에 이사를 가버렸다. 라일락 하우스의 다른 식구들은 다음 날 집주인이 방문하여 신혼부부가 방을 뺐다고 말했을 때에야 그들이 간밤에 이사 간 것을 알았다고 한다. 어떻게 벽 하나를 사이에 두고 한집에 살면서 누군가 이사 나가는 걸 모를 수 있었을까? 그렇게 좁은 집에 그 많은 사람이 다 살 수 있었던 것만큼이나 신기한 일이다.

돈벌이에 억척스럽기는 했어도 얌전하고 예의 바르던 새댁이 곗돈을 타자마자 한밤중에 도둑 이사를 한 사건은 그야말로 충격이었다. 사람 속 정말 모르겠다는 한탄이 나올 만했다.

그러나 나는 신혼부부가 남은 곗돈을 붓기 싫어 야반도주를 했다고는 믿지 못하겠다. 그런 행동은 그들에 대한 나의 기억과 일치하지 않는 면이 있다. 말 못할 사정이 분명히 있었을 것이다. 같은 집에 사는 사람도 모르게 밤에 조심조심 짐을 챙겨 도망쳐야 할 만큼 다급한 사정이 있었고 그 와중에 남은 계금을 챙길 경황이 없었으리라.

그들에게 무슨 일이 있었던 걸까? 지금이라도 그때의 사정을 들어볼 수는 없을까? 작별인사도 없이 내 유년의 한 기억에서 갑자기 사라진 아름다웠던 그 부부가 몹시 그립다.

〈3회 끝〉

TV 특강쇼 녹화 다음 날인 일요일, 수빈은 상계역 근처 스타벅스에 약속 시각보다 조금 일찍 나와 앉아 있었다.

우돌은 까치집진 머리를 물로 대충 눌러 붙이고 붉게 충혈된 눈, 부어터진 얼굴을 하고 나타나 수빈의 옆에 앉았다. 수빈이 끔찍이도 싫어하는, 하얀 속털이 비죽비죽 삐져나온 두툼한 야상점퍼를 꿰입었다. 어제도 모임이 있어 신 나게 마신 모양인데, 꼭 숙취에 시달리는 곰 같았다. 옆 테이블에 앉아 재잘거리던 여고생 둘이 수빈에게 다가와 공책에 사인을 받아갔다. 다른 테이블의 사람들도 그 광경을 보고는 일행과 함께 수빈의 이름을 거론하며 속닥거렸다. 그러거나 말거나 우돌은 뜨거운 아메리카노를 국물 마시듯이 후루룩 소리를 내며 들이켰다. 수빈이 아메리카노로 우돌에게 세수를 시켜주고 싶다고 생각하는 찰나, 문이 열리고 하얗고 갸름한 얼굴에 페도라를 맵시 있게 눌

러 쓴 청년이 들어와 주위를 두리번거렸다. 수빈이 청년을 향해
손을 흔들었다. 이름을 확인하고 자시고 할 것도 없었다. 청년
은 29년 전 라일락 나무 앞에 선 새신랑을 의심의 여지없이 닮
았다.

이의철이 꾸벅 인사를 하며 뛰어왔다. 새하얀 뺨이 수빈을 마
주하고는 복숭앗빛으로 달아올랐다.

"엄마하고 같이 오려고 했는데……. 오늘은 힘드신가봐요.
식당을 하시거든요."

의철이 수줍게 말을 떼었다. 당초 약속과 달랐지만 수빈은 괜
찮다고 말했다. 추억 속 인물을 빼닮은 그의 얼굴을 보는 것만
으로도 신기하고 반가워서 이 자리에 나온 수고가 아깝지 않다
는 생각이 들었다. 사진 속의 새신랑이 뚜벅뚜벅 걸어 나와 새
옷을 입고 수빈의 앞에 앉아 말을 거는 듯한 야릇한 감정이 들
었다.

"이런. 어머님을 만나러 온 건데."

우돌이 입고 있는 점퍼의 먼지를 툭툭 털며 눈치도 없이 중얼
거렸다. 의철은 의아한 표정으로 우돌을 보았다. 누구세요? 라
고 묻는 표정이었다.

"이쪽은 박우돌이라고…… 어렸을 때 나랑 한집에서 살았던
친구. 내 글 읽었으면 알겠네요."

아하, 하고 의철이 고개를 끄덕이며 수빈과 우돌을 번갈아 보
았다. 둘 사이를 궁금해하는 눈치였다. 우돌은 부은 눈만 비비

적거렸다. 수빈이 탁자 밑에서 구두 굽으로 우돌의 발을 한 번 콕 찔렀다. 우돌이 눈을 번쩍 떴다.

"이거 먼저 보세요."

의철이 사진을 내밀었다. 비닐 코팅을 입힌 오래된 사진이었다. 라일락 나무 위에 올라타 있는 일곱 살의 수빈과 그 밑에 선 새신랑. 수빈이 칼럼 1회분에 내보낸 것과 같은 사진이었다. 29년 전, 라일락 하우스 구성원 중 누군가가 가정용 필름 카메라로 이 사진을 찍었다. 찍힌 사람 수만큼 사진을 현상하여 나누어 가지는 게 그 시절 관례였으니 똑같은 사진이 있는 건 놀랄 일은 아니었다. 하지만 따로 간직해온 한 쌍의 같은 사진이 지금까지 보존되어 자기 손에서 다시 만났다는 생각을 하니 수빈은 감회가 새로웠다.

"내가 태어나기 전에 찍은 아빠 사진은 그거 한 장뿐인데, 그 사진이 신문에 나와서 정말 놀랐어요."

"그랬겠네요……. 근데, 아버님은 돌아가셨다고요?"

엊그제, 수빈이 만날 약속을 정하기 위해 의철과 통화하며 들은 사실이었다.

"5년 전에. 교통사고로요." 의철은 수빈이 돌려주는 사진을 소중하게 받아 들었다. "도금회사 기술자셨어요. 퇴근하고 집에 오시는 길에 그렇게 되셨죠. 엄마나 저나 그땐 되게 힘들었어요."

"아버님 성함 물어봐도 될까?"

우돌이 물었다.

"이 귀자 철자 쓰셨어요. 이귀철. 엄마는 김순자 여사님."

수빈은 이제야 알게 된 그들의 이름을 조용히 발음해보았다. 이귀철. 김순자. 기억의 한편에 막연히 자리 잡고 있던 이들이 구체적인 형태를 갖추고 일어나 옛날 그 집을 걷기 시작했다.

"어머님께서 식당을 하신다고요?"

"네. 아빠 돌아가신 뒤에 시작하셨는데. 간장게장집이요. TV 에만 안 나왔을 뿐이지 소문난 대박집인데. 그것도 엄마가 방송 타는 거 싫다고 거절해서 그렇지 방송사마다 찍으러 오겠다고 는 했었어요. 근데 요샌 오히려 방송 안 나온 집이 진짜 맛집인 거 아세요?"

의철이 신이 나서 말했다.

"어머니께서 젊었을 적부터 일을 야무지게 하셨어. 뭘 해도 잘 하실 줄 알았어."

수빈이 맞장구치자 의철이 싱글거리며 주머니를 뒤져 휴대 전화를 꺼내 들이밀었다. 휴대전화 초기화면에 의철이 중년 여 자와 얼굴을 다정하게 맞대고 찍은 사진이 있었다. 새댁. 수돗 가에 천막을 치고 바닥에 떨어지는 물소리도 수줍게 목욕을 하 던 새 신부. 턱 밑에 살이 찌고 눈가엔 주름이 자글자글 잡혀 있 었지만 또렷한 눈매며 콧날이 여전히 고왔다.

"우리 엄마예요. 이쁘죠?"

"그래. 학생이 아버님을 닮았다고 생각했는데 이걸 보니 어머 님을 더 닮았네요."

"그래요? 아빠랑 엄마가 워낙 서로 닮으셔서 말이죠. 그래서 난 내가 아빠를 닮았는지 엄마를 닮았는지 모르겠던데." 의철은 휴대전화를 다시 받아 들고 화면을 흐뭇하게 바라보았다. "우리 엄마, 내후년이면 오십인데. 낼모레 오십인 사람 중에 이렇게 예쁜 사람 봤어요?"

그보다 수빈은 의철처럼 엄마를 좋아하는 청년은 처음 보았다. 여자처럼 가늘고 예쁘게 생긴 이 청년은 홀로 된 새댁에겐 딸 같은 아들인 것 같았다. 형제도 없이 외아들이라던데. 서로 얼마나 애틋할까.

"어머니께서 수빈이가 쓴 글 보고 뭐라 안 그러셔?"

우돌이 물었다. 순간 의철의 표정에서 웃음기가 걷혔다.

"아…… 그거요."

"참, 그건 말예요." 수빈이 나섰다. "곗돈에 대한 얘기. 어제 나온 거 봤죠? 그거 의철 학생이 나한테 연락하기 전에 써서 신문사에 넘긴 거예요. 글 쓸 땐 의철 학생의 존재도 몰랐고 어머님의 소재도 몰랐으니 왜 그랬는지 물어볼 수도 없는 문제였잖아요. 난 그 시절 낙찰계라는 것의 실상에 대해 쓰고 싶었거든요……. 어머님께 말 못할 사정이 있었을 거라는 생각은 진심이에요."

의철이 점점 곤혹스러운 표정을 지었다.

"엄마는 평론가님이 뭔가 착각하신 것 같다고…… 하셨는데……. 근데 사실 그건 별로 문제가 아니라……."

"?"

"엄마가, 아빠도 그랬고요. 옛날 얘기하는 거 무지 싫어하세요." 의철은 말하며 뒷목을 긁었다. "두 분 다 부모님 일찍 돌아가시고 어렵게 자라셨대요. 아빠는 어렸을 때부터 친척집을 전전하며 살다가 혼자 몸으로 나오셨고. 엄마는 고아원에서 자랐고요. 어려웠을 때 얘기, 하고 싶지 않대요. 기억나는 것도 없으시고. 전 친가도 외가도 없어요. 두 분 어떻게 살아오셨는지 아무것도 몰라요."

"그래요……. 그러면, 바빠서라기보다는 어머니께서 오늘 나오고 싶지 않다고 한 거군요. 그렇죠?"

수빈이 말했다. 의철이 천천히 고개를 끄덕였다.

우돌이 끄응, 하는 소리를 냈다. 수빈은 생각에 빠져 말없이 커피만 홀짝였다.

"걱정 마세요. 제가 며칠간 잘 말해볼게요. 식당일이라는 게 원체 바쁘니까 신경 쓰고 싶지 않아서 그런 것도 있어요. 며칠 후에 두 분 우리 엄마 식당으로 밥 먹으러 오세요. 막상 만나면 분명히 반가워하실 거예요. 틀림없어요. 간장게장도 죽여주게 맛있는데요. 안 드셔보면 후회하세요."

장담하는 의철에게 수빈은 그럼 그럴까요, 하고 말했다. 의철의 표정이 밝아졌다.

헤어질 때도 의철은 며칠 후 꼭 식당에 들리라고 수빈에게 다짐을 놓았다. 작별인사를 하면서도 의철은 아쉬운 듯 수빈의 얼굴을 흘깃흘깃 쳐다보았다. 우돌이 주차장에서 차를 꺼내와 수빈이 서 있는 곳에 대고서야 의철은 등을 돌렸다. 걸어가는 의철의 낭창낭창한 뒷모습을 바라보며 수빈은 우돌의 미니 쿠퍼 조수석에 올라탔다.

"소가 쭉 핥아놓은 거 같이 생겼네. 기생오라비처럼. 저게 기지배지, 사내새끼냐."

우돌이 차를 출발시키며 투덜거렸다.

"말하는 거 하고는." 수빈은 우돌을 노려보다 이내 웃음을 터트렸다. "아무튼 마마보이인 거 같긴 해. 스물아홉 살이라는데 우리 엄마, 우리 엄마 하는 거 봐."

"오십이 널모레인 사람 중에 우리 엄마같이 예쁜 사람 봤어요옹."

우돌이 어깨를 비비 꼬며 의철의 말투를 과장되게 흉내 냈다. 우직하게 생긴 남자가 삼류 연극에서 게이 역할을 맡은 배우처럼 말하는 폼이 우스워서 수빈은 키들키들 웃었다.

"현수빈 여사. 글 쓸 거 못 건져서 어떡하나?"

"다음에 쓸 건 대충 생각해놨어. 김순자 여사님은 쟤 말대로 며칠 후 만나면 되지. 싹싹한 애잖아. 믿어볼래."

"……믿어도 될까?"

"응? 무슨 뜻?"

우돌이 미간을 모으고 의미심장한 표정을 지었다.

"내 생각에 쟤는 지 엄마에게 말을 꺼내지도 않았어."

핸드백 속에서 휴대전화 진동음이 느껴져 수빈은 뭐라 말을 하려다 말고 핸드백을 뒤졌다. 문자 메시지가 와 있었다.

오늘 정말×10000 반가웠어요. '소문난 밥도둑' 집 꼭 오실 거죠? 기다려요. -의철

"그 자식이야?"

우돌이 휴대전화 화면을 힐끔거렸다.

"아! 갑자기 간장게장이 간절하게 먹고 싶네."

하며 수빈은 입맛을 쩝쩝 다셨다. 나는 양념게장이 더 좋더라, 하고 우돌이 불만스럽게 중얼거렸다.

우돌도 밀린 일을 해치워야 했고, 수빈도 여러 가지 일정 때문에 바빴으므로 우돌이 수빈을 오피스텔 앞에 내려주고 제집에 가는 걸로 둘 사이 합의가 되었다. 수빈이 엘리베이터를 타고 올라갈 참에 휴대전화가 또 진동했다.

잘 들어가셨어요? 궁금해서요. 답장 간단하게라도 해주면 좋을 텐데…^^

집에 들어가 침대 위에 핸드백과 코트를 던져놓고 수빈은 답장을 보냈다. '방금 전에 도착했어요. 2, 3일 후 어머님 식당에서 봐요. 연락하고 꼭 갈게요.'

귀고리를 빼고 있는 사이 화장대 위에 올려놓은 수빈의 휴대전화가 또 부르르 진동음을 울렸다.

야호! 답장받았다! 말 낮추세요. 저도 담에 만날 땐 누나라고 불러도 되죠? 네?

또 답장을 했다가는 끝이 없을 것 같은 생각에 수빈은 휴대전화를 무음 모드로 돌려놓고 노트북을 켰다. 생각해둔 칼럼 4회분의 첫 문장을 쳐보았다.

'디지털은 터치하고, 아날로그는 돌린다.'

화장실에 앉아서도 인터넷에 접속하여 원하는 것을 얼마든지 보고 들을 수 있고, 사람마다 하나씩 들고 다니는 개인 전화기가 있는 지금, 텔레비전 정규 방송 시청이 유일한 문화생활이요, 전화는 네다섯 집 건너 한 대밖에 없었던 시절에 관해 쓸 참이었다. 머릿속 사고의 결을 정돈하고 수빈은 한동안 글을 쓰는 데 집중했다.

원고지 10매 정도의 분량을 써놓고 수빈은 잠시 쉴 겸 일어나 에스프레소를 내렸다. 앙증맞은 에스프레소 잔에 검고 걸쭉한 액체가 똑똑 떨어지는 것을 보며, 수빈은 보기만 해도 기분이 좋아지는 이의철의 잘생긴 얼굴을 떠올렸다. 우돌 몰래 수빈의 얼굴을 힐끔 훔쳐보던 그 호기심 가득한 눈빛도. 외모도 그렇고 내면도 어리숙한 청년이었다. 누군가는 철이 없다고도, 또 누군가는 순수하다고도 말할 수 있는 어린 남자. 2010년도에 나타난 1980년대의 남자. 다음에 만날 때는 덥석 누나라고 부를 것 같았다. 매력 있는 청년이었다.

제6장

대중문화평론가 현수빈의 유년기행 ④
다이얼을 돌려라: 컬러텔레비전과 빨간 전화기

디지털은 터치하고, 아날로그는 돌린다.

1984년엔 전화기 다이얼도 텔레비전 채널도 턴테이블도 자동차 창문도 모두 돌려서 조작했다. 채널을 바꾸려면 텔레비전 오른쪽 윗부분에 달린 회전식 스위치를 잡고 드르륵 돌려야 했다. 간혹 스위치 뚜껑이 쏙 빠지는 경우가 있었다. 그러면 텔레비전 옆에 펜치를 가져다놓고 스위치 안쪽 철심을 펜치로 잡아 돌렸다. 리모컨을 사용하면 되지 않느냐고 묻는다면? 할 말이 없다.

각 방에 텔레비전 한 대씩은 있었지만, 컬러텔레비전이 있는 방은 라일락 하우스에서 우리 방뿐이었다. 1980년 12월부터 방송사의 컬러 화면 방영이 시작되면서 컬러텔레비전은 유복함과 행복의 상징으로써 주부들의 희망 상품 1호가 된다. 컬러텔레비전을 사기 위한 목적으로 계를 드는 것이 유행이 될 정도였으니.

안채 건넌방 세 언니들은 자기 방의 흑백텔레비전을 놔두고 종종 우리 방으로 건너와 컬러텔레비전을 보았다. 특히 너무 추워 마루에서 고양이 장난감을 만들기 곤란한 겨울밤에는, 엄마와 언니들은 방 안에 먼지가 날리는 것도 불사하고 재료를 방에 싸들고 들어와 쥐 모형을 만들며 텔레비전을 보았다. 아빠가 평소 집에 없으니까 가능한 일이었을 거다. 그 와중에도 오빠와 나는 무슨 일이 있어도 밤 아홉 시에는 한쪽에서 잠이 들어야 했다. 아홉 시가 넘은 시간에도 자지 않고 이불 틈으로 몰래 텔레비전을 보고 있다가 들키면 엄마에게 혼쭐이 났다.

당시 텔레비전은 브라운관이 둥글게 튀어나와 있었고 화질이 썩 좋지 않았다. 전파 신호를 안테나로 잡아 수신하는 방식이었으므로 화면이 잘 나오지 않으면 텔레비전 뒤에 달린 V자 모양의 안테나를 이리저리 움직여 보아야 했다. 그래도 해결이 안 되면 지붕에 달아놓은 안테나의 위치를 조정하기 위해 간만에 집에 온 아빠가 투입되었다. "나와?", "안 나와!", "이제 나와?", "어! 아니, 아니! 그만! 방금 전에 나왔는데!" 지붕에 올라간 아빠와 방에 있는 엄마 사이의 이런 대화를 오빠와 나는 마당과 방을 오가며 연락병처럼 전했다. "안 나온대요!", "쫌 전에 나왔대요!"

컬러텔레비전보다 더 귀한 게 전화기였다. 전화는 1975년까지만 해도 가구 보급률이 9.6퍼센트밖에 되지 않은(같은 시기 텔레비전 보급률은 30.2퍼센트) 희귀 상품이었다. 가격도 비싼 데다가 나라 전체적으로 통신선이 많지 않아 서민은 돈이 있어도 갖기 어려웠다. 정부의 의식적인 전화 회선 증축 공사에 따라 1980년에는

24.1퍼센트, 1985년에는 48.7퍼센트까지 보급률이 올라가긴 했다. 그러나 1984년 라일락 하우스 다섯 가구 중 전화기가 있는 집은 단 한 곳, 우리 방뿐이었다.

전화기는 엄마가 코바늘로 뜬 깔개 위에 고이 놓여 있었다. 바탕에 적힌 각 숫자 위로 손가락을 넣을 부분이 동그랗게 뚫려 있는 회전판. 구멍에 차례로 손가락을 넣어 회전판 우측 아래 양철 조각에 닿을 때까지 철컥철컥 돌려서 전화를 걸던 기억. 전화기 옆에는 깡통을 하나 놓았다. 전화를 빌려 쓰는 사람들이 깡통에 양심껏 통화 요금을 넣을 수 있도록.

나는 다른 방 식구들에게 전화가 걸려왔다는 전갈을 전하는 역할을 했다. 별채 식구를 찾는 전화가 걸려오면 재빨리 신발을 신고 뛰어나가 그 집의 방문을 두드렸다. "전화 왔어요!" 호출된 사람들은 밥을 먹다가도 설거지를 하다가도 잠을 자다가도 벌떡 일어나 우리 방으로 내달렸다. 밖에서 걸려오는 전화는 대개 중요한 용건이었기에 그들은 기대와 불안을 동시에 안고 전화기로 뛰어갔다.

전화를 빌려 쓰는 사람들은 될 수 있으면 안채 안방이 비기를 기다렸다. 전화는 예나 지금이나 보호받고 싶은 사적이고 은밀한 말을 실어 나르는 도구였으니까. 사람들은 엄마가 마루나 부엌에 나와 있을 때 전화를 쓰겠다는 허락을 맡은 뒤 살며시 빈방에 들어가 통화를 하곤 했다.

그런 마음을 영악하게 눈치 채고 나는 가끔씩 장난을 쳤다. 미닫이 벽장 안에 몰래 숨어 누군가 전화를 걸러 방에 들어올 때까지 기다리는 거다. 주로 건넌방 세 언니들이 걸려들었다. 모두 20대 초반의 젊은 처녀들이니 은밀하게 통화하고 싶은 용건이 얼마든지 있었을 테다. 그들이 하는 말의 의미를 속속들이 알아챌 순 없었지만 전화기 선을 꼬아쥐고 머뭇거리는 몸짓이라든지 수줍어하는 표정, 언뜻언뜻 튀어나오는 교태 섞인 말투를 통해 통화의 성격과 중요성을 가늠해볼 수 있었다. 나는 벽장 뒤에 웅크리고 앉아 침을 꼴깍 삼키며 분위기가 정점에 이를 때를 기다렸다. 때가 오면 벽장 문을 소리 내어 열고 짠, 하고 튀어나가는 거다. 언니들은 화들짝 놀라 수화기를 핑 던지며 벌떡 일어서기도 하고 뛰는 가슴을 쓸어내리며 어린 나를 잡아먹을 듯 쏘아보다가 한 대 쥐어박기도 했다. 장난이 몇 번 되풀이되다보니 언니들 중에는 전화를 걸기 전에 벽장 문부터 열어보는 사람도 생겼다.

건넌방 언니들 이외에는 별채 과일장수 부부가 가끔 전화를 빌려 썼는데 주로 밤에 건너오는 데다가 통화 내용도 시골에 계신 친지들에게 안부를 전하는 수준이라 장난을 걸 재미가 없었다. 별채 신혼부부나 문간방 영달이 오빠는 전화를 쓰는 일도 밖에서 전화가 걸려오는 일도 거의 없었다. 그런데 딱 한 번 안채에는 거의 발걸음을 하지 않는 영달이 오빠가 낮에 전화를 쓰러 들어왔던 기억이 난다.

그날도 나는 벽장에 숨어 그날의 제물을 기다리고 있었다. 언니들 중 한 명이 들어올 줄 알았는데 영달이 오빠가 들어왔다. 영달이 오빠는 먼저 깡통에 동전 두어 개를 던져 넣더니 어딘가로 전화를 걸었다. 나는 새로운 장난의 대상이 생긴 흥분감에 귀를 쫑긋하고 있다가 왠지 심상치 않은 기운을 느꼈다. 영달이 오빠가 통화의 상대에게 화를 내고 있는 거였다. 작은 목소리로 중얼중얼 말하고 있었지만 분위기가 심상치 않았다. 그때 당황한 내가 무슨 소리를 낸 모양이었다. 영달이 오빠가 서둘러 통화를 마치더니 뚜벅뚜벅 걸어와 벽장문을 드르륵 열었다. 영달이 오빠는 쭈그려 앉은 나를 가만히 내려다보더니 고개를 설레설레 저으면서 방을 나갔다. 그의 말 없는 비난이 나에겐 더 충격적이었다.

   그 일이 있고 난 후 나는 다른 사람의 통화를 훔쳐 듣는 장난을 그만두었다. 부끄러움보다는 두려움이 더 컸던 것 같다. 듣지 말아야 할 것을 듣는 순간 결코 그것을 듣기 전으로는 돌아갈 수 없다는 사실을 막연하게나마 깨달았던 것이다. 소녀가 한층 자라난 순간이었다.

〈4회 끝〉

   "저도 어렸을 땐 장롱에 잘 숨었어요."

   테이블에 반찬 접시를 늘어놓는 것을 도우며 의철이 말했다. 오늘은 페도라를 쓰지 않았다. 이마에 구불구불 늘어뜨린 곱슬머리가 잘 어울렸다.

   "부모님이 나 없을 땐 무슨 대화를 하나, 숨어서 듣다가 거기서 잠들어버리기도 하고. 그러다 그냥 거기 이불 더미 위에서 침 흘리며 자다가 나 찾아다니던 아빠한테 들켜 왕창 혼나고요. 이거 관음증이에요?"

   "그러네."

   우돌이 전채로 나온 호박 부침개를 젓가락으로 찢으며 말했다. 종업원 여자가 빈 쟁반을 들고 일어섰다.

   "아줌마. 이 방에 손님 더 받으면 안 돼요." 의철이 종업원 여자

쪽으로 몸을 기울여 말했다. 열 명 정도 둘러앉을 수 있는 커다란 교자상이 놓인 독실에 수빈, 우돌, 의철 셋만 앉아 있는 상황이었다. "그리고 특별한 손님이니까 서비스도 팍팍. 알죠? 엄마도 대충 하고 빨리 오시라고 좀 해주세요. 아들 친구 왔으니깐."

수빈과 우돌은 의철을 만나고 일주일이 더 지난 후에 '소문난 밥도둑' 식당에 들렀다. 외벽을 하얗게 칠한 4층 건물에 전용 주차장까지 따로 있는 대규모 식당이었다. 소박하고 조촐한 뒷 골목 밥집을 상상했던 수빈은 연신 감탄의 말을 내뱉었다.

"이 건물도, 이 식당도 사실 제 거예요." 수빈과 우돌을 방으로 안내하며 의철이 뻐기는 표정을 지었다. "명의가 제 앞으로 되어 있거든요. 저, 부자예요. 대학생 부자."

그럼 의철이 이 식당의 사장님인 거냐고 수빈이 묻자 의철이 잇몸을 드러내며 씩 웃었다.

"네. 전문용어로 바지사장인 거죠. 하하. 지금까지 제가 이 식당에 관해서 한 일이란 어느 날 운전할 사람이 없어서 딱 한 번 승합차 끌고 도매시장 간 일밖에 없어요. 실제 사장님인 우리 엄마는 장롱면허거든요."

한창 바쁠 시간은 피하자는 생각에 저녁 여덟 시쯤 도착했는데도 방이며 홀이며 손님이 바글바글했다. 의철은 일단 밥을 먹고 있으면 어머니가 방으로 찾아올 거라고 했다.

"듣지 말아야 할 것을 들은 순간 결코 그것을 듣기 전으로는 돌아갈 수 없다! 이 구절 맘에 들었어요. 멋있어요. 누나."

의철의 입에서 '누나'라는 호칭이 나온 순간 우돌이 '어라? 애 좀 봐라?' 하는 표정으로 의철을 꼬나보았다. 수빈은 모른 척 레몬 조각을 띄운 손 씻는 물에 손가락을 담가 사부작사부작 씻었다.

"좋았다니, 나도 좋네."

문이 열리고, 아까 그 여자 종업원이 우묵한 접시에 게장을 수북이 담아 날랐다. 두툼한 게딱지 안에 붉은 알이 꽉 차 있었다. 수빈은 맛보기도 전에 입안에 침이 그득 고였다. 주발에 양껏 덜어 먹을 수 있도록 더운 김이 폴폴 날리는 하얀 쌀밥이 양푼에 가득 담겨 한옆에 놓였다. 수빈은 비어 있는 위장이 찌르르 떨리며 맹렬하게 식욕이 솟구치는 것을 느꼈다.

게장은 짜지 않고 싱싱했다. 바쁜데 왜 계속 불러내느냐고 오는 동안 불만이 가득했던 우돌도 수빈과 함께 소매를 걷어붙이고 달려들었다. 집게발을 깨물어 빨자 차갑고 달착지근한 살점이 입안 가득 들어왔다. 츄르릅. 수빈은 게살을 빨고 볼이 미어져라 쌀밥을 욱여넣었다. 적당히 파먹은 게딱지에 얼른 밥 한 덩이를 넣고 참기름 한 방울을 떨어뜨린 뒤 게딱지 귀퉁이에 붙어 있는 비닐 같은 속껍질까지 집요하게 떼어내 비벼 먹었다. 이 콤콤하고 음흉한 감칠맛을 어느 음식이 따라갈 수 있을까. 둘이 정신을 차렸을 때는 양푼에 담겨 있던 밥은 깨끗이 비워져 있었고 표면에 묻은 양념까지 쪽쪽 빨아 먹은 게 껍질이 식탁 여기저기에 쌓여 있었다.

우돌이 부른 배를 매만지며 화장실에 갔다 오겠다고 일어섰다. 수빈은 냅킨으로 입을 닦으며 마주 앉아 있는 의철에게 말했다.

"먹을 땐 체면 안 차리는 성격이라. 정말 맛있다. 대박 날 만해. 이거 너무 배불러 큰일인데."

"보기 좋아요. 예뻐요, 누나."

"게장 빨아 먹는 모습이 예쁘다니 내가 예쁘긴 진짜 예쁜가보다. 하하."

"저는요…… 누나."

"응?"

"아빠 엄마가 옛날 얘기를 절대 안 해주시니깐. 더 궁금한 거 있죠. 항상 그랬어요. 그런데 아빠 돌아가시고 나서 그 사진…… 신문에 실렸던 사진이요. 그걸 보고 신기해서 코팅해 가지고 갖고 다녔는데. 볼 때마다 나무 위에 있는 이 예쁜 여자아이는 누굴까…… 그런 생각 했어요. 그런데 그 여자아이가 누나라니, 모든 사람이 다 아는 현수빈이라니, 와우!"

"얘는. 쑥스럽게."

수빈은 우돌이 돌아오는 기척이 있나 살피며 문 쪽을 힐끗 돌아보았다.

"남자친구예요?"

의철이 수빈 옆의 빈자리를 턱짓으로 가리키며 물었다. 걱정을 숨기지 못한 말투였는데, 정말로 궁금해서 묻는 것 같았다.

"그런 거 같아?"

수빈은 놀려줄 마음에 애매하게 말했다. 그때 문이 열리는 소리가 나더니 수빈의 등 뒤 너머 들어오는 사람을 보고 의철이 환하게 웃었다. 수빈이 돌아보았다. 과일접시와 커피 잔 네 개를 쟁반에 받쳐 든 중년 여자가 들어오고 있었다. 최근 의철의 휴대전화 초기화면에서 본 사람.

"아주머니!"

수빈이 소리쳤다. 무심하게 쟁반을 나르던 김순자가 발을 멈추고 어안이 벙벙한 표정으로 수빈의 얼굴을 들여다보았다.

"아가씨는…… 어머나!"

"네! 저예요!"

"수빈이?"

수빈이 벌떡 일어나 쟁반을 받아 들어 교자상 위에 내려놓은 뒤 김순자의 손을 맞잡아 흔들었다.

"저 기억하시네요?"

"안채 막내딸 현수빈이 맞나?"

김순자는 식당에 온 의철의 손님이 누군지 모르고 들어온 것 같았다. 의철이 엄마에게 수빈과 관련된 얘기를 꺼내지도 않았을 거라고 한, 우돌의 예상대로 들어맞는 순간이었다.

단발머리에 옅은 화장을 하고 식당 상호가 찍힌 앞치마를 두르고 있는 김순자는 나잇살이 다소 붙긴 했으나 여전히 얼굴 윤곽이 뚜렷한 미인이었다. 경상도 말투를 쓰는 것도 여전했다.

예상치 못한 상황에 조금은 놀란 표정이었다.

"저도 기억하세요?"

그 사이 돌아온 우돌이 김순자의 등 뒤에서 말했다. 김순자는 몸을 돌리는 동시에 양 손바닥을 짝 부딪쳤다.

"우돌이? 니는 박우돌이 아이가? 그쟈? 어머나. 다들 어쩜 이렇게 이쁘게 컸노."

종업원이 들어와 상 위의 빈 그릇을 걷어갔다. 네 사람은 커피와 과일을 앞에 놓고 자리를 정돈해 앉았다. 의철은 수빈과 우돌을 만나게 된 경위를 김순자에게 설명했다.

"엄마가 안 반가워할까봐 사실 나 되게 맘 졸였어. 허튼짓했다고 혼날까봐."

의철이 이마의 땀을 씻어내는 시늉을 했다.

"안 반가워하기는…… 다 먹고사는 게 바빠서 글치. 니 아빠도 안 계시고……." 말끝을 흐린 김순자가 수빈을 은근한 눈으로 바라보았다. "왠지 오늘 아침에 야가 수빈이 니가 쓴 글이라며 신문을 보여주는데…… 그때 생각 나드라. 어쩜 니는 어릴 적 기억이 그리 생생하니 나나? 내도 잊고 있었던 것까지 자세하니 썼대."

"보셨어요?"

"그래. 내가 곗돈 마감 안 하고 이사 갔다는 것도…… 처음 봤을 때는 전혀 생각이 안 나는 기라. 어데 내가 그랬노, 하다가……."

김순자가 직접 곗돈 이야기를 꺼내자 수빈은 긴장해서 자리를 고쳐 앉았다.

"차근히 생각해보니 그랬을 수도 있겠다 싶다. 근데 급히……
어딜 좀 가느라고 기랜긴데…… 일부러 그런 건 아이다. 그
땐…… 애 아빠에게 사정이 좀 있었다."

곗돈에 관한 얘기는 더 하지 않는 게 좋을 것 같아 수빈은 화
제를 돌렸다.

"제가 아주머니 목욕할 때 말 걸었던 거 기억나세요?"

"그럼." 김순자가 가볍게 힐난하는 표정으로 수빈을 보았다.
"목욕탕 가는 돈 좀 아껴보겠다고 집에서 천막 쳐놓고 목욕하고
있으면 니 그때마다 와서 참견했다. 쪼맨하니 인형같이 생긴 가
시나가. 좀 얄미웠다. 몰랐제?"

네 사람은 모두 웃었다. 제 엄마가 들어와 수빈과 인사를 나
눌 때 부쩍 눈치를 살피던 의철은 이제 분위기가 부드러워졌다
고 생각했는지 김순자에게 물었다.

"엄마. 그 집에 살았던 사람들 얘기 좀 해봐."

"그 집 사람들?"

"그래. 엄마가 밥해줬다는 그…… 이름이 영달이. 맞죠?"

의철이 수빈에게 물으며 윙크했다. 수빈이 맞다고 대답하고
의철에게 미소를 보냈다.

"문간방 총각. 그 사람 얘기부터 해봐."

"하도 오래전 일이라 무슨 생각이 나야지……. 그래, 수빈이
니 하는 일은 알겠고. 우돌이 니는 무슨 일한다고?"

"엄마, 말 돌리지 말고. 좀!"

의철의 공세에 수빈이 합세했다.

"영달 오빠가 나이가 더 위였나요? 아주머니 댁에서 밥을 대먹은 건 맞죠?"

김순자가 포크를 들어 깎아 놓은 사과의 표면에 대고 서서히 눌렀다. 과육이 밀리며 포크 끝이 쑤욱 들어갔다. 조각배 모양으로 깎은 사과 조각이 포크 끝에서 이리저리 움직였다.

모두가 말없이 김순자의 행동을 지켜보고 있었다.

"……말이 총각이지 나랑 나이가 같았지, 아마. 대학생이라고 하긴 하는데 뭐 공부하는 꼴을 본 적은 읎다. 언젠가 주인아저씨가 내를 찾아와서 '아지매, 삼시 세 끼 밥해 드시는 김에 한 그릇 더 해서 저 대학생 총각 밥 차려주고 밥값 벌어보는 거 어떻겠습니까?' 하고 말을 해서 해주게 됐어. 주인아저씨가 아마 그 총각 고향 선배라 카는 거 같드라. 자주 와서 들여다보고 뭔지 모르지만 잘못하면 혼도 내고 그러대? 우돌이 니는 기억 안 나나?"

"네?"

조용히 듣고 있던 우돌이 되물었다.

"아…… 아이다."

우돌의 얼굴을 물끄러미 바라보다가 김순자가 말을 거두며 시선을 돌렸다.

어쩔 수 없이 또 수빈이 끼어들었다.

"영달이 오빠가 우돌이 우영이랑 잘 놀아주지 않았어요? 아줌마가 점심상 차려주면 우돌이 우영이 보고 자기 방으로 들어오라고 해서 같이 먹기도 하고."

김순자는 고개를 숙이고 식탁 위에 모아 쥔 손을 쥐었다 폈다 했다.

"그랬지⋯⋯. 그래서 내가 일부러 밥을 한 공기 더 넣어주기도 하고⋯⋯."

"우돌이는 기억 안 난대요. 영달이 오빠가 연탄가스 먹고 죽은 것도 내가 말해서 알았는데요, 뭘."

수빈이 말하자 김순자가 눈을 휘둥그레 떴다.

"영달이 총각, 가스 먹고 죽었나?"

영달이 오빠가 죽은 건 별채 신혼부부가 야반도주를 한 이후의 일인 것 같았다. 다른 건 몰라도 두 사건의 순서는 명확해졌다. 김순자는 많이 놀랐는지 눈을 계속 크게 뜬 채로 중얼거렸다.

"그럼, 편지는 어떻게 됐을까⋯⋯?"

"편지요?"

수빈이 물었다.

"⋯⋯."

김순자는 금방 무슨 생각에 빠진 것 같았다. 수빈이 고개를 갸웃거렸다. 우돌도 관심이 생긴 듯 마시던 커피 잔을 내려놓고 김순자의 대답을 기다렸다.

"무슨 편지 말씀이세요?"

"아, 아이다. 헛갈렸다. 암것도 아이다."

김순자가 고개를 설레설레 저었다. 그리고 마침 생각났다는 듯 우돌을 보며 조심스럽게 말했다.

"오랜만에 만나서 물어보기도 그렇긴 한데, 우돌아. 우영이는 어떻게……?"

"아……." 우돌의 얼굴에 어둠이 드리워졌다. "잘못됐어요. 병 걸리고 바로 다음 해에."

"그렇구나. 뇌종양이었지, 아마?"

우돌은 고개를 끄덕였다. 어릴 때 겪은 동생의 죽음이 아직까지 우돌에게 깊은 상처로 남아 있다는 걸 알기에 수빈은 상 밑으로 우돌의 손등을 가볍게 쥐어주었다.

수빈은 김순자에게 부모님과 수혁 오빠의 근황을 전했다. 수혁 오빠가 백화점 경비원이 되었다는 말에 김순자는 어울린다며 기분 좋게 웃었다. 수혁 오빠가 얼마나 말썽꾸러기였는지에 대한 증언이 잠시 이어졌다. 공놀이를 하다가 라일락 하우스 다섯 가구가 공동으로 사용하는 재래식 변소의 창문을 깬 이야기, 똥통에 떨어진 공을 제 딴엔 한번 건져보겠다고 빨랫줄을 받쳐놓은 바지랑대를 빼서 변소로 들고 가다가 안채 언니들이 널어놓은 이불 빨래를 흙바닥으로 곤두박질치게 만든 이야기, 그날 밤 수빈의 어머니가 흙 묻은 이불을 대신 빨며 기운 빠지고 신경질이 날 때마다 슬리퍼 짝으로 수혁 오빠를 수도 없이 후려쳤다는 이야기를 김순자는 조용조용한 말투지만 맛깔나게 했다.

"혹시 안채 언니들, 기억나세요? 그 언니들 얘기도 좀 해주세요."

수빈이 청했다.

"그 사람들이야 수빈이 니네 부모님들이 더 잘 아시지 않겠노. 내는 기억나는 게 없는데……."

"엄마에게 듣긴 했는데, 제 글 보셨죠? 그게 다에요. 세 언니들의 이름도 모르시고, 서로 어떤 관계였는지도 기억 안 난다 하시고."

"세월이 오래됐으니…… 하모 30년 전 일 아이가."

"의철 어머님은 그 언니들과 또래셨잖아요. 우리 엄마하곤 또 다르게 기억하는 부분이 있을 것 같은데요."

"다를 게 뭐가 있겠노……."

"엄마!" 의철이 김순자의 손을 덥석 잡고 애교스럽게 눈을 깜빡였다. "협조 좀 해줘. 응?"

"이름만이라도요. 이름은 기억하시죠?"

의철의 지원사격을 놓칠세라 수빈이 파고들었다.

김순자가 미간을 찌푸리며 왼쪽 위 방향으로 시선을 향했다. 과거의 기억을 회상할 때, 사람들은 대개 눈동자를 왼쪽으로 보낸다는 말이 생각나 수빈은 기대했다.

"글쎄…… 보자. 목발 짚고 다녔던 아가 나보다 두 살인가 아래였는데 가 이름이 황경자인가 그랬을 기다."

"목발 언니 이름이 황경자?"

"목발 언니라…… 그래. 그렇게들 불렀지. 후후. 가가 그래도 붙임성이 있고 상냥했어. 미용 기술 배우러 다니고 했었는데. 자격증도 땄지, 아마? 근데 몸이 그래가 써주는 데가 없으니까 네 집에서 니 엄마랑 쥐 만드는 일만 하고 그랬을 끼다."

"다른 언니들은요? 누구랑 누가 자매였는지 기억나세요?"

"황경자 가가 언니가 있었는데. 내랑 동갑이었을 끼다. 그 뭐라 카드노. 키 크고 머리 길어가지고……."

"긴 머리 언니요?"

"이. 맞다. 그 둘이 자매였제. 가도 이름에 '자' 자가 들어갔을 텐데……. 생각 안 나네."

순간 의철이 피식 웃었다.

"이름이 다 그게 뭐예요. 김순자. 황경자. 또 황 무슨 자? 그 집에 살았던 여자들은 왜 다 자자 돌림이야."

그 집만 그랬던 건 아니다.

수빈은 모 지방 대학교 부설 평생대학원에서 드라마 창작을 강의한 적이 있었다. 수강생 스물세 명 전부가 4, 50대 여성이었다. 육아의 의무에서 놓여난 왕년의 문학소녀들이 못다 이룬 꿈을 찾기 위해 비장한 각오를 하고 등록했다. 조카뻘인 수빈을 꼬박꼬박 선생님이라고 불러가며 수빈의 입에서 나오는 말을 금과옥조처럼 받아 적어갔다. 태반이 옥자, 경자, 금자, 숙자라는 이름이었다. 영자와 미자는 두 명씩 있었다. 여자의 이름

따윈 공들여 짓지 않던 시절에 태어난 부모 세대의 여성들이었다.

"긴 머리 가는…… 어땠는지 잘 모르겠다. 무슨 전자회사 다녔던 거 같은데. 그거 외엔."

"경상도 말 쓰는 언니도 있었죠? 우리는 '경상도 언니'라고 불렀는데."

"그랬나……."

김순자는 '목발 언니' 황경자 외 두 언니들에 대해서는 뚜렷이 기억나는 게 없는 모양이었다. 이야기가 더 진행되지 않았다. 앉아서 얘기를 나누기 시작한 지 벌써 한 시간이 지나 있었다. 차갑게 식은 커피를 홀짝이고 나서, 김순자가 수빈과 우돌을 보며 별안간 말했다.

"니 둘은 결혼할 끼가?"

수빈이 당장 대답을 못 하고 있는데, 우돌이 수빈의 팔뚝을 툭 치더니 의뭉스러운 표정을 지었다.

"글쎄요. 현수빈이 원하면 전 생각해보구요."

"어쩜. 내 처음 봤을 때 딱 알았다. 어릴 적 친구끼리 만나서 이리 됐노. 보기 좋다."

김순자가 흐뭇해했다. 그 옆에서 싱글벙글하던 의철의 얼굴이 순간 굳어지는 것을 수빈은 눈치챘다.

김순자가 허공 어딘가에 아득하게 시선을 보냈다.

"수빈아. 니가 보기도 내랑 애 아빠 사이가 그리 좋드나?"

수빈과 우돌이 동시에 그렇다고 했다. 그 시절 라일락 하우스 구성원들은 애나 어른이나 할 것 없이 모두 신혼부부의 유별난 금슬을 부러워했노라고. 김순자의 입가에 슬픈 미소가 걸렸다.

"우리도…… 어릴 적 알던 사이였다. 좋은 사람이었지. 그 사람 잃고 어찌 세상을 사나 싶었는데……. 그 사람이 남겨준 보험금으로 이 가게 세우고 밤낮없이 열심히 일하다보니 어찌어찌 살아졌다. 느그들도 서로 위하며 행복하게 살면 좋겠다."

어느덧 가게를 정리할 시간이라고 했다. 김순자는 현관에서 수빈과 우돌을 배웅했다. 급속도로 시무룩해진 의철이 주차장까지 터벅터벅 따라왔다. 또 연락해도 되죠? 작별인사를 하는 수빈에게 의철은 이 말만 툭 던지고 돌아갔다.

"새댁 말을 듣다보니 생각나는 게 있었어."

돌아가는 차 안에서 수빈은 우돌에게 말을 걸었다. 김순자와의 대화 도중 섬광처럼 머릿속에 들어온 플래시백에 대하여.

"뭘?"

우돌은 조금 지친 듯 기운 없이 대꾸했다.

"문간방 영달이 오빠 방의 창문……. 너 정말 영달이 오빠 방에서 밥 먹고 놀았던 거 기억 안 나?"

"안 난다니까."

수빈은 차 문에 팔꿈치를 기대고 손가락으로 이마를 짚었다. 기억이 움트고 있었다.

"나는 생각 나. 점심 먹은 뒤 같이 놀자고 너네 집에 뛰어가

보면, 너희들은 방에 없고, 우돌아! 우영아! 너희 이름을 부르며 집 안을 뒤지고 다니지. 그러면 한참 뒤에 문간방에서 너희들이 왜 부르냐며 나오는 거야. 그 뒤로 영달이 오빠가 밥상을 들고 나오고."

우돌은 운전석에서 어깨만 으쓱했다.

"문간방에 밖으로 조그만 창문이 하나 나 있었어. 짙은 간유리 창이라 창문을 닫아놓으면 안이 하나도 안 보였는데, 평소에는 늘 닫혀 있던 그 창문이 어느 날 열려 있었어. 깨금발로 서서 겨우 방 안을 들여다보니까, 방 안에 영달이 오빠랑 우영이랑 둘이 앉아 있는 거야……. 너는 없었던 것 같아. 내가 반가운 마음에 그 자리에서 '우영아, 놀자!' 하고 부르니까…… 영달이 오빠가 벌떡 일어나 아무 말도 없이 다가와서는 내 눈앞에서 창문을 탁 닫는 거 있지? 아무리 어린애라지만 무안하게 말이야. 어떻게 생각해?"

"……."

"응? 영달이 오빠의 그런 행동, 어떻게 생각하냐고?"

"어떻게 생각하긴 뭘. 훔쳐보니까 짜증 난 거지."

"어랍쇼. 이제 대놓고 관음증 환자 취급이구나."

둘은 잘 가는 맥주바에 들렀다. 세계 각종 브랜드의 병맥주를 얼음에 재워놓은 바에 나란히 앉았다. 수빈은 하이네켄을, 우돌은 기네스를 빼 들고 땅콩을 안주 삼아 병째 마셨다. 저녁을 짜게 먹었더니 맥주가 시원하게 잘도 넘어갔다. 세 병째 마시니

나른하게 취기가 돌았다.

"이봐. 바둑돌. 나는 말이야……."

수빈은 과묵하게 술만 마시고 있는 우돌의 굵직한 팔뚝에 기댔다.

"어릴 때부터, 관심을 받아온 편이었던 것 같아. 솔직히 좀 예쁘기도 했고. 지금보다 더."

"잘난 척하냐?"

"그런 게 아니구. 멍청아. 들어봐. 내가 하고 싶은 말은 날 보는 사람들은 날 주목해줬다는 거야. 공주병이라고 해도 할 수 없어. 사실이니까. 못된 짓을 해도 나는 관심 받았지. 오빠는 말썽을 부리면 신발짝으로 두들겨 맞았지만, 내가 사고를 치면 사람들은 기껏해야 머리나 몇 번 콩콩 쥐어박으면서 내게 말을 시키는 거야. 넌 예쁘게 생긴 애가 왜 그러니, 하고."

"잘난 척 맞네."

"그런데 단 한 명…… 영달이 오빠는 전혀 그렇지를 않았어."

"?"

"사람들이 자연스럽게 내게 보이는 관심, 그런 게 전혀 없었던 것 같아. 어느 집 개가 지나가나? 하는 시선으로 나를 봤어. 전화하는 거 훔쳐 듣다가 들켰을 때도 봐. 그런 상황이면 애를 혼내든지, 뭔가 싫은 소리 한 마디 하는 게 당연하잖아? 전화 가진 집 딸이라고 유세 부리는 것 같고 얼마나 얄미웠겠어? 근데 영달이 오빠는 내게 말 한 마디 붙이지 않았어. 조용히 굽어보다가…… 마치 그럴 가치조차 없다는 듯 돌아 나가는 거야."

수빈은 생각에 빠져 맥주를 한 모금 마셨다.

"이유는 모르겠지만 나를 싫어했나봐. 니네 형제만 좋아하고."

우돌이 얼음통에서 기네스를 한 병 더 꺼내 냅킨으로 병뚜껑을 싸서 돌렸다. 치익, 하고 가스 빠지는 소리가 났다.

"다음 칼럼은 영달이 오빠 얘기를 쓸 건데, 우돌. 너 나중에라도 생각나는 거 있음 바로바로 말해줘야 돼."

"그만하면 안 돼?"

우돌이 냉장고에서 막 꺼낸 맥주만큼 차가운 목소리로 말했다. 수빈은 순간 잘못 들은 건 아닌가 하고 귀를 의심하며 우돌을 바라보았다. 우돌은 병을 높이 치켜들고 목울대를 아래위로 움직이며 꿀꺽꿀꺽 맥주를 마셨다.

"……무슨 소리야?"

"이렇게 사람들 찾아다니는 거 말야. 내 생각에 너는 굳이 이런 인터뷰 안 해도 머릿속으로 다 쓸 거리를 가지고 있는 거 같은데. 오늘도 봐. 무슨 소용이야. 니가 듣고 싶은 얘기, 뭐 시원하게 들은 거 있어? 과거 따윈 잊고 살고 싶은 사람 괜히 들쑤셔서 불편하게 하고."

"불편하게 해? 내가?"

수빈은 발끈했다.

"물론 반갑기도 했겠지. 꼬마 때 알던 애 둘이 다 커서 찾아왔으니. 하지만 못 느꼈어? 별로 얘기하고 싶지 않아하셨잖아. 그런데 그 아들이라는 자식하고 합심해서 꼬치꼬치 캐묻고. 이의철 그 자식이 왜 지 엄마에게 우리가 올 거라는 얘기를 안 했겠어? 넌 그런 점은 알면서도 무시하고 깊게 생각 안 하지? 제길, 과거 얘기하는 거 모든 사람이 다 달가워하는 건 아니야."

"너 오늘 왜 이래? 웃으며 잘 얘기하고 나와서 왜 트집이야?"

수빈은 우돌의 얼굴을 사납게 노려보았다. 식당을 나와서부터 왠지 말도 없고 딱딱하게 구는 게 이상하다 싶었다. 우돌은 고개를 돌렸다.

"그만하자. 오늘 좀 피곤했어."

"너 죽어라 오기 싫은 거 따라왔니?"

수빈은 화가 치솟았다.

"나도 바빠! 넌 내 바쁜 사정 들어주기나 해? 항상 네 일이 먼저잖아."

"내가 코 꿰서 강제로 끌고 왔니? 부탁했잖아. 갈 땐 좋게 갔잖아. 왜 나올 때부터 심사가 뒤틀려서 시비 걸고 난리야?"

주변 테이블에 앉은 사람들이 둘을 힐끔힐끔 쳐다보았다. 가까운 곳에서 종업원이 필요하면 즉각 개입할 심산으로 이쪽을 지켜보고 있었다. 수빈은 말을 끊고 흥분을 가라앉혔다.

나란히 앉아 맥주만 홀짝거리다가 어느덧 서로 침착하게 얘기할 기분이 됐다고 생각했을 때 수빈은 말했다.

"얌전히 살고 있는 사람 피해만 주는 거 같아? 쓸데없는 짓

같아? 그럼 따라다닐 필요 없어. 네 일해. 난 그렇게 생각 안 하니까 계속 내 일할 거야."

우돌은 미련스럽게 고개를 떨군 채 침묵을 지켰다. 수빈은 그 넓은 어깨를 주먹으로 몇 대 내려찍으면 후련할 것 같았지만, 아직 종업원이 자기네 쪽을 지켜보고 있었다. 그 외에도 보는 눈이 너무 많았다.

"……영달이 형 집에서 밥 얻어먹었던 기억이 나냐고 했지?"

한참의 시간이 지나고 우돌이 엉뚱한 대구를 했다. 침울한 목소리였다.

"아니, 안 나. 엄마가 새벽부터 차려서 방 안에 놓고 간 밥을 우영이랑 나눠 먹었던 기억뿐이야. 양은 소반에 반찬 몇 개랑 같이 올려놓은 밥그릇." 우돌은 여기까지 말하고 자학하듯 피식 웃었다. "우산 지붕 같이 생긴 덮개로 덮어 윗목에 갖다 놓은 초라한 밥상. 전기밥솥도 없어서 석유풍로로 한 밥을 아랫목 이불 밑에 묻어놓았어. 저녁에도 엄마가 늦게 올지 모르니까 밥을 고봉으로 꽉꽉 눌러 담았지. 저녁까지 남아 차갑게 식은 밥은 일하고 들어온 엄마가 뜨거운 물에 말아서 먹었어……. 너무 많이 남기면 동생 밥도 안 챙겨 먹였다고 내가 엄청 혼이 났어. 우영이 새끼가 반찬 투정하며 안 먹겠다고 하는 날은 어찌나 성질이 나던지……."

수빈은 할 말을 잃었다. 우돌이 자신의 과거를 이렇게 쓸쓸하게 이야기하는 것은 처음이었다. 우직한 겉모습과는 달리 우돌

은 예민한 남자였다. 사랑의 의미가 훼손될까봐 사랑한다는 말
도 하지 않는 남자. 보드랍고 귀중한 대상을 언어라는 틀로 규
정해버리는 것을 폭력으로 받아들이는 남자. 오늘 이 남자의 어
딘가가 건드려진 것 같았다. 오늘, 수빈은 이기적이었다. 무언
가에 마음이 쏠려 있으면 종종 가까이 있는 사람의 마음을 살피
지 않게 된다.

"미안, 미안. 나 정말 피곤해서 좀 예민했나봐."

우돌이 먼저 수빈의 손을 잡으며 화해를 청했다. 수빈은 그
손을 털어내며 있는 힘껏 눈을 부라렸다.

"그렇게 무서운 표정 짓지 마. 현수빈 여사. 나는 바둑돌이야.
현수빈이라는 여왕이 놓는 대로 움직이는 바둑돌. 한번 놓이면
움직이지도 못해. 장기 졸만도 못하지."

***

아직 조금 꽁해 있는 수빈이 집에 들어가는 모습을 확인한 뒤
우돌은 대리기사를 돌려보냈다. 웬만큼 술이 깨기도 했지만, 그
보다 조금이라도 빨리 혼자가 되고 싶어서였다.

우돌은 일부러 먼 길을 택해 외곽도로로 차를 몰았다. 달리는
차 안은 우돌에게 혼자 있기 가장 좋은 장소였다. 김순자와의
대화를 끝내고 나와서부터 서서히 자라나기 시작한 상념을 정
리하고 싶었다.

불현듯 떠오른 하나의 이미지가 그 시초가 되었다.

꽃무늬 밥뚜껑.

별채 새댁이 들여가는 문간방 총각의 조촐한 밥상에는 늘 뚜껑이 덮인 밥공기가 있었다. 자잘한 분홍색 꽃잎이 그려진 밥뚜껑을 열면 갓 지은 하얀 쌀밥이 더운 김을 훅 풍겨 올렸다. 돈 받고 하는 일인데 소홀하면 안 된다고 생각했는지 새댁은 문간방 총각의 밥상을 마련할 때는 반찬 가짓수를 신경 써서 갖추고 끼니마다 찌개나 생선도 빼놓지 않았다.

왜 문득 그 꽃무늬 밥뚜껑이 생각났을까. 우돌은 마음이 어지러웠다.

문간방 총각이 연탄가스 중독사고로 죽었다는 소식을 듣고 김순자가 놀라서 눈을 휘둥그레 뜨며 말을 잇지 못했을 때, 우돌은 새댁의 손에서 그 꽃무늬 밥뚜껑이 떨어져 구르던 순간을 떠올렸다.

방바닥을 또르르 굴러 긴 여음을 남기며 멈추던 밥뚜껑. 눈을 커다랗게 뜨고 입을 벌린 채 눈앞을 응시하던 새댁의 얼굴.

29년 만에 만난 새댁이 여전히 같은 얼굴로 자신을 보고 있었다.

그 시선에서 벗어나고 싶어 우돌은 소용없다는 것을 알면서도 가속페달을 힘주어 밟았다.

제7장

"여보세요."

　한창 글을 쓰던 중 수빈은 걸려온 전화를 받았다. 신문사 문화부장이었다.

　"현 작가. 다음 호 칼럼 원고는 넘겼죠?"

　원고 마감이 아직 남았는데도 부장은 괜히 너스레를 떨었다. 오매불망 기자님 전화 기다리느라고 애가 타서 못 쓰고 있죠, 수빈은 적당히 보조를 맞춰 주었다.

　수빈은 마침 5회분 칼럼 원고를 쓰던 참이었다. '온기를 위해 목숨을 걸다'라는 소제목을 달고 라일락 하우스의 연탄아궁이 난방에 얽힌 추억을 늘어놓고 있었다. 칼럼 내용은 그 시절 흔했던 연탄가스 중독사고에 관한 언급을 거쳐 조영달의 죽음에까지 이를 예정이었다.

　"20회로 늘리자는 건 생각해봤어요? 다음 주까진 대답을 줘야 해. 빨리 그러겠다고 해요."

"늘리는 건 좋아요. 하지만 10회까지 하고 일단은 쉴래요. 취재를 충분하게 하고 이어가든지 하죠."

"취재?"

"칼럼에 등장하는 사람들이요. 한두 명씩 찾아서 만나고 있어요."

문화부장은 수화기에 대고 놀라움의 숨소리를 내뱉었다.

"진짜로? 블로그다 트위터다 해서 라일락 하우스 살던 사람들 찾는다고 광고하더니, 진짜 연락이 왔단 말이에요? 그래서 진짜로 만나고?"

"뭘 그렇게 놀라세요?"

"르포라도 쓸 생각인가?"

"후후. 형식이 뭐가 되던지……." 수빈은 앉아 있던 독서용 의자에 깊숙이 몸을 파묻었다. "재밌어요, 생각보다. 요즘 강의 나가는 거보다 칼럼 쓰는 거에 더 열 올리고 있는 거 아세요? 아예 본격적으로 해서 단행본으로 낼까, 하는 생각도 해요."

"그럼 우리 신문사 출판사에서 내면 되겠네."

"아직 결정한 거 아니에요. 생각만요."

"생각했으면 된 거지 뭐. 내가 현 작가 책 쓰게 그럼 도와줘야겠네."

부스럭부스럭 종이 더미를 뒤지는 소리가 났다. 수빈이 물었다.

"도와주신다고요? 어떻게요? 따뜻한 응원?"

"그거야 당연하고, 현 작가를 예전에 알았던 사람이라고 신문사에 전화한 사람이 있었는데……." 이윽고 문화부장은 원하던 것을 찾은 듯했다. "아. 여기 있네. 황경자라고 알아요? 자기가 그러니까, '목발 언니'라던데?"

수빈은 순간 탄성을 질렀다. 부장이 불러주는 연락처와 주소를 받아 적었다. 목발 언니는 가까운 곳에 있었다. 서울 용산구 청파동에 있는 '황 미용실'.

"현 작가 인기 좋은 거 실감을 하고 살아요? 아주 대단하다구. 언제 신문사 오면 나 좀 보고 가요. 조카가 사인해달래."

전화를 끊기 전 부장이 또 한 번 공치사를 했다.

수빈은 우돌에게 문자 메시지를 보냈다. 며칠 전 맥주바에서 다투고 난 뒤라 또 동행을 부탁하기가 조심스러웠다. 그렇다고 혼자 가기도 어색했다. 칼럼을 시작할 때 우돌이 말했듯, 우돌은 이 칼럼의 공동 저자 아닌가.

답장이 바로 왔다.

우돌은 같이 가겠다고 했다.

***

오후 4시. 손님 없는 미용실 안에서 황경자는 소파에 앉아 천장에 달아놓은 텔레비전 화면을 무심히 바라보고 있었다. 무료한 마음에 마네킹 머리에 대고 파마 연습이라도 할까, 생각하던 차였다. 출입문 벨이 울렸다. 황경자는 손님을 맞아 한쪽 무릎을 짚고 뒤뚱거리며 일어섰다.

"어서 오세요."

미소를 지으며 앞치마를 찾아 두르던 황경자의 얼굴이 순간 놀라움으로 굳어졌다. 놀라움은 곧 환희로 변했다.

"이게 누구야? 현수빈? 혹시 수빈이야? D동 살던 수빈이?"

황경자가 양팔을 벌려 수빈을 와락 껴안았다. 수빈은 키가 작은 황경자의 품에 안기기 위해 몸을 숙였다. 화장품과 파마약 냄새가 짙게 났다. 라일락 하우스에서 한때 한 가족처럼 부비고 살았던 20대 처녀는 영락없이 중년의 여성이 되어 있었다. 다리를 절긴 했지만 옛날처럼 목발을 짚고 있지는 않았다. 수술이든 재활치료든 그간 어떤 변화가 있었겠지, 하고 수빈은 짐작했다.

"이게 웬일이야. 내가 혹시나 하고 용기 내서 신문사에 전화해봤는데. 그거 듣고 온 거니? 그런 거야?"

호들갑스러운 일련의 재회의 절차를 마친 황경자는 수빈의 뒤를 따라 들어온 우돌의 인사를 어정쩡하게 받았다. 황경자는 설명을 요구하는 표정으로 수빈을 보았다.

"우돌이예요, 언니. 박우돌. 별채 살던."

황경자의 입이 커다랗게 벌어졌다. 박우돌! 알지 그럼. 알지. 황경자는 우돌을 껴안고 불편한 발로 팔짝팔짝 뛰었다. 진심 어린 환대에 우돌도 어린 소년처럼 빙그레 웃었다. 29년 전, 라일락 하우스 안을 뛰어다니며 해맑게 놀던 일곱 살 아이처럼.

가게 문도 닫아건 채 황경자는 미용실 뒷문으로 연결된 살림집으로 수빈과 우돌을 몰고 들어갔다. 방 두 칸 사이에 부엌이 있는 집이었다. 좁은 방 안은 다소 어수선했다. 자잘한 살림들이 방바닥과 가구 위에 널려 있었다.

사는 집을 본 것만으로도 수빈은 황경자의 처지를 대략 짐작할 수 있었다. 결혼은 하지 못한 것 같았다. 라일락 하우스에 있을 적에 배워둔 미용 기술로 동네 미용실을 운영하며 혼자 살아온 듯했다.

수빈과 우돌을 방 안에 앉혀두고 황경자는 부엌에서 냉장고 문을 열었다 닫으며 분주하게 대접할 거리를 준비했다. 활달한 성격이었다. 예전에도 그랬을 것이다.

"몇 년 전에 수빈이 네가 TV에 나오는 걸 보자마자 난 딱 알아봤어."

황경자는 싱크대 앞에 선 채 썩썩 소리를 내며 사과와 단감을 깎았다.

"어머, 그런데 웬일이니. 내 얘기가 신문에 나오는 거야, 글쎄. 단골들이 꼭 연락해보라고 성화를 하기에 내가 못 이기는 척 해봤더니만……."

수빈은 황경자가 포크에 찍어 내미는 과일 쪽을 받아 들며 다른 언니들의 안부를 물었다.

"으응. 우리 언니. 미자 언니 알지? 니들은 긴 머리 언니라고 불렀던."

"네."

긴 머리 언니 이름은 황미자였구나, 하고 머릿속으로 되뇌며 수빈은 고개를 끄덕였다.

"스물다섯 되던 해 시집가서 캐나다에 이민 갔어. 토론토에서 슈퍼마켓하고 사는데. 다다음 주에 한국 잠깐 들어온다더라. 그때 우리 언니랑도 같이 만나보자."

"야. 시간이 그렇게 맞아 들어가네요. 현수빈이 운이 좋네."

우돌이 장단을 맞췄다.

"경상도 언니는요? 언니 친구였죠?"

황경자는 순간 말을 잇지 못하고 머뭇거렸다. 작은 한숨과 함께 이마에 맺힌 땀을 닦았다. 경상도 언니에 대해 언급하는 게 껄끄러운 눈치였다.

"그래. 임계숙. 방직공장 잠깐 다녔을 때 만난 앤데. 월세 나눠 낼 생각으로 같이 살았지. 근데 걔가 좀 잘 안 풀려 가지구……." 황경자는 눈살을 찌푸렸다. "너네도 어른이니까 말해도 되겠지. 마누라 있는 남자를 좋아했어. 거기 라일락 집에서 살 때부터. 그래서 그 남자랑 몇 년 살다가 헤어지고, 그 뒤에 다른 남자랑 결혼을 하긴 했는데 그것도 얼마 못 갔어. 지금은 봉천동에서 혼자 사는데, 애가 꼴이 좀 안 좋아."

며칠 전에 별채 신혼부부 중 부인과 그 아들을 만났다고 수빈이 말하자 황경자는 놀라며 반가워했다.

"옥자 언니 만났어? 어떻게 살든?"

"옥자가 아니고 이름이 순자던데요. 김순자. 자자 돌림 많다고 그 집 아들이 놀렸어요."

우돌이 말했다. 황경자는 머리를 갸우뚱했다.

"순자? 난 옥자라고 알고 있는데…… 옥자 아니야?"

"원체 자자 돌림이 많으니까 헷갈리셨나보네요."

그런가, 하고 황경자는 우물거렸지만 완전히 납득하지는 못하는 표정이었다.

황경자도 우돌에게 우영의 소식을 물었다. 우돌이네 식구들은 우영이 병에 걸리고 다음 해 초순에 라일락 하우스를 떠났기 때문에 라일락 하우스의 남은 식구들은 우영의 소식을 몰랐다. 황경자는 우영이 결국 얼마 못 가 죽었다는 얘기를 듣고 무척 안타까워하며 우돌의 손을 잡았다. 서글서글한 눈에 눈물이 맺혔다.

"수술비 없다고 우돌이 니네 부모가 울면서 돌아다니는데…… 다들 없는 처지에 돕지도 못하고 정말로 미안했다."

"나중에 수술을 하긴 했어요. 종교 단체에서 지원받아서. 하지만 이미 늦어서…… 수술을 끝까지 하지도 못했죠. 발견되었을 때 했어도 아마 마찬가지였을걸요. 그게 걔 운명인 걸 뭐 어떡하겠어요."

"다들 모르긴 몰라도 니네한테 미안한 마음은 다 가지고 있을 거다. 오죽했으면 옥자…… 아니, 순자 언니가 야밤에 몰래 이사를 했겠어. 그래도 순자 언니 마음도 내내 편치 않았을 거야."

"네?"

수빈은 이게 무슨 소린가 싶어 물었다. 황경자는 잠시 생각에 골똘하다가 짜증스러운 목소리로 말했다.

"임계숙. 그 기지배가 하튼 문제야! 당시 그 집에 목돈 가지고 있는 사람이 순자 언니밖에 없었거든. 수빈이네도 집 사 놓은 거 중도금 치르느라 돈이 없었고. 순자 언니가 곗돈을 뒤에 순번으로 낙찰받아서 목돈을 꽤 갖고 있었는데 그걸 빌려줄 처지가 되나 어디. 신혼부부가 안 먹고 안 입고 어렵게 모은 건데 쓸데가 다 있지 않았겠어?

그런 건 그냥 모른 척하는 게 상책인데, 임계숙 그 기지배가 순자 언니가 곗돈 얼마를 낙찰받아 갖고 있으니 그걸 빌리라고 우돌이 엄마에게 쪼르르 말했잖아. 우돌이 엄마는 너무나 절박하니까 순자 언니에게 빌려달라고 사정하고. 순자 언니는 같은 집 사는 처지에 안타깝지만 빌려줄 상황은 안 되고. 그게 죄스럽고 괴로워서 밤에 몰래 이사 나간 게 아닌가 싶어."

별채 신혼부부의 야반도주 사실을 기억해 들려준 수빈의 엄마껜 듣지 못한 사실이었다. 수빈의 엄마는 새댁이 곗돈을 타면 전셋집이라도 얻어 이사를 나갈 계획이 있었을 거라고 했다. 그 김에 남은 곗돈 붓는 걸 떼먹고 싶은 욕심이 동해 몰래 도망간 것 아니겠느냐고 추측했다. 하지만 황경자의 말은 달랐다.

하긴 그 시절 수빈이 같은 입장이 되었다고 해도 우돌이네에게 돈을 빌려주기는 어려웠으리라. 당시 우돌이네는 아무리 열심히 일해도 돈을 모으기는커녕 빚을 면하지 못하고 살았다. 우돌이 아빠의 '손장난' 때문이라고 수빈의 엄마는 말했다. 부부가 두 아들은 집에 두고 새벽부터 한데 나가 일해 돈을 벌어놓으면 우돌이 아빠가 하룻밤 사이에 화투판에서 다 날려버리고 빚까지 얹어 돌아오곤 했다는 것이다. 돈을 안 받을 생각을 하면 모를까, 받을 생각으로는 빌려줄 수가 없었을 것이다.

"하필 그때 순자 언니는 남편도 집에 없었어. 지방 공사판으로 일하러 떠났든가 그랬지. 혼자 그 일을 감당하는 게 얼마나 힘들었겠어……. 임계숙이 개가 왜 그랬는지 모르겠는데 순자 언니를 그렇게 시샘하고 못살게 굴었어. 고향도 얼추 비슷하니 고향 언니 삼아 친하게 지내면 좋았을 텐데. 순자 언니가 예쁘장하고 참하게 생긴 게 질투가 났나봐. 잘생기고 듬직한 남편 있는 것도 아니꼽고. 순자 언니가 착해서 또 그걸 뭐라 못하고 당하고 살아준 거지. 에이. 못돼 처먹었어. 고놈 기지배."

황경자는 같이 살 때부터 임계숙을 못마땅하게 생각한 모양이었다. 방값 아끼자고 데리고 들어 온 친구가 알고 보니 골칫거리였던 거다.

"순자 언니가 들었던 계를 계숙이도 들었거든. 그때부터 계숙이는 유부남하고 연애하느라고 늘 돈돈돈 하고 다녔어. 나하고 미자 언니한테도 빌려서 통 갚을 생각을 안 하고. 근데 그 기지배가 계 하는 날만 되면 순자 언니에게 계모임 하는 데 가서 자기 곗돈까지 내고 오라고 시키는 거야. 내가 몇 번이나 그걸 봤거든. 아주 당당하게 굴어요. 꼭 맡겨놓은 것처럼."

말하며 황경자는 흥분했다. 수빈이 아무리 어릴 적 기억을 되살려도 절대로 알 수 없었던, 그 시절 어른들 사이에 얼룩처럼 번져 있던 갈등의 지형도.

"참. 잠깐 여기 있어봐라."

갑자기 좋은 생각이 났다는 듯 황경자가 일어서 건넌방으로 갔다. 다시 돌아온 그녀의 손에는 두툼한 사진첩이 들려 있었다.

"수빈이 글 읽고, 나도 그 시절이 생각나서 간만에 앨범을 뒤져 봤지."

황경자는 사진첩을 발치에 내려놓고 빠르게 넘겨 보다가 원하던 곳에 이르자 수빈과 우돌이 앉은 쪽으로 사진첩을 돌렸다.

라일락 나무 밑에 평상을 놓고 앉은 세 여자의 모습이 먼저 눈에 들어왔다. 29년 전의 건넌방 언니들이었다. 수더분한 얼굴의 황경자가 평상 끄트머리에 목발을 기대 놓고 흰 이를 드러내며 웃고 있었다. 그 옆에는 황경자의 언니 황미자가 한 줄로 묶은 머리채를 어깨 앞으로 돌려 늘어뜨리고 은은한 미소를 띤 채 앉아 있었다. 자매의 어깨에 각각 손을 올리고 그 사이로 세모꼴의 얼굴을 들이밀고 있는 여자가 아마 임계숙이겠지. 길게 째진 눈매나 까무잡잡한 피부색이 표표해 보였다. 처녀들의 옷차림은 밝고 가벼웠다. 젖살이 통통하게 올라 있는 앳된 얼굴들.

둘러앉아 고양이 장난감을 만들고 있는 언니들의 모습도 있었다. 알록달록한 쥐들은 수빈의 기억 속에 남아 있던 것보다 훨씬 작고 앙증맞았다. 부엌에서 양푼에 한가득 무친 잡채를 맛보고 있는 목발 언니. 두루마기 휴지를 머리에 베고 햇볕 드는 나무마루에 길게 누워 낮잠을 자고 있는 경상도 언니. 수돗가에서 팬티 바람으로 물장난을 치고 있는 우돌이 우영이 형제 옆에서 빨래를 하고 있는 긴 머리 언니의 사진 등을 셋은 하나하나 촌평을 달아가며 보았다. 그때였다.

"어?"

낯익은 사진이 귀퉁이에 끼워져 있는 것을 보고 수빈이 반응했다.

"이거 신문에 낸 사진이네? 또 한 장이 여기 있었구나."

우돌이 말하며 문제의 사진을 손가락으로 짚었다. 라일락 나무에 올라탄 수빈과 그 앞에 선 새신랑, 이귀철이 담긴 사진이었다.

"의외네……."

수빈이 중얼거리자 황경자가 뭐 이상한 게 있느냐고 물었다.

"새댁 김순자 씨 아들도 이 사진을 갖고 있더라고요. 저는…… 우리 아빠가 찍은 사진이라고 생각했거든요. 우리 아빠가 찍어서…… 새신랑도 찍혔으니까 한 장 더 빼서 준 게 아닐까 생각했는데."

수빈은 사진첩의 사진들을 훑어보았다. 모두 세 언니들 중 한 명 이상이 등장하고 있었다. 사진첩 안에서 건넌방 세 언니

들이 들어가지 않고 다른 방 사람만 찍힌 사진은 그 사진 하나
뿐이었다.

"미자 언니가 찍은 걸 거야. 미자 언니도 그때 카메라 갖고 있
었거든." 황경자는 사진첩 위로 몸을 숙여 '긴 머리 언니' 황미
자가 담긴 사진의 표면을 매만졌다. "우리 언니…… 나도 못 본
지 6년이나 됐네. 자기 속내를 말하지 않고 아무리 속상한 일이
있어도 혼자 속으로 지글지글 끓고 있는 사람 있지 왜? 미자 언
니가 그랬어. 결혼한다는 것도 한 달 전에야 말해서 알았다니
깐. 같이 살면서도 누굴 만나고 있다는 것조차 몰랐어. 언니는
늘…… 누군가를 만나기는 했지만 말야. 이민 간다는 것도 며
칠 전에야 말하고. 어렸을 때부터…… 내 몸이 이러니까 나를
짐처럼 생각해서 그런지…… 형제라곤 언니 하나뿐인데."

쓸쓸한 말투였다.

오래된 사진 속에 담긴 '긴 머리 언니'의 미소도 덩달아 쓸쓸
해 보였다. 어느 사진에서나 그녀는 웃고 있었다. 새침한 얼굴
로 과하지도 모자라지도 않은, 적당한 미소를 짓고 있었지만 그
눈빛은 어쩐지 공허했다.

건넌방 세 언니들이 꽃이 흐드러지게 핀 라일락 나무 앞에서
포즈를 잡고 찍은 사진이 있었다. 봄기운이 한창 무르익을 때였
을 것이다. 목발 언니와 경상도 언니는 라일락 나무 가지 하나씩
을 손으로 잡고 꽃 사이에 얼굴을 들이밀며 웃고 있었다. 긴 머
리 언니는 그 옆에서 뒷짐을 지고 정면만 물끄러미 바라보고 있

었다. 마치 하얗게 핀 꽃송이 따위는 중요하지 않다는 것처럼.

긴 머리 언니. 그녀와의 추억이 쉽사리 떠오르지 않았다.

"캐나다로 가버리는 바람에 난 일일이 지켜보지도 못했지만 얼마나 힘들었을까? 우리 언니 말이야. 아이를 못 가졌어."

황경자가 제 언니에 대한 측은함에 혀를 찼다.

"원래 임신하기가 어려운 몸이었거든. 아무리 노력해도 안 되는 건 안 되는 거였나보지. 그래도 다행히 시댁 쪽 친척 아이를 입양해서 잘 키웠어. 아들이야. 그 나라는 애를 입양해서 키우는 게 우리처럼 그렇게 이상한 일이 아니라면서?"

황경자는 수빈과 우돌이 만류하는데도 굳이 저녁을 사겠다고 나섰다. 강하게 우기는 폼이 거절하면 상처받을 것 같아 수빈과 우돌은 못 이기는 척 밖으로 나갔다. 황경자는 미용실에서 가까운 곳 길가에 있는 해물탕집으로 안내했다.

황경자는 자글자글 끓는 해물탕 국물에 양념장을 풀어 해물 건더기 위에 끼얹었다. 반찬을 끌어다 수빈과 우돌 앞에 놓아주고 드레싱을 뿌린 양배추 샐러드를 젓가락으로 비비면서 황경자는 수빈의 다음 칼럼 내용을 궁금해했다. 연탄가스 중독으로 죽은 영달이 오빠 얘기를 쓰고 있다고 수빈이 말하자 황경자는, "맞아, 그런 일이 있었지" 하고 무릎을 쳤다.

"수빈이 엄마가 새벽에 연탄광 가는 길에 발견했지. 엄마에게 그 얘기 들었어?"

"네. 대충 들었어요."

"가스 냄새 맡고 방을 들여다본 네 엄마가 놀라서 사람들을 있는 대로 다 깨우고 다녔는데. 경찰도 출동하고 난리였어. 처음엔 다들 옥자 언니…… 아니, 내가 자꾸 옥자 언니라고 부르네. 순자 언니가 죽은 줄 알았다가 문간방 총각이 시체로 나오는 걸 보고 얼마나 놀랐는지 아냐."

"왜 처음엔 새댁이 죽은 줄 알았어요?"

"응? 엄마가 얘기 안 하든?"

황경자는 개인접시에 김이 펄펄 오르는 꽃게와 낙지, 쑥갓 따위를 국물과 함께 가득 퍼 담아 수빈의 앞에 놓아주고 말했다.

"거기가 신혼부부 방이었으니까."

수빈과 우돌은 국물을 떠먹다 말고 동시에 동작을 멈췄다.

"순자 언니가 밤에 몰래 이사를 나가고 그다음 날까지도 우리는 그 사실을 모른 채 하루가 지나갔지. 순자 언니 방에서 문간방 총각이 죽어 나와서야 그 전전날 밤에 순자 언니가 야반도주했다는 사실을 알게 된 거야 그러니까."

그게 어떻게 가능하냐고 수빈과 우돌은 다투어 물었다. 같은 집에 사는 사람이 졸지에 방을 비우고 나간 사실을 어떻게 하루 넘게 그 많은 사람이 모를 수가 있으며 문간방 총각은 왜 생뚱맞게 그 방에서 자다가 죽은 거냐고.

황경자도 나중에야 집주인 아저씨를 통해서 사건의 경위를 들었다고 했다. 라일락 하우스 옆에 또 하나의 다가구 주택을 짓고 사는 집주인은 사건 전날 아침 김순자가 걸어 온 전화를 받았다. 김순자는 "긴요한 사정이 있어 전날 밤 이사를 했으며 이번 달 월세는 방바닥에 놓아두었으니 찾아가라"는 요지의 말을 빠르게 쏟아놓고는 전화를 끊었다. 집주인은 어리둥절해하며 라일락 하우스의 별채에 가보았다. 신혼부부의 많지 않은 살림들은 정말로 간밤에 싹 빠져나가고 없었고 한 달 치 월세가 담긴 봉투만이 방바닥에 놓여 있었다. 어차피 보증금 없는 월세방이었으니 집주인으로서는 손해 볼 게 없었다. 그는 돌아가는 길에 문간방에 들려 고향 후배인 조영달과 잠시 대화를 나눴다. 집주인은 조영달의 큰형과는 막역한 사이로 조영달이 공부를 착실히 하고 있는지 틈틈이 들여다보고 당부하는 역할을 맡고 있었다. 대화 중 그는 간밤에 별채 신혼부부가 이사를 나갔다는 말을 했다. 그러자 조영달이 그럼 자기가 그곳으로 방을 옮기고 싶다는 의사를 표시했다. 문간방보다 조금 더 크고 외풍이 덜하다는 이유였다. 집주인은 허락했다.

그날 저녁 다섯 시쯤 집주인은 다시 라일락 하우스 별채로 갔다. 조영달이 문간방의 짐을 반쯤 별채 방으로 옮겨 놓은 상태였다. 집주인은 조영달을 밖으로 데리고 나가 같이 술을 먹었다. 연말 분위기에 취해 그들은 술집을 옮겨 다니며 꽤 많은 술을 마셨는데, 마지막으로 간 동동주집에서 조영달은 정신을 잃고 고꾸라지고 말았다. 집주인이 조영달을 떠메고 라일락 하우스에 들어와 별채 방에 내려 눕혔다. 이부자리가 이미 별채 방에 옮겨져 있었기 때문이었다. 집주인은 널브러진 조영달의 몸에 이불을 덮어주고 부엌으로 갔다. 아궁이가 비어 있었다. 문간방으로 가니 아궁이에 아직 불씨가 남아 있는 연탄이 하나 있어 그것을 별채 방 아궁이로 옮기고 새 연탄을 그 위에 올린 뒤 집주인은 자기 집으로 돌아갔다.

그리고 다음 날 아침, 조영달은 그 방에서 연탄가스에 중독되어 죽어서 나왔다.

"집주인 양반도 잔뜩 취해 있었으니까 뭔가 허술했던 거지. 아궁이 뚜껑을 잘 닫지 않았거나, 아니면 하필 그날 구들이 갈라져 가스가 새어들었거나. 자기 전에 연탄을 갈았으니 그럴 만도 해. 연탄은 처음 탈 때 가스가 많이 나오거든."

"새댁이 야반도주해서 별채 방이 비었다는 것과, 낮에 그 방으로 영달이 오빠가 짐을 옮겨놓아 방이 바뀌었다는 걸…… 왜 아무도 몰랐죠?"

황경자는 수빈의 질문을 받고 얼굴을 찌푸렸다.

"미자 언니와 계숙이는 출근하고, 수빈이 아빠도 없고, 낮에 집에는 애들하고 수빈이 엄마랑 나밖에 없었으니까. 무엇보다……" 황경자는 우돌에게 시선을 돌렸다. "그때 우영이가 아파서 우돌이네 식구들이 집을 비웠었잖아?"

우돌이 천천히 고개를 끄덕였다.

"84년 연말이면…… 그랬겠네요. 식구들이 집에 못 들어가고 다 병원에서 먹고 자고 했죠. 저만 빼고."

"그래. 우돌이네 식구들이 별채 다른 방을 아예 비워놓고 있었고, 영달이 총각은 안채 사람들에게 아무 말 없이 저 혼자 짐을 옮겼으니 몰랐던 거지. 집주인이 안채에 들러 따로 말해주지도 않았고."

해물탕 국물을 후루룩 떠먹으며 황경자가 씁쓸하게 웃었다.

"손바닥만 한 셋집에서 오글오글 살다보면 서로 모르고 살고 싶은 것도 알게 되곤 했는데, 또 정작 알아야 할 건 모르고 넘어가기도 하고……. 생각해보니 그러네."

"아무리 그래도 이해가 안 돼요."

"그래. 그때 경찰도 전날 밤에 밖으로 나간 사람이 없었는지, 밤늦게 들어온 사람이 없었는지 묻더라. 근데 아무도 없었어. 그때가 한겨울이었고 엄청 추웠단 말이야. 지금하고 달라. 다들 일찍 들어와서 저녁 먹고 집 밖으로 안 나갔다고. 화장실 가는 것도 귀찮아서 다 큰 어른들도 요강 두고 썼어. 그러니까 밖에서 뭔 일이 벌어지는지, 누가 들고 나는지 몰랐던 거지."

식당을 나왔을 때는 사위가 어둑해져 있었다. 황경자는 못내 아쉬운 표정을 지으며 두 주 후 황미자가 오면 전화할 테니 반드시 들리라고 했다.

"계숙 언니도 찾아가 얘기 듣고 싶은데. 연락처 알려주실 수 있어요?"

차 앞까지 뒤뚱거리며 따라오던 황경자는 혀를 끌끌 찼다.

"찾아가도 별로 들을 얘기도 없을 거고, 괜히 맘만 안 좋을지 몰라. 영세민인 데다가…… 공공근로나 나가면서 겨우 끼니 잇고 사는 모양인데, 기집애가 아주 술에 절었거든. 성질도 옛날보다 더 못돼졌고."

말은 그렇게 하면서도 황경자는 수빈에게 쓸 것을 달라고 하여 간단한 약도를 그려주었다. 통화가 될지는 모르겠다며 휴대전화 번호도 하나 적어주었다.

수빈과 우돌을 태운 차가 출발했다. 배웅한 자리에 그대로 서서 금방이라도 울 듯한 표정으로 손을 흔드는 황경자의 모습이 사이드미러에 비쳤다.

"우돌, 눈이 오네."

출발한 지 얼마 되지 않아 자동차 앞 유리창에 굵은 눈발이 툭툭 떨어졌다. 우돌이 말없이 와이퍼를 작동시켰다. 러시아워에 눈까지 내리는 바람에 강을 건너려는 차들이 서울역 고가도로 위를 줄지어 점령했다. 조수석에서 잠시 졸다가 깨어 수빈은 기지개를 켰다. 우돌은 핸들을 잡고 정면을 응시하고 있었다. 표정이 무거웠다.

"정 많은 언니야, 그치?"

"응?"

"목발 언니."

"응."

"오늘 많은 얘길 들었네."

"……."

앞 차의 움직임에 따라 우돌의 차가 아주 조금 앞으로 나아가다 멈췄다. 여전히 고가도로 위였다.

"기억이라는 게 꺼내놓을수록 더 생겨나는 건가봐. 어딘가 잠재해 있다가, 나에게 그 기억이 있는지도 몰랐다가, 어떤 계기가 있으면 갑자기 앞으로 나오는 거야. 기억하는 사람도 당황스럽게. 영달이 오빠가 새댁이 야반도주해서 없는 방에서 죽었다니 놀라운 사실 아냐? 우리 엄마는 왜 그 중요한 건 쏙 빼먹고 얘기했지?"

우돌은 대답이 없었다. 수빈이 옆을 힐끔 보았다. 고층빌딩에서 번쩍이는 전광판의 불빛이 우돌의 옆얼굴에 어른거렸다. 창밖엔 눈발이 사선을 그으며 내렸다.

"집주인 아저씨도 참 이상하다. 세입자 중에 한 명이 야반도주를 했는데, 입이 근지러워서라도 다른 세입자들에게 말하는 게 정상 아니야? 어쩌면 다른 사람들은 모르게 자기하고 영달이 오빠하고만 알고 싹 지나갔을까?"

수빈이 중얼거렸다.

우돌도 집주인 아저씨에 대해 생각하고 있었다.

어떻게 생겼는지 얼굴은 기억나지 않았다. 기억나지 않는 얼굴이 어린 우돌에게 말했다.

"집 열쇠 좀 아저씨 갖다 줄래. 다른 사람은 모르게. 살짝."

우영이가 아파서 집이 비어 있던 때였나보다. 집 열쇠는 수빈이네 방에 있었다. 부엌문 열쇠와 방문에 채워둔 맹꽁이 자물쇠 열쇠를 우돌의 엄마는 수빈의 엄마에게 맡겼다.

다른 사람은 모르게 살짝.

우돌은 시키는 대로 했다. 가져오는 것도 살짝, 돌려놓는 것도 살짝.

훔쳐갈 것도 없는 빈방에 집주인 아저씨는 무슨 볼일이 있었던 것일까.

"내일 아침 길은 진창이 되겠네."

우돌이 굳게 닫았던 입을 열었다.

수빈이 스르르 감으려던 눈을 떴다. 우돌은 혼잣말처럼 말했다.

"더럽게……."

제8장

관악구의 한 주민센터, 사회복지담당 송이경 주무관은 주민센
터 입구를 향해 걸어오는 여자를 보고는 가슴이 덜컥 내려앉았
다. 호흡이 빨라지고 심장이 두근거렸다. 혹 도움을 줄 만한 사
람이 없나 바삐 주변을 둘러보았다. 모두들 자기 앞에 있는 민
원인을 응대하느라 바빴다.

'괜찮아. 어차피 내가 해야 할 일이야.'

송 주무관은 지방공무원 시험에 합격했을 때의 기쁨과 포부
를 떠올리며 용기를 끌어모았다. 임계숙이 비틀거리며 주민센
터에 들어서고 있었다. 점심시간이 갓 지난 대낮인데도 벌써 대
단히 술에 취한 듯했다. 늘 입는 지저분한 패딩 점퍼에 언제 감
았는지 알 수 없는 푸석푸석한 머리카락. 까맣게 쪼그라든 세모
꼴의 얼굴. 어쩐지 한 며칠 잠잠하다 싶었다.

몇 발자국 떨어져 있는데도 벌써 술 냄새가 코를 찔렀다. 임

계숙의 핏발 선 눈이 송 주무관의 눈과 마주쳤다. 임계숙이 패딩 점퍼 주머니에 손을 찌르고 잡아먹을 듯한 기세로 달려왔다.

"네 이년! 돈 내놔!"

임계숙이 주머니에서 손을 빼며 낡은 파란색 통장을 내던졌다. 통장은 송 주무관의 가슴팍을 맞고 책상 위로 떨어졌다. 지난달까지 생활보호대상자 수급비가 입금되던 통장이었다.

"임계숙 씨!"

송 주무관이 붉게 달아오른 얼굴로 소리쳤다. 가슴에 때 묻은 통장이 꽂히는 순간 눈물이 핑 돌면서 모욕감이 불타올랐다.

임계숙이 팔을 휘저으며 달려오다가 송 주무관의 책상 앞에서 제 발에 꼬여 넘어졌다. 몇 미터 떨어진 곳에서 민원인에게 전입신고서 작성법을 안내하던 남자 직원이 후다닥 달려왔다.

"또 왜 이러십니까. 지난번에 충분히 설명드렸잖아요."

남자 직원이 임계숙의 팔뚝을 잡고 일으켜 세우며 말했다.

"예라이. 세금 버러지들! 개새끼들! 나보고 굶어 죽으란 소리지? 여기서 죽어? 여기서 칵 혀 깨물고 죽을까!"

"임 선생님. 이렇게 술 드시고 오셔서 욕하시고 소리치셔도 안 되는 건 안 돼요. 이러시지 말고 따님에게 부양 포기서를 받아오시라니까요."

남자 직원이 만류하러 달려와준 것에 힘을 얻어 송 주무관이 또박또박 말했다. 임계숙이 갑자기 괴력을 발휘해 남자 직원의 손을 뿌리치고 일어나 송 주무관을 노려보았다. 저주를 내리는 무녀처럼 소름끼치는 얼굴이었다.

"개 같은 년! 너나 네 애미한테 당신 못 모시겠다 종이에 써서 갖다 주거라! 길거리에서 뒈지든지 말든지 내 알 바 아니라고 네 애미 쌍판에 침을 뱉어라, 이년아!"

주민센터 내의 모든 직원과 민원인들이 난동을 부리는 임계숙의 주변을 둘러싼 가운데 드디어 임계숙의 손이 송 주무관의 단발 머리카락을 낚아채는 데 성공했다. 언제 잠깐 용기가 났나 싶게 도로 겁을 잔뜩 집어먹은 송 주무관이 그래도 눈물은 보이지 않으려 안간힘을 쓰며 비명을 질렀다. 남자 직원들이 세 명 달라붙어 송 주무관의 머리채에 감긴 임계숙의 손가락을 하나하나 뜯어냈다.

이 사단이 벌어진 건 다 '사회복지통합전산망' 때문이었다. 2010년부터 정부기관이 국민의 각종 소득과 재산정보를 통합 관리하게 되면서 그간 드러나지 않았던 기초생활수급자 부양 의무자들의 소득정보를 속속들이 알 수 있게 된 것이다. 봉천동에서 7년째 기초생활수급자로 살고 있었던 임계숙도 지난달 전산강국의 국민으로서 피해를 톡톡히 보았다. 어디서 무엇을 하며 사는지도 모르고, 심지어 언제 낳았는지도 잊어버린 딸의 소득이 전산상에 나타났다. 까마득한 옛날, 결혼이란 걸 하고 2년 만에 바람을 피워 이혼한 놈팡이 사이에서 낳은 딸이었다. 그 놈팡이가 뭘 제대로 가르쳐 키웠을 리가 없는데, 딸이 버는 돈이 만만찮아서 임계숙은 기초생활수급비가 줄어드는 수준이 아니라 아예 수급자에서 제외된다는 청천벽력 같은 소식을 접했다.

임계숙은 7년 전, 겨우 빚만 탕감하는 조건으로 화류계를 떠난 이후에는 일에서 손을 놓았다. 수중에 술 사마실 돈이라도 있으면 그냥저냥 살 뿐이지 많은 걸 바라지도 않았다. 그 이상은 바란다 해도 자기의 것이 되지 않을 거라는 사실을 알았다. 젊을 때라면 그래도 어떻게든 기회가 있을 텐데, 이제 너무 늙었고 몸도 많이 상했다. 그런데 당장 이번 달부터 돈이 들어오지 않는다니. 연락처도 모르는 딸에게 부양 포기서를 받아오라니. 그 싸가지 없는 공무원 년의 머리카락을 다 쥐어뜯어봐도 시원치 않을 판에 젊은 사내놈들에게 사지를 붙잡혀서 주민센터 밖으로 내쳐지고 말았다.

자신의 한 칸짜리 지하 방으로 터벅터벅 돌아오며 임계숙은 목 놓아 울었다. 사람들은 머리가 잔뜩 헝클어진 채 짐승같이 울고 있는, 까맣게 쪼그라든 중년 여자를 보며 피해갔다.

'나도 한때는 잘나갔던 시절이 있었다. 이놈들아!'

패딩 점퍼 소매로 눈물을 닦으며 임계숙은 생각했다. 젊을 적엔 돈 많은 남자도, 내 이름의 가게도 가져본 적이 있었다. 주판알도 좀 튕겨봤고, 전국 방방곡곡 물 좋고 산 좋은 데 유랑도 지겨울 정도로 다녔으며, 내 자리 탐내는 년들은 머리를 쥐어뜯고 면상을 할퀴어서라도 버릇을 가르치며 기세 올리고 살았다. 그런데 지금은 이게 뭔가. 왕년의 임계숙이 당장 끓여 먹을 밥을 벌기 위해 굽실거려야 할 판이 되었다.

딸이건 그 놈팡이건 벼락이 쳐서 싹 다 죽어버렸으면 좋겠다고 생각하며 임계숙은 집 앞 구멍가게에서 주머니 속 꼬깃꼬깃한 지폐를 털어 소주를 샀다.

제9장

황경자를 만나고 며칠이 지난 밤, 수빈은 우돌이 그려준 라일락 하우스의 평면도에 이름과 기호들을 새로 적어 넣었다.

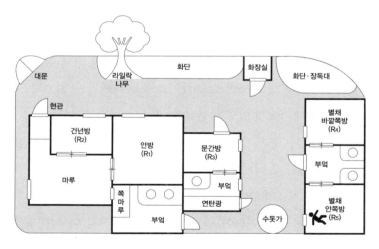

R₁ 현수빈네 가족   R₂ 건넌방 세 언니(황미자, 황경자, 임계숙)   R₃ 조영달
R₄ 과일장수 가족(박우돌, 박우영 형제네)   R₅ 신혼부부(이귀철, 김순자)

사건은 복수의 작은 사건들이 연쇄적으로 결합된 결과로 발생한다. A 사건이 먼저 발생한 뒤, A 사건이 만든 조건 아래 B 사건이 발생하는 것이다. 딸 닭이 태어날 수 있었던 건 그 전에 할머니 닭이 엄마 닭을 낳았기 때문이다. 선행 사건은 후행 사건의 필요조건이다. 영달이 오빠가 별채 신혼부부의 방에서 죽은 건 그 전날 밤 새댁 김순자가 야반도주한 사건이 먼저 있었기 때문이다. 이럴 경우 선행 사건과 후행 사건은 함께 기억되는 것이 일반적이다.

라일락 하우스 안채 사람들로서는 김순자의 야반도주와 영달이 오빠의 사망, 연쇄적으로 일어난 이 두 사건을 함께 기억하는 것이 자연스럽다. 그들은 김순자의 야반도주 사실을 하루 넘게 모르고 있다가 별채 신혼부부의 방에서 영달이 오빠가 죽어 나오는 이상한 사건을 겪고 난 뒤 알았으니 더욱 그렇다. 그러나 수빈의 엄마는 두 사건을 별개로 기억했다. 아무리 오랜 세월이 지났다 해도 수빈으로서는 그 점을 이해할 수 없었다.

"그게 딸내미에게 이렇게 혼날 일이냐. 늙어봐라, 너도."

대전에 있는 본가에서 전화를 받은 수빈의 엄마, 강옥순이 불퉁거리는 말투로 나이 탓을 했다. 강옥순은 친목계원들과 함께 부부동반으로 4박 5일간 중국 여행을 하고 막 돌아온 참이었다. 중국에 있는 동안 연락이 닿지 않아 수빈은 진작 이 의문점을 따져 묻지 못했다.

"그러니까 다시 한 번 말해봐. 그날 무슨 일이 있었는지 자세하게. 얼렁뚱땅 넘겨짚지 말고 좀."

"망할 년. 평소엔 안부전화 한 통 없는 년이 글 나부랭이 쓴다고 아주 애미를 잡어라 잡어. 서른이 한참 넘어서 시집도 안 가고 쳐늙어가는 주제에. 그저께가 니 오빠 생일이었는데 전화라도 한 통 했냐? 고모라고 하나밖에 없는 게 조카들도 통 안 챙기고. 텔레비전에 낯짝 좀 나오면 뭐할 거고 신문에 글줄 좀 써서 선생님 소리 들으면 뭐할 겨?"

강옥순은 열불이 났다. 나이 들어 총기를 잃어가는 것이 안 그래도 억울한 판에 딸이라고 하나 있는 게 엄마 앞에서도 제 잘난 척만 하려 들고 자기 원하는 것만 쏙쏙 빼내려 들었다. 그 좁아터진 다세대 주택 단칸방에서 옥시글옥시글 살았던 때가 뭐가 좋다고 그때 얘기를 자꾸 하라고 하냔 말이다. 당시는 강옥순도 젊었고, 다른 사람들도 다 그렇게 살았으니 살아낸 거지 지금 같으면 그런 집에선 못 산다. 다른 것도 아니고 연탄가스 먹고 사람이 죽어 나간 흉한 얘기에 관심을 갖는 것이 내 딸이지만 참 유별나다는 생각이 들었다.

"그러니까…… 아침 6시나 되었을 겨. 연탄 갈려구 부엌 뒷문 통해서 연탄광으로 가는디 가스 냄새가 확 나는 거여. 거시기 골 떵한 냄새 있지 거……, 으응. 말하다보니 들어맞네. 신혼부부 방이 연탄광 맞은편에 있었으니께, 가는 길에 냄새를 맡은 겨."

"그래서?"

"이거 큰일 났다 하고 밖에서 새댁! 새댁! 하고 몇 번을 불러 대도 대답이 있어야지. 부엌문을 열려고 해봤는데 잠겨 있는 거여. 방 창문으로 디다보니, 어머나 세상에. 아이구나 세상에. 이미 늦었지 뭐, 늦었어."

"사람이 있는 걸 엄마가 봤어?"

"그니까 신고했지⋯⋯. 너 올해 가기 전에 집에 한 번 올 껴? 신정 때나 올래?"

"딴소리하지 말고, 자세하게 말해봐, 좀! 새댁 방에 영달이 오빠가 죽어 있는데 안 놀랐어? 죽은 사람이 영달이 오빠라는 건 알았어?"

강옥순은 무슨 취조가 이렇게 기냐고 윽박지르다가, 그 틈에 기억이 살아나 말을 이었다.

"가만있자⋯⋯. 창문으로 디다보긴 했는데 사람 모습이 똑똑히 보이지는 않데⋯⋯. 근디 느낌에 남자인 것 같긴 했고. 그래서 새신랑인 줄 알았어. 일하러 지방 내려갔다구 하더니 간밤에 집에 왔나보네. 근데 새댁은 어디 있나, 그런 생각이 들데. 놀라서 미친년처럼 뛰어나와서는 건넌방 아가씨들을 막 깨운 거여. 아가씨들한테 저기, 뭐냐⋯⋯ 구급차 부르라고 하고, 파출소에 신고하라고 해놓고서는 아무 데나 퍼질러 앉아서 진정을 좀 하고⋯⋯."

"죽은 사람이 영달이 오빠라는 걸 알았을 땐 어땠어?"

"놀랐지. 그때는⋯⋯ 혹시 영달이 총각이 새댁을 어떻게 좀 해볼려고 밤에 그 방에 기어들어간 거 아닌가, 그런 생각을 잠깐 했네. 딸내미에게 뺄소릴 다 한다."

"근데 왜 하필 영달이 오빠가 방을 바꾼 그날 연탄가스가 샌 거지? 그 오빠는 재수가 없어도 그렇게 없을 수 있어?"

"연탄가스가 샜다고? 어디서?"

"아이고, 어머니. 그걸 나한테 물어보면 어떡해? 목격자는 엄마잖아."

"……."

"뭐가 잘못됐어?"

"누가 가스가 샜다고 하디?"

"엄마가 그랬잖아."

"……내가 언제?"

수빈은 답답한 마음을 이기지 못하고 휴대전화를 든 채 손으로 이마를 쳤다.

"아궁이든 구들장이든 가스가 샜으니까 죽은 거 아냐. 목발 언니는 집주인 아저씨가 아궁이 뚜껑을 잘 안 닫은 것 같다고 그러던데."

"영달이 총각은 지가 지 목숨 끊은 건디?"

"?"

수빈의 머릿속을 뒤죽박죽으로 만들어놓은 것도 모르고 강옥순이 수화기 저편에서 흡족하게 웃었다.

"내 기억이 목발 아가씨보다 더 나은 것도 있네."

"뭐야, 자살한 거라고?"

조영달의 연탄가스 중독사고에 관한 칼럼 5회분 원고는 이미 신문사에 넘어간 뒤였다. 내일 아침 발간이니 지금 한참 인쇄 중일 것이다. 수빈은 거대한 윤전기가 굉음을 내며 새 신문을 아래로 철컥철컥 뱉어내는, 실제로는 한 번도 보지 못한 장면을 상상했다.

"연탄을 아궁이 밖으로 꺼냈어, 그 총각이. 방 안에 연탄이 있었는디? 사고난 게 아니여."

"그걸 지금 얘기하면 어떡해!"

수빈이 흥분해서 소리를 질렀다.

"아이구야. 이년이 애미한테 소리를 빽 지르고 지랄이야! 애미 징역이라도 보낼래?"

놀라고 화가 난 강옥순이 한바탕 욕지거리를 늘어놓고는 전화를 끊었다. 자칭 '욱하는 성질이 있지만 뒤끝은 없는' 강옥순은 노여움을 쉽게 삭히지 못하고 걸레로 방바닥을 북북 닦았다. 딸이 유명한 사람이면 뭘 하겠는가. 뭐 하나 실속이 없었다. 멀쩡한 게 결혼도 안 하고 있어서 이제 '현수빈의 엄마'라는 인사를 듣기도 민망하고 신 나지도 않았다. 차라리 공부는 좀 못했지만 사람 구실하고 사는 아들이 낫다.

'그나저나 왜 목발 아가씨는 영달이 총각이 사고로 죽은 걸로 알고 있을까?'

흥분이 가라앉자 강옥순은 차차 그날 생각에 빠졌다. 영달이 총각이 죽은 그날 신고를 받은 파출소 경찰이 금방 들이닥쳤다. 푸른색 제복을 입은 중년 남자 경찰이 젊은 경찰 한 명을 뒤에 딸려왔다. 중년 경찰은 호리호리한 체격에 하관이 빨랐는데, 말투는 평범해 보였지만 속뜻이 매서웠고 끈질겼다. 그는 그날 하루 종일 한 명씩 붙들고 이것저것 얘기를 시켰다. 다음 날엔 혼자 찾아와 조사를 계속했다. 그래, 그가 '자살이 아닐 수도 있다'고 했다.

그때 사람들이 경찰을 대하는 태도는 지금과 달랐다. 말단 경찰이라 해도 마냥 두렵고 어려웠다. 민중의 지팡이라 하는 말은 세상 좋아진 다음의 얘기다. 거의 여자끼리 살던 집에 제복 입은 경찰이 들락거리며 뱉은 말은 사실 여부에 상관없이 사실처럼 들리기 마련이었다. 목발 아가씨는 경찰이 탐문하며 풍기는 분위기에 수긍하여 영달이 총각이 자살했다는 사실을 잊어버린 것이다.

하지만 강옥순은 현장을 직접 봤다. 현장을 처음 본 기억에 압도되었다. 연탄은 아궁이에서 꺼내져 있었다. 영달이 총각은 자살한 것이다.

이쯤에서 생각을 털어버리려다 말고 강옥순은 고개를 갸우뚱했다. 그때 그 경찰. 왠지 낯이 익었던 기억이 났다. 파출소 경찰이니 동네에서 종종 마주쳤을 수는 있겠지만 그 정도의 느낌은 아니었다. 뭐였을까. 눈이 가늘고, 얼굴이 길어서 전체적으로 길고 예민한 인상을 주던 남자. 원인 모르게 익숙했던 얼굴.

세탁기에서 세탁이 끝났다는 알림음이 울렸다. 강옥순은 끄응, 소리를 내며 무릎을 짚고 일어났다. 동시에 잠시 품었던 수상한 느낌도 훌훌 날려버렸다.

제10장

수빈이 강의를 마쳤을 때는 저녁 6시가 지나 있었다. 우돌은 전화를 받지 않았다. 어제도 엊그제도. 여느 20대 연인들처럼 왜 연락이 닿지 않느냐며 아옹다옹할 생각은 없었다. 전화를 받을 수 없는 상황에 있거나, 받기 싫거나 둘 중 하나일 터였다. 편집 디자인 마감이 걸려 있는 시기 같기도 했다. 어쨌든 수빈은 그만 받아들이기로 했다. 우돌은 과거와 만나기를 싫어한다는 것을.

  강의를 한 대학이 임계숙의 주소지와 멀지 않았다. 조만간 일부러 시간을 내어 이 부근을 찾아오기란 쉽지 않을 것 같았다. 수빈은 황경자가 알려준 임계숙의 휴대전화 번호로 전화를 걸어보았다. 사용중지라는 안내 메시지가 나왔다. 통신 요금을 내지 못할 정도로 궁벽한 것일까.

  수빈은 임계숙이 예상보다 더 비참한 상황에 있어도 감당할 자신이 있는지를 스스로에게 물었다. 황경자가 임계숙과의 만

남을 만류한 이유가 있을 것이다. 하지만 피하지 않기로 했다.

수빈은 라일락 하우스를 주제로 더 많은 이야기를 쓰고 싶었다. 칼럼 연재를 떠나 라일락 하우스라는 글감 자체가 흥미로웠다. 자기 자신의 경험과 80년대 서민들의 생활사가 만나는 지점에서 큰 매력이 느껴졌다. 때문에 수빈은 이 취재를 멈출 수 없었다. 만날 수 있는 사람은 다 만나보고 싶었다.

임계숙은 1층에 세탁소가 있는 상가 건물의 지하방에 살고 있었다. 약도를 보고 어떤 장소를 찾아가는 것은 아주 오랜만의 일이라 근처에서 조금 헤맸다. 수빈은 골목 어귀에 차를 댔다. 골목 양옆으로 지은 지 오래된 주택들이 들어서 있었다. 아이들이 우르르 떠들며 골목을 뛰어갔다.

수빈은 폭이 좁고 허름한 4층짜리 건물 앞에 섰다. 1층은 세탁소, 2층은 노래방이었다. 3층과 4층은 상가인지 주거용인지 겉으로는 알 수 없었다. 페인트칠이 떨어지고 빗물에 덕지덕지 얼룩진 외벽이 지저분했다. 세탁소 입구 옆에 난 문을 통해 내려가니 지하방 현관문이 나왔다.

이미 해가 저문 늦은 저녁이었다. 임계숙이 과연 이 집에 살고 있을지, 살고 있다 해도 지금 집에 있을지는 부딪혀봐야 알 수 있었다. 수빈은 차임벨을 눌렀다. 세 번 연이어 눌렀지만 응답이 없었다.

"계세요?"

수빈은 현관문을 톡톡 두드리며 소리쳤다. 문틈에 귀를 가져다 댔다. 조용했다.

　나중에 다시 와야겠다는 생각을 하고 수빈이 몸을 돌렸을 때였다. 계단을 내려오는 발소리가 들렸다. 발소리의 주인공이 계단 창문으로 들어오는 가로등 불빛을 가렸다. 임계숙은 패딩 점퍼 주머니에 손을 찌른 자세로 웅크리고 내려오고 있었다. 숱이 없고 푸석푸석한 머리칼이 머리에 얹혀 있고, 거무스름한 역삼각형 얼굴에는 주름이 가득했다. 한쪽 손목에는 검은 비닐봉지가 걸려 달랑거리고 있었다.

　"누구?"

　임계숙이 수빈을 보고 몸을 뒤로 젖히며 경계하는 눈빛을 보냈다. 그러나 그것도 잠시, 곧 초점이 맞지 않고 흐리멍덩한 눈으로 돌아갔다. 양 볼과 코끝에 실핏줄이 붉게 터진 자국은 영락없는 알코올 중독자의 징후였다.

　"임계숙 씨?"

　수빈은 한 발짝 다가갔다. 임계숙의 몸에서 담배 쩐 냄새가 훅 끼쳤다. 임계숙이 희미하게 고개를 끄덕였다.

　"저 현수빈이에요. 벌써 30년 됐죠. 예전 D동 사실 때 같은 집에 살았던……."

　수빈은 들고 있던 서류 가방에서 사진을 한 장 꺼냈다. 칼럼을 준비하며 찾아둔 옛날 사진 중 하나로, 라일락 하우스 안채 마루에 앉아 있는 건넌방 세 언니들과 어린 수빈의 모습을 찍은 사진이었다. 수빈은 사진 속 자신의 얼굴을 손으로 짚었다.

"이게 저예요. 일곱 살 때."

임계숙은 사진과 수빈의 얼굴을 번갈아 보더니 흥, 하고 콧방귀를 뀌었다. 그러더니 들어와라 어쩌라 하는 말 한 마디 없이 열쇠를 꺼내 문을 따고 집으로 들어갔다. 문 걸어 잠그는 소리는 나지 않았다. 들어와도 좋다는 신호로 받아들이고 수빈은 크게 심호흡을 한 뒤 닫힌 현관문을 다시 열었다. '과거 얘기하는 거, 모든 사람이 다 달가워하는 거 아니야' 하는 우돌의 목소리가 귓가에 들리는 것 같았다. 나중에 우돌을 달래 같이 올 것을, 하는 생각이 들었지만 이미 늦었다.

현관엔 빈 술병과 인스턴트식품 포장지 같은 쓰레기가 한가득 쌓여 있어 구두를 벗어놓을 자리조차 없었다. 문가에는 임계숙이 벗어 던진 패딩 점퍼가 반은 꼿꼿이 선 채 놓여 있었다. 집 안 가득 배어 있는 담배 냄새와 묵은 먼지 냄새가 수빈의 비위를 건드렸다. 수빈은 종이 쓰레기 위에 구두를 벗어놓고 차가운 바닥에 올라섰다. 작은 주방이 딸린 한 칸짜리 방이었다. 연탄 아궁이가 도시가스 보일러로 바뀌었을 뿐, 임계숙의 사는 형편은 29년 전이나 지금이나 많이 달라진 게 없었다.

임계숙은 양은 밥상에 마른 멸치가 담긴 접시를 놓고 잔에 소주를 따르고 있었다. 넘치도록 부은 소주를 쪼옥, 소리를 내며 한 번에 들이켜고는 담배를 꺼내 불을 붙였다. 푸른 담배 연기가 천장에 달린 형광등으로 빨려들 듯 피어올랐다.

"보아하니 배울 만큼 배우고, 아였을 때만치 낯짝도 반드르르 하네. 가시나가."

임계숙은 용케 수빈을 기억했다. 옆 눈으로 수빈을 훑어보더니 잔에 소주를 부어 상 맞은편에 내려놓았다.

"한잔 마시라. 빼지 말고."

담배를 빠는 임계숙의 거무튀튀한 볼이 깊게 파였다.

"차를 갖고 와서요……."

수빈은 자리에 앉아 소주잔을 살짝 밀어 놓았다.

임계숙이 한쪽 입꼬리를 비틀어 웃고는 소주잔을 덥석 집어 한입에 털어 넣었다.

"내한테 무신 볼일이고?"

"제가…… 글을 좀 써요. 그 관계로 어렸을 때 한집에 살았던 사람들을 하나씩 찾아보고 있는데, 지난주 황경자 언니를 만나서 언니…… 얘길 들었거든요."

"갱자 그년이 내 사는 곳을 야그해주드나?"

임계숙이 꽁초가 가득 찬 깡통에 피우던 담배를 비벼 꽂으며 말했다. 수빈은 고개를 끄덕였다.

"문디 같은 년. 다시는 안 본다 해쌌더니 넘한테 내 야그는 왜 나불거리노." 임계숙이 수빈을 향해 흐리멍덩한 눈을 치켜떴다. "우짜냐. 내는 사람이 고장나가 뭐 해줄라 케도 줄 거이 웂다. 니가 내한테 뭣 좀 도고. 내가 한집서 니 머리도 몇 번 깜겨주고 까자도 몇 번 사줬다 아이가. 히히히히히."

임계숙이 검게 죽은 잇몸을 드러내며 웃었다. 목구멍에서 끌어올리는 이상한 웃음소리였다. 얼굴은 찡그린 것에 가까웠다. 자신의 피폐한 모습을 이왕 볼 거 남김없이 보고 가라는 듯한 태도였다. 수빈은 뒷골이 서늘해졌다.

수빈은 눈앞에 있는 임계숙이 아니라, 옛날의 '경상도 언니' 를 생각했다. 건넌방 세 언니들은 시장통 앞 길거리에서 어린 수빈에게 처음으로 왔다. 수빈은 별다른 놀 거리 없이 시장통 앞을 배회하고 있었다. 커다란 그림자 세 개가 수빈의 주위를 둘러쌌다. "안방 애야." 그림자 하나가 말했다. 낯선 사람과는 얘기하면 안 돼. 어린 수빈은 속으로 경계했다. "너 이름이 뭐 니?" 그림자 하나는 목발을 짚고 절뚝거렸다. 다른 둘은 푸성귀 따위가 담긴 비닐봉지를 손에 끼고 있었다. "집에 가자." 목발 을 짚지 않은 두 명이 양옆에서 수빈의 손을 잡았다. "이름이 뭐 니?"

수빈은 양쪽에서 잡힌 손바닥을 빳빳하게 펴고 걸었다. "애 좀 봐." 셋 중 누군가가 펼쳐진 수빈의 손 모양을 보고 웃었다. "너는 어쩜 그렇게 예쁘니?" 수빈은 라일락 하우스까지 가는 동 안 끝까지 이름을 말하지 않았고, 손바닥도 굽히지 않았다. 언 니들 역시 손을 놓지도 않았고 이름을 물어보는 걸 멈추지도 않 았다.

세 언니들은 가족 밖으로 열린 수빈의 첫 세상이었다. 그들이 수빈에게 먼저 손을 뻗었다. "어른이 되면 어때?" 양푼에 비빈 밥을 같이 퍼먹으며 수빈은 당시 언니들에게 자주 물었다. 빨리 어른이 되고 싶어. 그럼 목발 언니처럼 목발을 짚고 다닐 거야. 머리를 땅에 닿을 때까지 기를 거고. 별채 새신랑 같은 아저씨랑 결혼할 거야.

그랬던 수빈이 지금의 수빈이 되는 동안, 목발 언니는 독신의 동네 미용실 원장이 되었고, 긴 머리 언니는 캐나다 토론토의 슈퍼마켓 주인아주머니가 되었으며, 경상도 언니는 알코올 중독자가 되었다. 마지막 남은 기둥서방도 떠나버린 은퇴한 작부의 몰골로 수빈의 앞에 있는 경상도 언니.

"미자 언니가 다음 주에 한국에 잠깐 들어올 거예요. 토론토로 이민 간 건 들으셨죠?"

임계숙은 가타부타 말이 없었다. 거칠게 내려놓은 빈 소주병이 바닥에 떨어져 굴렀다.

"우돌이는…… 박우돌 아시죠? 별채 방에 과일 팔던 집 아이."

수빈은 임계숙이 비닐봉지에서 새로 꺼내는 소주병을 받아들어 뚜껑을 땄다. 임계숙은 한쪽 무릎을 세우고 앉은 자세로 아무 관심 없다는 듯 담배를 피웠다.

"3년 전에 다시 만났어요. 제 강의를 들으러 왔더군요. 그 뒤로 우리 사귀고 있어요."

"니 뭐라고 자꾸 씨부리노." 신경질이 가득 묻은 말투로 임계숙이 말했다. "내는 니하고 그런 추억 놀이할 처지가 몬 된다. 이기 뭐꼬?" 임계숙이 삿대질을 하는 것과 동시에 기우뚱한 몸을 간신히 가누었다.

수빈은 잔에 소주를 따라 연거푸 두 잔을 들이켰다.

임계숙이 작은 눈을 껌뻑이며 수빈의 도발을 지켜보았다.

"저도 한 대 주세요."

대답을 기다리지 않고 수빈은 담배 한 개비를 빼 들어 입에 물었다. 담배 연기가 목 안에 들어오자 머리가 핑 돌았지만 참고 버텼다. 이유 없는 적의에 밀려 맥없이 물러간다면 현수빈이 아니지. 수빈은 경멸 대신 오기가 타올랐다. 임계숙이 가소롭다는 듯 끌끌거리며 웃었다.

"신혼부부 얘기는 안 궁금하세요?"

이 타락한 여자를 건드려 튀어 오르게 하고 싶은 오기가 수빈의 몸속을 휘젓고 있었다. 아니나 다를까 임계숙이 눈을 번뜩였다.

"뭐?"

"경자 언니가 그러는데…… 계숙 언니가 새댁이 곗돈 탄 걸 우돌이 엄마에게 말해서 새댁을 곤란하게 했다구. 당시 우돌이 엄마는 우영이 수술비 때문에 애를 태우고 있었잖아요. 그래서 새댁이 도망간 거라고 하던데요. 새댁이 도망가고 다음 날 그 방에서 문간방 살던 영달이 오빠가 연탄가스 중독으로 죽었던 일, 물론 기억하시겠죠?"

"……"

"새댁을 미워하셨다고요. 지금 큰 식당 사장님이 되셨어요. 5년 전에 사별했고, 장성한 아들하고 잘 살고 계세요. 여전히 예쁘시던데요. 돈도 많이 버시는 것 같고."

임계숙이 털썩 바닥을 짚고 수빈의 앞으로 몸을 숙였다. 수빈은 순간 움찔했다.

"내 때문에 김옥자가 도망갔다고? 갱자 그년이 그래?"

김옥자. 이 언니도 왜 김순자를 김옥자라고 부르는 걸까. 임계숙의 거친 숨결에서 참을 수 없을 만큼 악취가 풍겼다.

"웃기고들 있네. 다들. 이히히히히히."

"그럼 뭐죠?"

"이봐요, 아가씨. 제대로 좀 알고 덤비라 이기야. 옥자 그년은 지 신랑 바짓가랑이 잡으러 간 기야."

"바짓가랑이를…… 잡다뇨?"

"신랑이 안 산다고 떠났거든. 안 살기로 했거든. 후후."

임계숙의 얼굴이 점점 바싹 다가왔다. 수빈은 악취를 견디기 힘들어 결국 고개를 돌리고 입술을 달싹이며 말했다.

"새신랑은 지방에 공사일이 있어 집을 뜬 거라던데요."

임계숙이 수빈의 팔뚝을 덥석 잡았다. 꼬챙이처럼 마른 손가락이었지만 손아귀 힘이 만만치 않았다. 수빈은 그 손을 당장 털어내고 싶은 마음과 힘겹게 싸웠다.

"개소리…… 신랑이 바람을 피웠단다. 그 주제에. 히히히. 그래서 뜬 기다. 집을 나간 기라구. 지방 공사판에 가? 그건 다른 사람들에게 둘러치느라고 한 야그다."

"근거도 없이 그런 말해도 돼요? 설사…… 그렇더라도……

그런 이유라면 왜 몰래 도망을 가요, 새댁이?"

"야, 꼬맹이!" 임계숙이 수빈의 팔뚝을 잡았던 손을 놓고 그 손으로 수빈의 머리를 쳤다. 순간적으로 고개를 젖혀 피하기는 했으나 임계숙의 손끝에 걸린 머리칼이 수빈의 이마 위로 흩어져 날렸다. "그럼 니는 뭘 알고 이러는 기가? 니가 뭘 알어! 니가! 코 찔찔 흘리던 가시나가. 김옥자가 임신을 했거든! 임신을!"

임신?

수빈은 급히 이의철의 나이를 떠올려보았다. 스물아홉 살이라고 했다. 29년 전 그때 새댁이 이의철을 임신하고 있었을 가능성은 있었다. 하지만 그렇더라도 그게 어쨌다는 것일까.

임계숙은 다시 제자리로 돌아가 소주를 비우기 시작했다.

"도망가기 며칠 전에 내가 이불 털러 나왔다가 김옥자가 수돗가에서 수도꼭지 붙들고 질질 짜고 있는 걸 봤다. 얼굴이 흐옇게 떠가가 헛구역질 하면서 울고 있더라. 내 혼자만 본 것도 아니고 갱자 언니, 그 뭐시냐…… 이름이……."

"황미자?"

"이, 맞다. 황미자 그 언니야하고 같이 보고 알았거든?"

임계숙은 말하는 중간 흘러나온 콧물을 맨손으로 쓱 닦더니 순간 뭐가 재밌는지 코웃음을 쳤다.

"하! 하기사 황미자 그년도 그땐 아니라고 지가 펄펄 뛰며 내를 이상한 사람 만들드만. 내가 별채 새댁 저 언니야 아무래도 임신했나보다, 하니까네 황미자 그게 말이다. 야 이 가시나야.

니가 그걸 우예 아노. 니 임신해봤나 하고 팽 집으로 들가버리드라. 똥인지 된장인지 찍어 먹어봐야 아닌 기가? 누가 봐도 뻔한 걸 가지고. 지나 내나 태생이 촌년인 걸 지는 어떻게 감출 수 있다고 생각하는지 매사 깍쟁이처럼 굴었다, 그게.

어쨌든지 간에 김옥자 그건 바람 핀 신랑 내쫓았는데 늦게사 임신인 걸 알았으니 용서고 뭐고 신랑 잡으러 가야지 어떻게 하겠노. 곗돈? 오냐. 그걸 누구 빌려줄 정신이 어딨노. 혼자 아 키우고 살아야 할지도 모르는데 미쳤다고 그걸 빌리주나. 그 전에 내가 좀 빌리달라 캤는데 싫다 해서, 그래 그럼 죽어가는 아나 살리라 하고 우영이 어매한테 말했다. 그게 뭐?"

"신랑만 찾으러 갈 생각이면 몰래 이사할 이유가 뭐 있겠어요." 수빈은 흐트러진 머리칼을 정돈하며 말했다. 봉변을 당했지만 목소리는 의외로 침착하게 나왔다. "돈 빌려달라고 자꾸 쪼이니까 간 거겠지요."

"그래. 니 맘대로 생각해라. 어차피…… 김옥자가 어떤 년인지 알고 있는 사람은 내밖에 읎다."

임계숙은 앉아 있던 자리에 쓰러져 벌렁 누웠다. 내밖에 읎다. 내밖에 읎어, 라는 말을 가락을 붙여 흥얼거리더니 수빈이 있는 쪽으로 고개를 돌렸다.

"니 몇 살이고?"

"……서른여섯인데요."

"결혼은?"

"아직."

자신의 박복한 결혼사를 떠올렸는지 심란한 표정을 짓다가 임계숙은 수빈에게 하는 말인지 혼잣말인지 모를 넋두리를 내뱉었다.

"내는 올해 아홉수다. 어릴 때 땡중한테 점을 봤는데 아홉수를 평탄하게 몬 넘길 기라고 해카드만…… 드런 놈의 인생사가 진짜 그렇게 풀리데. 마흔아홉은 아마 못 넘기지 않을까 하는 생각도 했는데…… 올해가 다 가도록 목숨은 붙어가 산다."

말을 끝내고 채 1분도 지나지 않아 임계숙이 코를 골았다. 수빈은 가방을 챙겨 일어섰다. 덮어줄 거라도 있는지 주위를 둘러보았다. 수빈은 임계숙이 들어오면서 문가에 벗어 던진 패딩 점퍼를 집어 들었다.

"참. 김옥자가 식당을 한다꼬?"

그새 잠깐 깨어난 임계숙이 뒤척이며 물었다.

"네. 상계동에서 간장게장집을 해요. 그리고 이름이 김옥자가 아니라 김순자에요."

"간장게장? 후후. 그래. 애야? 간판 이름이 뭐락카드노?"

"소문난 밥도둑. 근방에선 꽤 유명해요."

소문난 밥도둑. 소문난 밥도둑이라고? 하고 입안으로 몇 번 되씹더니 임계숙이 이내 다시 코를 골았다. 수빈은 꼬부리고 누운 임계숙의 몸 위로 점퍼를 덮어주었다.

신발을 신으면서 수빈은 어린 자신의 손을 잡았던 손길의 따스함을 떠올렸다. 손바닥을 빳빳하게 펼치고 힘껏 거부하는 수빈의 손을 집까지 가는 동안 놓지 않았던 손길 중에 하나는 임계숙의 것이었다.

수빈은 지갑을 펼쳤다. 10만 원권 수표 석 장을 꺼내 문가에 놓았다. 수빈이 문을 여닫을 때까지 코 고는 소리는 멈추지 않았다.

***

우돌은 어두운 방 안에 우두커니 앉아 있었다.

며칠 동안 우돌은 늦게까지 잠을 이루지 못하다가 새벽녘 나쁜 꿈에 쫓겨 깨었다. 꿈의 형태는 늘 비슷해서 또렷이 기억에 남았다. 때문에 우돌은 잠을 잘 때나 깨어 있을 때나 같은 악몽에 시달렸다.

꿈속에선 언제나 김순자가 '소문난 밥도둑' 앞치마를 두르고 게장이 그득 담긴 접시를 두 손에 받쳐 들고 나타난다. 우돌아, 니 박우돌이 맞제. 반가워. 나이 들었지만 여전히 고운 얼굴에 사람 좋은 미소가 가득하다. 우돌은 환호하며 정신없이 게장을 깨물어 빨아 먹는다. 맛있어요, 아줌마 어릴 때나 지금이나 아줌마 음식은 다 맛있어. 물고 빨고 핥고 원시적인 식성으로 게걸스럽게 먹는다.

툭!

귓전을 울리는 요란한 소리에 접시에 코를 박고 있던 우돌이 고개를 든다.

또르르르. 김순자의 손에서 떨어진 꽃무늬 밥뚜껑이 방바닥을 굴러 우돌의 발치까지 와서 한참을 더 구른다. 멈추지 않는다. 순간 김순자는 별채 새댁이 된다. 크고 검은 눈을 휘둥그레 뜨고 귀신이라도 본 듯 창백해진 얼굴로 그 자리에 서 있다. 우돌이 달려간다. 아줌마 무슨 일이에요. 수빈이 달려간다. 아줌마 도대체 무엇을 보셨는데 그래요. 의철이 달려가며 운다. 엄마 엄마 왜 그래. 우돌의 아빠가 나타나 말없이 밥뚜껑을 집는다. 우돌의 심장이 덜컥 내려앉는다.

아빠, 아빠가 여기 왜?

별채 새댁이 우돌의 아빠를 붙잡고 말한다. 그럼, 편지는 어떻게 된 거죠?

장면이 바뀐다. 얼굴이 기억나지 않는 집주인 아저씨가 말한다. 집 열쇠 좀 아저씨 갖다 줄래. 다른 사람은 모르게 살짝. 집 열쇠는 수빈이네 방에 있다. 착한 셋방 아이 박우돌은 수빈이네 방에 들어가 열쇠를 남몰래 가지고 나온다. 집주인 아저씨는 우돌을 기다리며 등을 돌리고 서 있다. 여기요. 우돌이 열쇠를 건넨다. 집주인 아저씨가 뒤를 돌아본다. 아빠다. 아빠가 손을 내민다. 우돌이 겁에 질려 말한다.

아빠, 아빠가 여기 왜?

악몽은 쉽사리 물러가지 않았다. 서른여섯 살 박우돌은 머리를 싸쥐고 흔들었다. 별채 새댁, 꽃무늬 밥뚜껑, 집주인 아저씨와 열쇠, 그리고 자꾸만 나타나는 아빠의 환영을 몰아냈다.

그날 밤, 자다 말고 변소에 가지 않았다면.

수빈이네 가족이 먹여주고 재워주고 한방에서 지내게 했지만 그들에 속할 수는 없었다. 우돌의 부모는 병원 침대 옆에서 새우잠을 자며 하루하루를 울며 버티고 있었다. 침대에는 우돌의 어린 동생이 독한 진통제를 맞아가며 서서히 죽어가고 있었다. 우돌도 그곳에 속하도록 해주었다면. 같이 소독약 냄새가 나는 밥을 먹고, 같이 꼬부리고 잠을 자고, 같이 껴안고 울도록 해주었다면.

그럼 수빈이네 방에서 자다가 새벽에 변소에 가는 일 따위는 없었을 텐데.

아니야, 나는 그날 밤 변소에 간 적이 없어. 나는 아무것도 하지 않았어.

기억하기 전으로 돌아가야 했다. 부정할 필요도 없는 망각의 상태로.

'듣지 말아야 할 것을 들은 순간 결코 그것을 듣기 전으로는 돌아갈 수 없다.'

아니다. 돌아갈 수 있을 것이다.

편지는 목적지에 도착하지 않았을 것이다. 쓴 적도 없을 테니까.

우돌은 결연한 표정으로 어두운 허공을 노려보았다.

***

"원래 경상도 그 애가 좀 상스러웠어."

잠자리를 준비하다 말고 수빈의 전화를 받은 강옥순이 흥분하여 수화기에 침을 튀겼다.

임계숙을 만나고 온 날 밤 수빈은 안타깝고 불쾌한 마음을 달래기 위해 우돌에게 전화했다. 그러나 휴대전화 전원이 꺼져 있다는 메시지만 흘러나왔다. 차선으로 엄마에게 전화를 걸어 임계숙을 만났던 일을 전했다. 한숨이 나왔다. 어릴 적 눈으로 본 건넌방 세 언니들과 엄마는 그저 사이좋은 네 자매 같았는데.

"그런데 경상도 언니는 왜 그렇게 별채 새댁을 싫어한 거야?"

"경상도 그 애가 좋아하는 사람이 어딨냐. 개를 좋아하는 사람은 또 어딨고. 애가 샘도 많고 욕심도 많고. 그때도 사내새끼들 만나고 다니는 분위기가 찜찜하더라니. 그러니까 내내 첩질하며 살다가 그리 된 겨."

강옥순은 혀를 끌끌거리며 아픈 다리를 쳤다. 한집에 사니까 큰언니로서 품고 살아준 거지, 예전부터 경상도 아가씨는 영 좋아할 수가 없었다. 욕심 많고 교활해서 동기들 간에도 말을 툭툭 쏴붙이는 걸 보면 정이 떨어졌다. 같은 경상도 출신이고 나이도 엇비슷한데 별채 새댁하고는 천지차이였다. 경상도 아가씨도 별채 새댁하고 자기하고 품성이 비교되는 걸 알았는지 별채 새댁을 유난히 못살게 굴었다. 강옥순은 이른 아침이나 밤늦게 부엌 뒷문으로 나갈 때면 별채 앞에서 경상도 아가씨가 새댁을 붙잡고 심술을 부리고 있는 장면을 종종 목격했다. 경상도 아가씨가 히죽히죽 웃는 얼굴로 별채 새댁의 뒤를 따라다니며 듣기 싫은 소리를 하면 별채 새댁은 아직 덜 말라서 축 늘어져 있는 빨래를 휙휙 걷어 방으로 들어갔다. 그 들어가는 뒤꼭지에 대고 경상도 아가씨는 이번 계금 부을 돈을 언제까지 빌려달라느니 시장 볼 때 어떤 물건을 좀 사다달라느니 하는 당치도 않는 요구를 박아두고 돌아섰다. 동생으로 생각하고 타이르기도 해봤지만 워낙 성정이 세서 듣지를 않았다. 그렇게 살더니 결국 말년에 꼴이 우습게 됐다. 뿌린 대로 거두는 거다.

엄마와의 통화를 끝내고 수빈은 임계숙이 뱉은 말의 의미를 생각했다. 임계숙은 "김옥자가 어떤 년인지 알고 있는 사람은 내밖에 읎다"라고 했다. 김순자의 남모를 비밀이라도 알고 있다는 것일까. 그걸 빌미로 틈나는 대로 찾아가 조롱하고 괴롭혔던 것인가. 아니 그 전에 황경자도 그렇고 임계숙도 왜 하나같이 김순자의 이름을 김옥자로 기억하고 있는 것일까.

무엇보다 김순자는 그 집에서 왜 도망을 갔는가. 사람들의 견해가 다 다르다.

첫째, 수빈의 엄마는 김순자가 곗돈을 탄 뒤 남은 계금 붓는 걸 떼어먹고 싶어 도망갔다고 했다. 하지만 이건 야반도주를 감행할 정도의 사유라고 보기에는 너무 단순하고, 아무리 한 길 사람 속은 모른다지만 김순자의 성품으로 봐서도 납득하기 어렵다. 김순자는 몰래 도망을 하면서도 방바닥에 그달 치 월세를 남겨두고 갔고, 다음 날 아침 일부러 집주인에게 전화하여 그 사실을 알렸다. 계금 떼어먹는 게 목적이었다면 일관성 없는 행동이 아닌가. 남은 계금을 붓지 않은 건 야반도주의 원인이라기보다는 결과라고 봐야 한다.

둘째, 황경자는 김순자가 뇌종양에 걸린 우영의 수술비를 꾸어달라는 우돌 엄마의 호소에 곤란함을 느껴 도망간 것이라고 했다. 그런 이유로 굳이 도망까지 했어야 했을지는 의문이다. 하지만 심약하고 착한 성품의 사람이라면 양심의 괴로움을 벗어나기 위해 그런 돌발행동을 할 수도 있을 것 같다.

셋째, 임계숙은 전혀 다른 곳에서 이유를 댔다. 김순자의 남편 이귀철이 바람을 폈다는 것이다. 이귀철은 지방에 있는 공사판에 간 게 아니라 김순자의 용서를 받지 못해 집을 나갔다. 그러나 그 뒤 김순자는 자신이 임신을 한 걸 알게 되었다. 남편 없이 혼자 아이를 키워야 할 상황이 올지도 모르므로 갖고 있는 돈을 누구에게도 빌려줄 수 없었다. 결국 남편을 용서하기로 하고 남편을 찾으러 집을 떠난 것이라는 게 임계숙의 생각이다. 이귀철이 바람을 피운 것이나 그 때문에 부부가 헤어졌다는 것을 모두 사실이라고 치자. 아무리 사이좋은 부부라고 해도 외도를 하지 않는다는 보장이 어디 있는가. 임계숙이 평소 김순자에 대해 강한 질투심과 적대감을 갖고 있었던 걸 생각하면, 임계숙은 신혼부부의 동태를 다른 사람보다 더 속속들이 관찰하고 있었을 것이다. 질투하는 사람은 질투의 대상에 대한 관심을 잃지 않는 법이다. 그러나 남편을 찾으러 가는 사람이 왜 몰래 도망치듯 떠나야 했던 것일까.

수빈은 이 의문을 해결하려면 김순자를 필히 다시 만나야겠다는 생각을 했다. 어떤 방법으로 다가가면 김순자가 사실을 말해줄까. 이 점은 천천히 생각해볼 일이었다. 일단은 내일 강의를 준비해야 했다. 내일 수빈은 시립도서관에서 주관하는 '시민대학'이라는 프로그램 중 한 강의를 하기로 되어 있었다.

당장 쓰러지면 48시간 동안이라도 잠들어버릴 수 있을 것 같이 피곤했지만 에스프레소 한 잔을 들이켜고 강의 시나리오를 짰다.

다음 날, 시립도서관에서 강의를 마쳤을 때는 예고치 않은 손님이 수빈을 기다리고 있었다. 그는 전직 경찰, 고영두라고 했다.

제11장

"조영달에게는 조병준이라는 형이 있었어요. 사건 당시 서울지검 검사였지. 어디서 들어본 이름 같지 않아요?"

혼란에 빠진 수빈을 안심시키려는 듯 고영두가 질문을 던졌다. 조영달이 어떤 사람이었는지에 대한, 답을 찾을 수 없는 질문이 아직 수빈을 괴롭히고 있었다. 주변에는 저녁 식사를 하고 열람실에 들어가기 전 시립도서관 휴게실을 찾은 사람들이 삼삼오오 테이블에 앉아 잡담을 늘어놓고 있었다.

수빈은 불쑥 찾아와 의외의 사실들을 늘어놓는 이 늙은 손님에 대한 저항을 포기하기로 했다.

"혹 예전 여당 국회의원을 말하는 건가요?"

수빈은 10여 년 전 뉴스와 신문에 종종 얼굴을 내비치던 신진 국회의원을 떠올렸다. 여당의 새로운 40대 기수를 자처하던 자신만만한 표정의 얼굴. 그러나 마지막에는 누구도 믿지 않는

164

허황된 결백을 부르짖으며 카메라 플래시 세례에 쫓겨 가던 땀에 젖은 얼굴.

"맞아요. 어떻게 아시네? 2선까지 했는데 2000년 총선 때 낙선하고 바로 뇌물수수 사건에 연루, 정계 은퇴했지. 지금은 동남아 어디에서 은거한다는 소문이에요. 처가에서 하는 사업 경기도 시원치 않다지. 한때는 잘나가는 40대 의원이었는데 줄을 잘못 선 모양이야."

"영달이 오빠 집안에 법조인이 있다는 말은 들었는데, 그 정도 거물인 줄은 몰랐네요."

향후 정치인을 꿈꾸는 현직 검사의 동생이 의심스러운 연탄가스 중독사고로 숨졌다. 신속하고 철저한 수사로 한 점 의심 없이 진실이 규명되어야 마땅하지 않은가. 그러나 오히려 은폐되다니? 그리고 현직 검사의 동생은 다가구 주택 문간방을 차지하고 무엇을 하고 있었던 것일까? 대학생이라고 얼렁뚱땅 신분을 속여가면서?

수빈의 머릿속에서 진행되고 있는 생각을 읽은 듯 고영두가 빠른 속도로 설명하기 시작했다. 개중 많은 부분은 고영두가 조영달 사망 사건 수사가 미심쩍게 중단된 것을 계기로 의혹에 끌려 단독으로 조사해온 내용인 것 같았다.

조영달은 충북 진천의 한 시골마을에서 3남 3녀 중 넷째로 태어났다. 조병준은 6남매 중 첫째였다. 조병준은 가난한 농부의 맏아들로서 저 자신의 능력으로 일거에 출세하여 세상에 이

름을 펼 수 있는 거의 유일한 길인 사법시험을 선택했다. 원대
한 야망을 좇아 뼈를 깎는 노력을 한 결과로 서울대 법대에 진
학했고 졸업하던 해에 사법시험에 합격했다. 그 과정에서 가족
의 전폭적인 지지와 희생과 기대가 따랐을 거라는 사실은 어렵
지 않게 추측할 수 있다. 조병준은 사법시험 합격과 동시에 당
연한 수순처럼 당시 정권과 긴밀한 공생관계에 있던 준재벌 기
업의 사위가 되었다. 서울과 수도권 일대의 요직만 옮겨 다니며
검사로서 착실히 경력을 쌓았고 처가의 막강한 재정적 뒷받침
에 힘 입어 정치인이 되기 위한 준비를 착착 해나갔다.

그런 조병준에게 골칫거리가 있다면 줄줄이 달린 다섯 명의
동생들이었다. 동생들은 하나같이 조병준을 향하여 제비 새끼
처럼 입을 벌리고 그동안의 희생과 기대에 대한 보답을 해줄 것
을 기다렸다. 조병준의 처가에서는 조병준의 동생들을, 담 너머
있는 고깃덩이를 제 것이 아닌 줄도 모르고 침을 뚝뚝 흘리며
달려드는 무지렁이로 취급하고 귀찮아했다. 조병준은 콧대 높
은 아내의 눈치를 보며 동생들과 타협하고 적당한 돈을 쥐어주
어 하나하나 독립시켰다. 조병준 나름으로는 힘겨운 과정이었
을 것이다.

"그런데 끝까지 떨어져 나가질 않고 조병준을 지독하게 괴롭
히는 동생이 있었으니 바로 조영달이었지."

이 대목에서 고영두는 탁자에 올려 둔 서류 봉투를 뒤져 종이
뭉치를 꺼내 들었다. 조금 전 수빈이 쓴 칼럼이 실린 신문 조각

을 꺼냈던 그 봉투였다. 이번에 나온 건 스무여 장 정도의 복사지였다. 얼핏 보니 타자기로 친 옛날 공문서와, 종이 한 면 가득히 손 글씨로 적어 내려간 어떤 기록의 복사본이었다.

고영두는 중간중간 종이에 적힌 내용을 보아가며 말을 이었다.

"자. 보자. 조영달이는 고향에서 농업고등학교를 나왔어요. 성적은 아주 최악은 아니지만 잘했다고도 할 수 없고. 담임교사 의견에 따르면, '조용하고 차분한 성격이나 교우관계가 좁고 외톨이'라고 되어 있지. 재학 시절 저지른 비행에 비하면 아주 호의적인 평가란 말이죠. 고2 때 벌써 절도 혐의로 관할 파출소에서 두 번 훈계 처분된 전력이 있고, 고3 때는 현주건조물방화 혐의로 벌금형을 받았어요. 그때가 큰형 조병준이 사법시험에 패스했던 해였거든. 건물 한 동을 반쯤 태웠는데도 고작 벌금형인 걸 보면 아무래도 조병준 영감의 빽이 들어간 거지. 조병준의 고난이 시작된 거요."

"애정결핍에 문제아……."

수빈이 말했다. 첫째 아들 조병준에게 가족 전체의 미래를 걸고 매달리고 있는 집안의 무가치한 넷째 아들. 열등감에 가득찬 자의식 과잉의 미숙아가 상상되었다.

"대충 그런 거겠지. 무리에 속해 몰려다니며 사고를 치거나, 폭력적인 대인 범죄를 저지르거나 하지는 않았어요. 성격도 소심하고 폐쇄적이었고. 고등학교 때 동급생들 말을 들어보면…… 말이 없고, 늘 공상에 빠져 있는 듯 멍한 얼굴에, 외부의 자극에 무감각한 유령 같은 애였다고 합디다. 이미 이때 정신적으로 어떤 문제가 있었던 건지도 모르겠어요.

아무튼 조영달은 스무 살 되던 해 대학에 간답시고 서울로 왔어요. 신설동에 하숙을 구하고 입시학원은 다니는 둥 마는 둥. 역시나 여기서도 절도, 무면허운전 등등…… 끊임없이 사고를 치고 그걸 조병준이 막아주는 생활을 1년 반 정도 했습디다. 오토바이를 훔쳐 무면허로 타고 다니다 아무 데나 버리고 가는 짓을 잘 했지. 야심만만한 검사 조병준이 말썽꾸러기 동생을 고쳐보려고 별짓을 다했겠지만 잘 안 됐나봐요. 나 같아도 죽이고 싶었을 거요."

설마 조병준이 동생을 죽였다는 말일까. 향후의 성공에 어떤 악영향을 미칠지 알 수 없는 숙명적 걸림돌을 제거하기 위해 검사 나리께서 새벽이슬을 밟으며 라일락 하우스에 침입, 어둠 속에서 몸을 꼬부려 아궁이에 담긴 연탄을 꺼내고 댓돌 위에 놓는다?

"조병준은 83년 5월, 조영달이 스물하나 되던 해 조영달을 청량리 정신병원에 집어넣어버리지. 거기서 3개월 만에 꺼내가지고 고향 선배인 김덕필 소유의 다가구 주택, 현 선생이 '라일락 하우스'라고 부르는 그곳 문간방에 옮겨다 놓아요. 조영달이 신설동에서 그전까지와는 다른 아주 수상한 사건을 일으켰거든. 고향 선배의 감독 아래, 사람들 눈이 많은 곳에 조영달을 두어야 할 필요가 생긴 거야."

"수상한 사건이요?"

고영두가 갈매기 모양으로 벗겨진 이마를 긁적이며 뜸을 들였다. 흠, 하고 말을 끄는 고영두의 입술을 보며 수빈은 재촉했다.

"말씀하세요."

"응?"

수빈이 턱을 치켜들었다.

"말씀해주러 온 거잖아요."

고영두의 표정이 한층 진지해졌다.

"……이건 관할서에 있는 친구를 통해 비공식적으로 얻은 정보요. 오프 더 레코드라는 거지. 어쨌거나 내가 오늘 말하는 거 단 하나라도, 내 동의 없이, 함부로 신문에 쓰거나 하는 일은 없었으면 하는데."

수빈이 고개를 주억거리며 모두 수용하겠다는 의사를 표시했다. 고영두는 신뢰하기 위해서는 시간이 필요하다는 듯 수빈의 얼굴을 찬찬히 들여다보다 입을 떼었다.

"조영달이 미성년자약취유인죄를 저질렀다는 거요."

"미성년자약취유인?"

확실히 절도나 방화보다 훨씬 수상하고 불길하며 비도덕적인 뉘앙스가 풍기는 단어였다. 수빈은 구두닦이나 지하철 앵벌이 조직, 성장이 멈춘 서커스단의 곡예 소녀, 정부보조금을 타내기 위해 갖은 수단으로 원생을 모집하는 악덕 보육원 등을 떠올렸다.

"다섯 살짜리 남자아이가 엄마 따라 신설동에 사는 이모 집에 놀러 왔다가 실종된 거요. 아이는 다음 날까지도 발견되지 않았지. 경찰이 신설동 일대를 샅샅이 수색했다고 해요. 아이는 하루가 더 지난 뒤에 조영달의 하숙집에서 발견됐어요. 조영달과 아이가 같이 있는 걸 담 너머로 우연히 본 이웃의 신고로. 당시 조영달은 어느 노부부가 사는 한옥집 아래채에 하숙을 들어 있었는데, 노부부가 여행을 가느라 한 주 내내 집을 비워 조영달이 혼자 집에 있었던 상황이었대요."

"영달이 오빠가 그럼…… 2박 3일 동안 아이를 집에 데리고 있었던 거예요?"

"그랬다더군. 조영달이 진술에 의하면, 집 앞에서 길을 잃고 헤매고 다니는 아이를 보고 밥이나 먹여야겠다는 마음에 데리고 들어갔다는 거요. 그럼 왜 파출소에 신고도 하지 않고 사흘이나 애를 데리고 있었냐고 물으니, 아이를 잃어버렸다면 근처에서 잃어버린 것일 테니 부모가 알아서 찾으러 올 줄 알았는데, 기다려도 부모가 나타나질 않아 애를 버린 걸로 알고 어떻게 해야 하나 고민하던 중이라고 했대요. 누가 들어도 석연치 않은 답변이지. 아이는 꽤 겁에 질려 있긴 했지만 다친 곳은 없었다더군. 어떻게 보시오?"

"아……"

수빈은 금방 대답하기를 주저했다. 고영두는 담담한 표정으로 수빈의 말을 기다렸다.

"아이에게 몹쓸 짓을 했나요? 저기, 그러니까…… 성적(性的)으로?"

"으허허허허."

닫힌 입술 사이로 웃으며 고영두는 차갑게 식은 커피를 마셨다. 옆 테이블에서 서로 손을 맞잡고 대화를 나누던 고등학생 커플이 뜬금없이 큰 소리로 웃는 노인을 쳐다보았다.

"현 선생이 그렇게 말할 수 있는 건 이 이야기를 2013년인 지금 들었기 때문이오."

"?"

"무슨 뜻인지 모르겠어요? 1983년에는 말이오, 성인 남자가 남자아이를 추행할 수 있다는 생각을 못 했다는 거지. 거기까지는 상상력이 닿지를 않는 거야. 남자아이니까. 설마 짐작을 했다 해도……."

늙은 전직 경찰은 손가락 하나를 입술 위에 대고 쉿, 하는 소리를 냈다.

"어떻게 그런 말을 입 밖에 내겠어. 사내자식이니까 없었던 일인 셈치고 툭툭 털고 살아가면 되지…… 하고들 생각하는 거지."

"말도 안 돼요!" 수빈은 기가 막혀 소리쳤다. "이런. 그래, 뭔지는 알겠어요. 남자가 성폭력의 피해자가 될 수 있다는 개념이 없었겠죠. 하지만…… 남자아이라고 수치심이 없나요? 그걸 그냥…… 묻어둬요?"

흥분하여 말을 쏟아내면서도 수빈은 정작 자신이었더라도

그 시절 남자아이에 대한 성폭력의 가능성을 상상할 수 있었을까, 하고 생각했다. 수빈 역시 남자아이를 노리는 소아성애자들이 심심치 않게 존재한다는 사실과 그것을 중죄로 다스려야 마땅하다는 생각을 하게 된 것이 최근 몇 년에 불과했다. 그것도 외국 소아성애자 연쇄살인범에 대한 사례나 미국 성범죄수사 드라마를 접하면서 갖게 된 개념이었다. 국내 뉴스에서 그런 사례를 본 적이 있는가. 주위에서 그런 사례를 들었던 적이 있는가. 아니다. 그렇다면 피해자들은 어디에 있는가. 자신에게 무슨 일이 벌어진 건지 아무도 알려고 하지 않는 가운데 그들은 자신이 당한 일을 어떤 것으로 이해하고 살아가고 있을까.

"너무 경악할 필요는 없어요. 남자들은 대개 성폭력을 당했다고 생각하지 않으니까. 남자들끼리의 장난이란 명목으로 그런 일은 비일비재하게 벌어지고, 당한 사람도 그렇게 수용해버린단 말이오. 아닌 사람도 있을 수 있겠지. 내 말은 대부분은 그렇다고."

고영두는 태평하게 말했다.

물론 피해를 당했다는 의식이 없으면 피해자는 없다. 그러나 모든 사례가 다 그렇게 넘어가는 것일까. 그들은 모두 괜찮은 것인가.

"어쨌든 그 방면으로 수사를 한 적은 없고 조영달이에게 캐물은 적도 없으니 진실은 몰라요. 아이의 부모는 조영달을 유괴범으로 몰았지. 아이가 좀 있는 집 자식이었거든. 부모는 조영달이 더 있다가 몸값을 요구할 의도였을 거라고 펄펄 뛰며 철저한 수사를 당부했어요. 뭐 어쩌겠어. 조병준이가 또 해결할 수밖에. 동생이 정신적으로 결함이 있다고 변명하고, 이참에 동생을 정신병원에 보내겠으니 안심하라는 조건을 걸고, 뭉텅이 돈을 쥐어주어 피해자 부모의 입을 막고, 경찰 관계자들에게는 검사의 위계로 사건이 정식으로 입건되지 않도록 압박을 넣었지.

이후 조병준은 조영달이 현 선생이 살았던 그 집 문간방에서 그저 죽은 듯 조용히 살아가길 바랐을 거요. 그 집 주인 김덕필은 후에 조병준이 국회의원이 될 때 선거 운동원 노릇을 하면서 떡고물 제법 받아먹었어. 조병준의 충견이었지. 조병준은 김덕필을 통해서 동생에게 또 사고를 일으켰다간 정신병원에 영영 가두어버리겠다는 협박을 했어. 협박이 통했는지 조영달은 문간방에 온 뒤로는 범법 행위를 저지르지 않았어요. 적어도 걸려든 것 없어."

"조병준이 동생이 죽은 사건을 은폐했나요?"

수빈은 사건의 본질을 향해 말을 돌렸다.

"그렇다고 봐요."

"왜죠?"

"사건 당일 나는 타살 가능성에 대한 수사와 사체 부검을 해야 한다는 의견을 달아 검사 지휘를 구했어요. 관할 검사도 일단 구두상 동의했고, 그날과 다음 날 난 나름대로 초동수사를 했지. 그런데 다음 날이 다 가도록 관할서에서 아무런 움직임이 없는 거야. 담당 형사가 정해져서 오길 기다리고 있었는데 오질 않는 거지. 그러더니 사체를 유족에게 인도하라는 지시가 떨어지지 뭐요? 검사 판단으로 자살로 내사종결되었다는군. 답답해서 담당 검사와 통화를 시도했지만 연결이 안 되는 거요. 도대체 어떻게 된 거냐고 이리저리 알아보기 시작했지……. 그때만 해도 젊었으니까. 후후."

고영두는 쓴웃음을 웃으며 고개를 설레설레 흔들었다.

"이상해. 이상했어. 하여튼 결국 알아낸 게, 조병준 검사가 전날 밤에 담당 검사를 만났다는 거였어. 그 뒤로 담당 검사의 지시가 달라진 거고."

"아무리 미운 동생이라도 설마…… 동생인데……."

"뒤져봤자 좋은 게 나올 리 없고. 에라 그놈, 잘 죽었다고 생각하지 않았겠어요? 조병준으로서는 시끄럽지 않게 끝내고 싶었을 거요."

고영두는 손에 든 복사지 뭉치를 테이블 위에 탁탁 소리 나게 치며 정돈했다.

"하지만 나는 왠지 그만둘 수가 없었지." 복사지 윗면을 매만지며 고영두는 회한에 잠긴 눈빛이었다. "좋게 말해 경찰로서의 양심이라고 해주면 좋고, 아니면 호기심? 현장을 봤을 때의 내 첫 느낌을 확인하고 싶은 고집? 어쨌거나 나는 틈틈이 혼자 사건을 조사했어요. 막판엔 주로 조영달 형제의 뒤를 캐는 일에 집중했지만. 하지만…… 이젠……."

고영두가 복사지 뭉치를 수빈에게 내밀었다.

"나는 더 이상 할 수 있는 게 없어요. 사실 오랫동안 아무것도 못 하고 처박아두었던 건데 현 선생 글을 읽고 다시 떠올린 거요. 현 선생이라면 뭔가 할 수 있을지도 모르지."

"이게 뭐죠?"

수빈은 종이 뭉치를 받아 들었다.

"조영달이 사건에 관한 나 혼자만의 수사기록이요. 수사기록이라기보단 일기라고 해야 하나."

수빈은 적지 않은 무게감을 느꼈다. 종이의 무게가 아니라 사건의 무게, 세월의 무게였다.

"저에게 바라시는 게 뭔지 모르겠네요."

"나도 정확히는 모르겠어요. 현 선생이 생각해요."

고영두는 가느다란 눈꺼풀 안으로 눈동자를 모으며 미소를 지었다.

"의미 있는 걸로 만들어봐요."

"……."

수빈은 종이를 천천히 한 장 한 장 넘겨 보았다. 고영두는 두 손을 모으고 수빈이 있는 쪽으로 상체를 숙였다. 그는 자신의 독자적인 결과물을 넘겨받은 수빈을 흡사 자애로운 눈으로 바라보았다.

"보면서 질문이 있으면 해요. 현 선생은 어떨지 모르지만 나는 시간이 많아."

제12장

시립도서관을 나오는 길, 휴대전화 벨 소리가 울렸다. 화면에
뜬 수신인의 이름은 이의철이었다. 수빈은 문득 어제 의철이 보
낸 문자에 답장을 하지 않은 것이 생각났다. 보고 싶으니 식당
에 또 들릴 생각이 없냐는 안부 메시지였다.

"전화를 다 받아주시니 고마워서 어쩔 줄을 모르겠어요."

의철이 전화기 저편에서 말했다.

"미안. 요즘 좀 바빠서."

"네. 그러신 거 같아요. 오늘 밤에 'TV 특강쇼'에 나오시던데
요? 예고 봤어요."

거의 한 달 전에 녹화해둔 프로그램이 드디어 방영될 모양이
었다. 수빈은 안 그래도 물어보고 싶은 게 있었다는 말을 시작
으로 질문을 꺼내 들었다.

"내가 만난 사람 중 두 명이나 의철 학생 어머니 이름을 김옥

자로 기억하고 있던데. 왤까? 한 명이라면 착각이려니 하고 넘어가겠지만 두 명이라면 이상하잖아."

"그래요?"

"안 그래도 물어보고 싶어서 식당에 한번 갈까 했는데 너무 바빴어."

"오케이! 그 점은 엄마에게 한번 물어보죠, 뭐. 그럼 조만간 그 대답을 해주는 핑계로 또 전화해도 되겠네요?"

의철은 수빈에 대한 호감을 처음부터 숨기지 않았다. 수빈은 자신이 현실의 애인을 버리고 이 마마보이 미청년에게 달려갈 확률은 얼마나 되는지 스스로 가늠해보았다. 의철은 29년 전 사진 속 여자아이에 대한 동경을 사랑이라고 생각하기로 한 모양이었다. 수빈은 미성숙한 남자에 끌리는 취향은 아니었다. 그러나 상상은 해볼 수 있지 않은가. 한 번 정도는, 짜릿할지 모른다.

수빈이 은근슬쩍 다른 남자와의 관계를 상상하고 있는 걸 짐작이라도 했는지 곧바로 우돌의 전화가 걸려왔다. 며칠만의 연락인지 헤아려지지도 않았다.

"바둑돌! 살아 있었어? 좀비가 돼서 날 잡아먹으려고 전화한 건 아니지?"

반가움 반 미움 반의 감정이 들어 수빈은 비꼬았다. 하지만 며칠간 수빈도 우돌에 대해 크게 신경 쓰지는 않고 있었다는 걸 새삼 깨달았다. 수빈도 너무 바빴던 것이다.

"어디야? 나 네 오피스텔 앞인데……."

우돌이 말했다. 곧 집에 도착하니 기다리고 있으라고 말한 뒤 전화를 끊으며 수빈은 피식 웃었다. 도어록 비밀번호를 진작 알려줬어도 우돌은 수빈이 없는 집 안에 먼저 들어가는 적이 없었다. 연인 사이에도 열어주는 문을 통해 각자의 공간에 들어가는 것이 예의라고 했다.

수빈은 편의점에 들러 비스킷과 카망베르치즈를 샀다. 집에 있는 와인과 함께 곁들어 먹을 생각이었다. 오랜만에 우돌과 밤을 보낼 생각을 하니 기분이 흐뭇해졌다.

우돌은 수빈의 오피스텔 현관 앞 화단에 엉덩이를 걸치고 앉아 긴 다리로 바닥을 긋고 있었다. 왕따 당하는 소년처럼 어깨를 축 늘어뜨린 채였다. 수빈의 차가 오피스텔 주차장에 들어서자 우돌은 며칠 새 수척해진 고개를 들었다. 수빈은 주차를 하고 또각또각 구두 소리를 내며 우돌에게 다가갔다.

"바둑돌!"

얼굴을 보니 일단은 반가운 마음뿐이었다. 수빈은 까치발을 하고 한 팔로 우돌의 목을 감았다. 우돌은 목을 잡힌 채로 오피스텔 입구로 끌려갔다. 어이구구, 소리를 내며 우돌이 미소 지었다.

"오늘 'TV 특강쇼' 하잖아. 같이 모니터링 해야지."

엘리베이터 안에서 우돌이 수빈의 허리를 끌어당겨 안으며 말했다. 수빈이 주먹으로 우돌의 뺨을 밀어냈다.

"그렇게 날 생각하는 사람이 전화도 안 받고, 꺼놓고⋯⋯. 근데 왜 이렇게 얼굴이 안 좋아 보여? 아팠어?"

이제야 우돌의 얼굴을 자세히 들여다본 수빈의 얼굴에 근심이 어렸다.

"마감 때문에 밤을 새웠더니."

집에 들어와서는 우돌이 팔을 걷어붙였다. 냉동실에서 얼음을 꺼내 와인을 재워놓고 과일과 채소를 씻었다. 수빈은 거실 겸 서재에 있는 책상 위에 고영두에게 받은 수사기록을 꺼내놓았다. 그 옆에는 모레까지 넘겨야 할 칼럼 6회분 원고가 놓여 있었다. 작성해서 한 번도 읽어보지 않은 채 출력만 해둔 것이었다.

수빈은 침실로 들어가 텔레비전을 켰다. 'TV 특강쇼'는 20분쯤 후에 시작할 예정이었다. 채널을 맞춰놓은 뒤 수빈은 옷을 홀홀 벗고 욕실에 들어갔다.

뜨거운 샤워물이 수빈의 피로한 몸에 주르륵 쏟아져 내렸다. 수빈은 눈을 감고 얼굴의 윤곽을 타고 흘러내리는 물줄기의 느낌을 음미했다. 침실에 켜둔 TV 소리와 주방에서 우돌이 음식을 준비하는 소리가 샤워기 물소리에 묻혀 뒤로 물러났다. 그 사이로 오늘, 아무 예고 없이 수빈을 찾아온 전직 경찰의 목소리가 재생되었다.

'보면서 질문이 있으면 해요.'

수빈은 고영두가 건네준 수사기록을 들고 있었다.

'현 선생은 어떨지 모르지만 나는 시간이 많아.'

***

"1984년 12월 27일 수요일 아침 6시 17분. 신고 접수."

수빈이 기록의 한 부분을 읽고, 이어서 질문을 던졌다.

"크리스마스 다음다음 날이었네요?"

그렇다면 별채 새댁이 야반도주를 한 날은 12월 26일 새벽이었고, 12월 26일 낮 동안 별채 새댁이 사라진 것을 집주인과 영달이 오빠 외에 다른 사람들은 모르던 중, 12월 27일 아침에 영달이 오빠가 그 집에서 죽어서 나왔다는 걸, 수빈은 머릿속으로 빠르게 정리해보았다.

당시 경찰이 현장에 도착했을 때 집에 있던 사람들의 목록이 적혀 있었다. 안채 안방에 살던 강옥순(35세), 강옥순의 아들 현수혁(10세), 딸 현수빈(7세), 안채 건넌방 세입자 황미자(22세), 황경자(20세), 임계숙(20세)이 있었고, 별채 바깥쪽 방에 사는 아이 박우돌(7세)이 강옥순의 방에서 기거하고 있었다는 설명이 있었다.

"현 선생의 아버님은 버스 운전을 하셨나보죠? 아버님께선 12월 24일에 집에 와서 자고 간 이후에는 운수회사 숙소에 있다고 했고, 별채 바깥쪽 방에 사는 부부는 다섯 살짜리 작은아들이 뇌종양으로 위독한 상황이라 병원에서 숙식하고 있다고 했지. 박우돌이라는 큰아들은 현 선생네 어머님께 맡겼고."

"네……. 그 무렵이었군요."

"사고가 난 별채 안쪽 방에는 원래 신혼부부가 사는데 남편인 이귀철, 당시 스물네 살. 이 양반은 한 열흘 전부터 지방에 있는 공사장에서 일하느라 집을 비운 상태라 하고, 부인인 김옥자, 당시 스물두 살. 이 부인이 어디에 갔는지는 아무도 모른다고 했어요."

"김옥자?"

수빈이 새댁의 이름을 되뇌었다.

고영두가 눈빛으로 이유를 물었다. 수빈은 하려던 말을 삼키고 얼버무렸다.

"아…… 아니에요. 아무것도. 저도 이때 사정을 좀 알아요. 별채 새댁이 전날 새벽 야반도주를 했고, 그 방에서 영달이 오빠가 죽어 있었다죠?"

고영두가 고개를 끄덕였다.

수빈은 현장에 들어갈 때의 상황이 기술된 부분을 읽어 내려갔다.

별채는 방 두 개가 부엌 하나를 공동으로 쓰고 있는 구조로 밖으로 난 부엌문을 통해서만 안으로 들어갈 수 있었다. 알루미늄 세시로 된 부엌문은 안에서 잠겨 있어 열쇠 기술자를 불러 따고 들어갔다. 피해자가 죽은 방문 앞 댓돌 위에 아직까지 불씨가 남아 있는 연탄이 하나 놓여 있었다. 아궁이 안에는 불이 거의 꺼진 연탄이 밑에 하나만 깔려 있었다. 방문은 옆으로 밀어서 닫는 방식의 창호지 문으로 약 5센티미터 가량 열려 있었다. 밖에서 방 창문을 열어 환기를 시켰다고 하나 현장 감식 때에도 여전히 메케한 냄새가 남아 있었다. 시체의 상태로 보아 사망 여부나 사인에 의심의 여지가 없었다. 지역 의사가 와서 간단한 검안을 한 뒤 시체를 인근 병원으로 옮겼다. 방 안을 세심히 뒤졌으나 유서는 찾지 못했다. 방문에서 보아 오른쪽 벽 위에 가로세로 50센티미터 가량의 창문이 하나 있었다.

"현장 감식 중 집주인 김덕필이 도착했지."

수빈이 기록의 어디쯤을 읽고 있는지를 짐작한 고영두가 말했다. 수빈은 종이뭉치에서 눈을 떼지 않은 채 고개만 끄덕였다.

황미자와 임계숙은 직장에 출근해야 한다며 현장을 떠나고 강옥순과 황경자는 여전히 별채 바깥에 서서 경찰의 활동을 지켜보고 있던 때였다. 김덕필이 세상이 무너지기라도 한 듯 잔뜩 놀란 얼굴로 뛰어와 별채 바깥의 바닥에 주저앉았다. 강옥순과 황경자 중 누군가가 김덕필에게 '문간방 총각이 왜 새댁의 방에 있었던 것인지, 새댁은 어디에 갔는지'를 물었다. 그러자 김덕필이 말하기를, 어제 아침 10시경 집에서 별채 새댁의 전화를 받았는데, 새댁이 급한 사정이 있어 간밤에 이사를 했다고 하며 당월 월세와 부엌문 열쇠는 방바닥에 두었다고 말했다는 것이었다. 이렇게 자기 할 말만 하고는 금방 전화를 끊었다고 했다. 그래서 김덕필은 어제 낮에 이 집으로 찾아와 새댁이 이사 간 사실을 확인하고 방바닥에 놓아둔 월세와 열쇠를 주머니에 넣은 뒤 문간방에 들려 조영달과 잠시 얘기를 나누었다. 이 과정에서 새댁이 간밤에 이사를 나갔다는 사실을 조영달에게 말했다. 조영달이 평소 새댁에게 밥을 대 먹고 있었기 때문이었다. 그러자 조영달이 별채 안쪽 방으로 방을 옮기고 싶다고 했다. 김덕필은 흔쾌히 그러라고 하고는 자신의 집으로 돌아갔다.

김덕필이 오후 다섯 시경 다시 들렀을 때는 조영달이 문간방의 짐을 반쯤 별채 안쪽 방으로 옮겨놓은 상태였다. 김덕필은 조영달을 데리고 나가 인근 술집에서 단둘이 술을 마셨다. 11시 30분경 조영달은 만취하여 술집에서 잠이 들었다. 김덕필이 조영달을 업고 집까지 와서 별채 안쪽 방에 눕힌 시간이 12시경이었다. 이후 김덕필이 조영달이 본래 머물던 문간방 아궁이에 남아 있던 불붙은 연탄 하나를 별채 안쪽 방 아궁이로 옮기고, 새 연탄을 꺼내 그 위에 놓은 뒤 아궁이 뚜껑을 닫았다. 자기 전에 연탄을 갈면 중독의 위험이 크다는 것을 알고 있었으므로 다시 방에 들어가 창문을 반쯤 열어놓았고, 방문은 꼭 닫고 나왔다는 진술이었다.

"김덕필에게 전날 조영달과 왜 술을 마셨고 무슨 말을 나눴는지를 물었어요. 김덕필은 지금까지 모두가 듣도록 잘 떠들다가 그제야 주변 세입자들의 눈치를 살피지 뭐요. 조용한 곳에서 얘기하자 하더군."

고영두가 말했다.

"그래서 자리를 옮기셨나요?"

"안채 부엌으로 들어갔어. 부엌 한 귀퉁이에 달린 쪽마루에 앉았는데 부엌이 너무 어두운 거야. 현 선생의 모친께서 따라 들어와 간밤에 퓨즈가 나가 전등이 안 켜진다고 미안해하던걸."

"퓨즈?"

수빈은 고개를 갸우뚱했다. 어릴 적 그 집의 부엌 정경이 수빈의 머릿속에 펼쳐졌다. 안채 두 가구가 함께 쓰는 재래식 부엌의 시멘트 바닥은 물 마를 틈이 없었다. 가스레인지도 싱크대도 없던 시절이었다. 대야에 그릇을 담가 설거지를 했다. '쫙!' 소리와 함께 설거지물을 버리면 부엌 바닥에 있는 수챗구멍으로 물이 회오리를 그리며 빠졌고, 수챗구멍엔 퉁퉁 불은 밥알과 채소 조각이 모였다. 연탄아궁이엔 늘 물이 한 솥단지 끓고 있었고, 석유풍로 위 양은 냄비엔 음식이 끓었다. 햇볕을 등진 방향으로 뒷문과 작은 창문이 나 있는 부엌은 낮에도 어두웠다. 천장에 전깃줄을 얼기설기 엮어 손닿는 곳에 알전구를 늘어뜨려 놓았다. 부엌일을 시작하고 마칠 때, 수빈의 엄마는 손에 물이 묻은 것도 아랑곳하지 않고 알전구에 달린 스위치를 비틀어 켜고 껐다.

"퓨즈가 왜?"

아침이었지만 부엌불이 들어오지 않았다면 어둡고 답답했을 것이다. 고영두가 팔짱을 끼고 몸을 뒤로 기댔다.

"크리스마스트리 때문이었지."

"네?"

"안채 마루를 보니 현관 쪽 구석에 크리스마스트리가 있었어요. 현 선생도 신문에 쓴 적이 있지? 기억력이 참 대단해. 맞아. 현 선생이 기억하는 그런 모습이었어."

영문을 모르고 쳐다보는 수빈을 향해 고영두는 빙그르 웃었다.

"콘센트는 부엌 가까운 벽에 있고, 현관은 부엌문과 먼 곳에 있었지. 기억나요? 그러다 보니 크리스마스트리의 점멸등 전선이 마루를 가로질러 길게 늘여져 있었어요. 그 전선의 중간이 끊어져 있는 거야. 현 선생 어머니 말로는 아마 누가 밤에 전선 위에 굴러다니던 주전자 뚜껑을 밟은 모양이라고……. 전선이 끊어지면서 퓨즈가 나간 거요. 마침 여벌 퓨즈가 집에 있었어. 여자들이 퓨즈 가는 법을 모르는 것 같아서 내가 갈아 끼워주니까 부엌 등이 들어왔지."

"네……." 수빈이 고개를 끄덕이고는 얘기를 본론으로 돌렸다. "그래서…… 집주인과는 어떤 얘기를?"

"조영달이 그 집에 있게 된 배경에 대해 다 말하더군. 자기가 조영달의 고향 선배고, 조영달 큰형인 조병준이 현재 서울지검 검사로 있는데, 조병준의 부탁을 받고 작년부터 조영달을 맡아 셋방에 살게 했다는 얘기. 조영달은 예전에 수없이 파출소를 들락거렸던 문제아였고 정신병원에 갔다 온 전력도 있다는 얘기. 하지만 다행히 이 집에 오고 나선 얌전해졌다는 얘기. 한 가지만 빼고."

"한 가지?"

"큰형이 질색을 하는데도 가끔씩 형수에게 전화해서 비아냥

거리고……. 왜 그런 거 있잖아요. 부자 형수에게는 하지 말아
야 할 시댁의 구질구질하고 비루한 이야기. 그런 걸 전화로 형
수에게 말하곤 했대요. 그때마다 데릴사위 조병준의 가정에 불
화를 일으켰지. 조병준 마누라의 시동생 혐오증이 상당했는가
봐. 조영달은 그걸 역으로 이용해서 형수를 괴롭혔고. 그런 걸
보면 아주 멍청한 놈은 아니에요. 죽기 며칠 전에도 형수에게
전화한 일이 있었대요."

"아……."

수빈은 라일락 하우스에 하나뿐인 전화를 빌려 쓰던 조영달
의 수상한 행동을 떠올렸다. 고영두가 계속해서 말했다.

"조병준이 김덕필에게 전화해서 불같이 화를 냈대요. 애를 맡
겼더니 제대로 관리도 못 하고 선배 뭐 하는 사람이냐 어쩌고
했겠지 아마? 그래서 김덕필은 그날 조영달을 불러 내 술을 사
먹이면서 꾸짖기도 하고 달래기도 하다가 늦은 시간까지 있었
다는 거요. 구체적으로 무슨 말을 했냐고 다그치니까 '한 번만
더 형수에게 전화를 하면 네 형이 이번엔 산골벽지에 있는 정신
병원에 보낼 것이고 평생 못 나올 수도 있다'고 했다던데."

"……영달이 오빠가 충격을 받았을까요?"

"글쎄. 모르지. 김덕필이 말로는 그런 말을 처음 한 것도 아
니었고, 진심으로 하는 말이 아님은 저나 나나 익히 아는 일이
었다고 했어요. 그런데 자살을 해버릴 줄은 꿈에도 몰랐다면
서……. 그래서 말했지. 자살이 아니라고."

자살이 아니다, 자살이 아니다. 수빈은 마음속으로 고영두의 말을 되뇌었다.

"현 선생."

수빈을 부르는 고영두의 표정이 진지했다.

"나는 직관이 뛰어난 편이에요. 대개는 들어맞지. 진실을 밝혀내는 재주는 없지만 진실의 방향이 어디 있는지는 직감할 수 있어요."

"다른 사람들도 자살이 아니라고 생각했나요?"

"글쎄. 아니었을걸."

"그런데 어떻게 확신하시죠?"

"첫째, 극도로 만취한 사람이 자다 말고 깨어 갑자기 자살을 마음먹고 아궁이를 열어 연탄을 꺼내 댓돌 위에 놓고, 창문을 닫아 자살의 환경을 조성할 수 있었겠느냐. 둘째, 왜 유서를 남기지 않았느냐. 셋째, 왜 연탄을 방 안에 가지고 들어가지 않았느냐."

고영두가 막힘없이 말했다. 뾰족한 턱에 돋아난 하얀 수염이 얼굴에 음영을 드리웠다.

"부엌문이 잠겨 있었다면서요? 안에서 잠겨 있어서 열쇠업자를 불러 따고 들어갔잖아요."

수빈이 말을 받았다.

"제대로 보셨군……." 고영두가 탁자 위에 올려둔 손가락을 놀려 딱딱 소리를 냈다. "김덕필도 그렇게 항변했어요. 부엌문은 안에서만 잠글 수 있는데, 자기가 조영달을 눕혀놓고 나갈 때는 잠그지 않았다. 잠글 수 없었다. 새댁이 남기고 간 부엌문 열쇠는 전날 낮에 조영달에게 주었다. 집주인이지만 자긴 여벌 열쇠를 갖고 있지 않다. 그러니 조영달이 자살하기 전에 잠근 것 아니겠느냐.”

“영달이 오빠가 갖고 있던 열쇠는 어디 있었나요?”

“조영달이 죽은 방 앉은뱅이책상 서랍에서 발견되었지. 혹시 범인이 문을 잠그고 나와 방 창문을 통하여 열쇠를 던져 넣었을 수도 있겠다고 생각했는데, 열쇠가 책상 서랍 안에 있었으니 그럴 가능성도 없었어요. 창문은 걸쇠가 잠겨 있지 않았지만 사람이 그 창문을 통해서 드나들 수 있을 것 같진 않았고, 아이라면 모를까 성인이, 아무리 몸이 작은 사람이라 해도 그 창문으로 몸을 뺄 수 있다고는 도저히 생각할 수 없었어……..”

**

“……여대생들이 뽑은 가장 닮고 싶은 롤 모델 1위. 대중문화평론가이자 전문 인터뷰어. 현수빈 씨입니다!”

수빈은 반바지에 면 티셔츠를 입고 젖은 머리를 수건으로 감싼 채 욕실에서 나왔다. 또 한 명의 현수빈이 텔레비전 속에서 성우의 소개를 받고 걸어 나오고 있었다. 방청객들이 치는 박수 소리와 화면에 흘러지나가는 자막이 현란했다.

집 안이 조용했다.

"우돌? 시작했어!"

수빈은 침대에 걸터앉아 수건을 풀어 머리를 말렸다. 텔레비전 속 현수빈이 시청자들을 향해 인사를 했다.

"뭐 해?"

아무 답변이 없는 것이 답답해서 수빈은 거실로 나왔다. 부엌 싱크대 앞 아일랜드 식탁 위에 와인과 안주가 차려져 있었는데 요리사는 간데없었다. 우돌은 거실 책상 앞에 우두커니 등을 보이고 서 있었다.

"시작했다니까. 뭐 하고 있어?"

수빈은 다가가 우돌의 한쪽 어깨 위에 손을 올렸다. 순간 알수 없는 냉기가 느껴져 마음이 움찔했다. 우돌은 돌아보지 않은채 낮게 깔린 목소리로 말했다.

"……이게 뭐야."

"왜?"

수빈이 우돌의 팔뚝에 손을 가져다대자 우돌이 거칠게 뿌리치며 뒤돌아섰다.

"이게 다 뭐냐고!"

우돌이 손에 들고 있던 종이를 수빈을 향해 던졌다. 가운데가 심하게 구겨진 A4 용지 두 장이 바닥에 팔랑팔랑 내려앉았다.

수빈은 놀라서 휘둥그레진 눈으로 바닥에 나동그라진 종이를 내려다보았다. 수빈은 순간 아차 싶은 마음에 입술을 깨물었다.

대중문화평론가 현수빈의 유년기행 ⑥
불행과 행복의 교차: 소아암, 그리고 이사

별채 과일장수 아주머니는 쉬는 날이면 김치전을 부치거나 고구마를 한가득 쪄서 라일락 하우스 식구들에게 돌렸다. 수돗가에 빨간 석유풍로를 내놓고 라면을 끓여 그 자리에서 한 그릇씩 퍼 담아주기도 했다. 평소 낮에 우돌과 우영 형제를 돌봐주는 것에 대한 미안함과 고마움의 표시였을 거다. 석유풍로 주위에 동그랗게 모여 앉아 후루룩거리며 먹던 라면 맛은 어쩌나 좋았던지.

혼자 밖에서 놀다 들어오던 어느 날이었다. 라일락 하우스 대문 앞에 엄마와 과일장수 아주머니, 동네 아주머니 몇 명이 모여 서 있었다. 과일장수 아주머니가 무리에서 갑자기 뛰쳐나와 내 손을 움켜잡고 울부짖었다.

"어떡하니! 수빈아! 이제 우리 우영이랑 놀지도 못하고…… 으흐흐흑."

나는 울지도 웃지도 못한 채 아주머니에게 손을 내주고 서 있었다. 이게 뭐지? 현실로 느껴지지 않는 상황이었다. 엄마가 등 뒤에서 아주머니를 잡고 일으켜 세웠다.

"우영이 엄마! 이러면 안 돼! 가자, 가!"

엄마와 동네 아주머니들은 과일장수 아주머니의 등을 매만지며 대문가를 떠났다. 그때까지도 나는 영문을 몰랐지만, 무슨 일인가 벌어졌다는 것만은 알 수 있었다.

우영이 많이 아프다고 했다. 죽을병에 걸렸다고들 했다. 개구지

고 활달해서 두 살 위인 나를 만만하게 골려대며 뻐드렁니를 드러
내고 웃던 다섯 살 우영이 뇌종양에 걸렸다. 밥을 잘 못 먹고 머리가
아프다고 호소하는 기간이 너무 오래된다 싶더니 아무래도 심상치
않아 큰 병원에 갔을 때는 그 작은 뇌에 암 덩이가 이미 손댈 수 없
을 만큼 크게 자라 있었다고 했다. 수술비만 당시 돈으로 500만 원
이 필요했다.

"우리도 대전에 살 집을 지어놓고 중도금 치르기 급급해서 오히려
빚을 내야 할 처지였으니 도와줄 도리가 있었겠냐. 하지만 돈이 있었
더라도…… 아마 빌려주진 못했겠지. 그랬을 거야. 다들 없이 살던
시절이라 그랬지만…… 그 아이 생각만 하면 죄를 진 기분이다."

그 시절 얘기가 나올 때마다 엄마는 한숨과 함께 이런 말로 죄책
감을 드러낸다. 돈이 없어 당장 수술도 시키지 못하고, 그렇다고 포
기할 수는 없어 우영은 오랫동안 대학병원 입원실에 있어야 했다.

한겨울이었고 눈이 참 많이 내렸다. 우환이 내려앉은 집 방 안에
서 듣는 기괴한 바람 소리는 어린 새끼가 죽어가는 걸 지켜보는 무
력한 짐승의 포효처럼 들렸다. 과일장수 부부는 더 이상 과일을 팔
지 않았고, 죽어가는 막내아들의 병석에 머무르며 간간이 돈을 꾸러
다녔다. 부부가 집을 비운 동안 큰아들 우돌은 우리 방에 머물렀다.

엄마와 건넌방 언니들이 모두 우리 방에 모여 고양이 장난감을
만들고 있던 어느 저녁, 과일장수 아주머니가 우돌을 앞세우고 방
에 들어왔다. 당분간 병원에서 지내야겠다며 우돌과 별채 부엌문
열쇠를 엄마께 맡겼다. 엄마와 언니들이 고개를 떨군 채 건넨 몇
마디 위로의 말에 울고 싶지 않았는지 서둘러 자리를 뜨던 아주머
니. 나는 장판이 까맣게 타들어간 아랫목 자리를 친구를 위해 비워
주었다. 친구는 그렇게 그 해 크리스마스와 연말을 부모와 아픈 동

생의 얼굴을 보지 못하고 우리 방에 섞여 지냈다.

그러던 날 중 어느 새벽의 일이 기억난다. 누군가 방을 나가는 기척에 눈을 뜨니 옆자리가 비어 있었다. 신발을 꿰신는 소리와 현관문이 열리는 소리가 났다. 내 옆에서 자던 우돌이 자다 깨어 변소에 가고 싶었던 것 같다. 방 안에는 오빠와 내가 밤 볼일을 해결하는 요강이 있었지만 우돌은 죽어도 그 요강을 쓰지 않으려고 했다. 칼바람이 부는 어두운 새벽, 일곱 살 우돌은 겉옷도 걸치지 않고 마당에 있는 재래식 변소로 걸어갔던 거다.

거실 마루에 놓인 크리스마스트리 점멸등이 창호지 문에 깜빡깜빡 비치는 가운데, 나는 눈을 뜨고 친구가 무사히 돌아오기를 기다렸다. 점멸등이 깜빡깜빡하다가 파도를 타듯 순차적으로 하나씩 켜졌다 꺼진 다음 잠깐의 암전 상태가 지나고 다시 깜빡깜빡하기를 몇 번을 하나 세었다. 열 세트가 넘도록 우돌은 돌아오지 않았다. 변소에 산다는 귀신 이야기와 잠결에 변소에 가다가 똥통에 빠졌다는 동네 아이에 대한 이야기가 떠오르며 슬슬 불길해졌다.

그러다 문득, 우돌은 울고 있는 게 아닐까? 하는 생각이 들었다. 상황이 어떻게 돌아가는 건지 잘은 몰랐지만 우돌이 무척 슬프다는 건 알고 있었다. 우돌은 지금 변소에 쪼그려 앉아 울며 눈물을 닦고 있는 건 아닐까. 걱정이 되어 견딜 수 없어질 무렵 우돌은 돌아왔다. 아톰 캐릭터가 그려진 붉은 티셔츠에 한가득 찬바람을 묻히고 들어와 내 옆에 누웠다. 등 뒤에서 끌어안으니 차갑게 언 친구의 몸에서 칼바람이 부는 듯했다. 우영이는 다 나을 거야, 내가 이런 말을 했을까. 우돌과 나의 몸이 같이 더워지며 차츰 잠이 들려고 하는데 창호지 문에 비치던 크리스마스트리 점멸등이 갑자기 팟, 하는 소리와 함께 꺼지며 완전한 어둠이 찾아왔다.

"트리가 죽었어."

우돌이 속삭였다. 쓸쓸하고 서늘한 목소리였다.

새해가 되자 부모님은 이사 준비에 바빠졌다. 그동안 번 돈으로 고향인 대전에 집을 지었다고 했다. 종이상자와 보자기에 짐을 꾸려 한옆에 쌓아놓았다. 하루하루 우리 가족은 더 많은 짐 꾸러미 옆에서 잠들었다. 그 사이 우영은 집에 돌아왔고 하루 종일 별채 방에서 누워 지냈다. 과일장수 부부는 그들 식구 외엔 아무도 방에 들이지 않았다.

이사 가던 날 라일락 하우스의 하늘색 대문 앞에 용달차가 왔다. 부모님이 차례차례 꾸려놓은 짐을 날랐다. 눈이 내렸고 무척 추웠던 기억이 난다. 엄마가 인조 여우털 목도리를 끌러 내 목에 둘러줄 때 엄마의 손등 위로 눈이 내려앉았다. 떠나기 전 건넌방 언니들이 대문 앞에 오종종 모여 작별인사를 했다. 엄마와 따로 인사를 마쳤는지는 몰라도 과일장수 부부는 그 자리에 보이지 않았다. 우돌 우영 형제도 없었다. 행복을 찾아 고향으로 떠나는 다른 가족의 모습을 차마 마주할 용기가 없었던 걸까.

엄마와 오빠는 먼저 고속버스로 내려가고 아빠와 나는 용달차 앞좌석에 탔다. 기억에 없는 고향, 대전으로 많지 않은 세간을 실은 용달차가 눈길을 달렸다. 차를 타는 게 조금 지루해질 무렵 아빠가 검은 비닐봉지에서 귤을 꺼내 껍질을 깠다. 우돌이 아저씨가 주더라. 우리 수빈이 가면서 먹으라고. 아빠가 귤 테두리의 흰 부분까지 말끔히 떼어내어 한 조각씩 입에 넣어주는 걸 나는 맛있게 받아먹었다. 그때 그 귤 한 봉지가 과일장수 부부가 우리 가족에게 준 마지막 선물이었다.

〈6회 끝〉

"도대체 뭐 하자는 거야!"

우돌이 붉게 달아오른 얼굴로 고함을 질렀다.

"우돌…… 이건…… 진정해. 미리 보여주려고 했어. 일단 그냥……."

수빈은 당황해서 아무 생각도 나지 않았다. 우돌이 이렇게 크게 화를 내는 모습은 처음 보았다. 무슨 말을 해야 할지 몰라 일단 진정하라는 뜻으로 손을 내저을 뿐이었다.

"잘 들어! 현수빈! 엄마는 돌아가실 때까지 우영이 얘기를 했어. 그때 우리가 돈만 있었어도…… 우리가 돈만 있었어도 하면서. 우영이는 우리 가족에겐 아직 상처야. 이게 무슨 짓이야! 왜 자꾸 들쑤시는 거야! 네가 뭘 알아!"

"우돌……."

"이건 또 뭐야! 뭐냐고! 도대체 무슨 짓을 하고 다니는 거야!"

수빈의 눈앞에 또 한 번 종이 더미가 와르르 쏟아졌다. 집에 들어오면서 책상 위에 올려둔 고영두의 수사기록이었다. 우돌의 화가 엉뚱한 데까지 옮아가자 수빈은 정신이 번뜩 들었다.

"왜 그래? 이건 무슨 상관인데?"

우돌은 거친 숨을 쉬며 육중한 상체를 들썩거렸다.

"똑바로 들어! 현수빈! 이건 어느 인간쓰레기가 술 처먹고 디비져 자다가 연탄가스 먹고 뒈진 그렇고 그런 사건이야. 개죽음이라고! 29년 전 구질구질한 가난뱅이들이 다가구 주택에서 개미처럼 모여 살다 벌어진. 너무 흔해서 하품이 다 나오는 사건

이라구. 여기서 더 뭘 캐겠다는 거야? 뭘 더 뒤져서 네 지랄 같
은 유명세에 뭘 더 보태겠다고 난리야? 무슨 냄새를 맡고 다녔
기에 이따위 걸 얻어온 거냐구!"

입술을 부들부들 떨며 우돌이 수빈을 잡아먹을 듯 쏘아보았
다. 둘 사이에 정적이 흘렀다. 침실에 켜둔 텔레비전 속 현수빈
이 정적을 깨고 열띤 강의를 했다.

"……미쳤어?" 수빈의 목소리가 염소 울음처럼 떨려 나왔다.
사정이 어찌되었든 수빈은 이런 폭력은 용서할 수 없었다. "돌
았어? 취했냐고!"

"돌아버린 건 너야."

우돌이 시선을 돌리며 뇌까렸다.

"우영이 얘기를 신문에 쓰는 게 싫다면 안 쓸 거야. 그렇게 말
로 하면 되잖아. 깡패처럼 굴어야 해? 좋아. 불쾌했다면 미안
해. 안 써. 안 쓴다구! 미리 네 허락을 받으려고 보여주려고 했
단 말야. 그런데 이 기록 가지고는 왜 시비야? 이건 내 일이야.
내 자유야. 무슨 상관이야? 무슨 막돼먹은 짓이야, 이게!"

수빈이 흥분하며 손바닥으로 우돌의 가슴을 쳤다. 우돌이 수
빈의 손목을 움켜잡았다.

"놔!"

수빈이 손목을 털어내려고 하자 우돌이 거칠게 손목을 죄며
비틀어 올렸다. 수빈은 아프고 어이가 없었다. 남자 친구에게
이런 꼴을 당하리라곤 상상도 못 했다. 더구나 우돌에게. 이런

건 지질한 마초에게 붙어사는 비슷하게 한심한 여자에게나 벌어지는 일이었다.

"놓으라고, 이 새끼야!"

쥐어 잡힌 손목이 너무 아파 수빈은 눈물이 나올 것 같았다. 우돌에게 잡히지 않은 손으로 급히 집어 든 것이 책상에 있던 스테이플러였다. 스테이플러는 우돌의 오른쪽 얼굴에 부딪혀 둔탁한 소리를 내며 바닥으로 떨어졌다.

수빈은 자신이 한 짓의 결과를 두려운 마음으로 목도했다. 우돌이 얼굴을 빳빳이 들고 수빈을 바라보고 있었다. 눈 밑에 난 상처에서 가느다란 핏줄기가 배어 나왔다. 피가 흘러내리는 얼굴로 우돌은 입을 열었다.

"그만둬. 모두. 과거의 일 캐내는 거. 그만해줘."

"놓고 말해!"

"부탁할게. 그만하자."

우돌은 돌연 침착하게 가라앉아 있었다. 애원하는 목소리였다. 핏줄기가 뺨을 타고 턱에 흘렀다. 수빈은 우돌의 달라진 태도에 오히려 화가 치밀어 올랐다.

"왜 그렇게 질색하는지 도저히 이해할 수 없는데. 말리면 더 하니까, 이런 거지 같은 짓 끝내줄래?"

"부탁이야. 여기서 끝내는 게 좋아."

"도대체 왜 이러는 거야? 그게 너에게 왜 중요한데? 이유가 뭐야?"

"지나간 일 기어이 파헤쳐서 네 입맛에 맞게 포장하려는 짓. 그만둬."

"내가 그래야 하는 이유가 뭔데? 아직 이해 못 했어."

우돌이 팔을 휘두르며 수빈의 손목을 놓았다. 수빈은 악, 소리를 내며 바닥에 주저앉았다.

"내 동생을 두 번 죽이려는 거야?"

우돌은 수빈의 앞을 가로막고 섰다.

수빈은 자신의 모습이 너무 초라해서 죽고 싶은 심정이었다. 너무나 혼란스러웠다. 우돌이 화가 난 게 우영에 관한 원고를 썼기 때문인지, 고영두의 수사기록을 봤기 때문인지, 둘 다 인지, 둘 사이에 무슨 관계가 있는 건지 도통 알 수 없었다.

"우영이 얘긴 안 쓴다고 했잖아."

"칼럼 쓰는 거, 옛날 일 파헤치는 거, 그거 다 그만둬."

우돌이 한 발짝 다가왔다. 수빈은 몸을 추스르고 일어나 일단 티슈 한 장을 뽑아 우돌에게 내밀었다. 감정의 폭발과 폭력의 열기로 뜨거워진 몸이 저릿저릿했다.

"닦아."

우돌은 받아들지 않았다.

"안 하는 거지?"

우돌은 집요했다.

"그만두는 거지?"

"그 얘기는 다음에 하자."

"나야 그 일이야. 선택해."

"왜 이래, 정말!"

수빈은 한계에 달했다. 상황을 수습하기 위해 억지로 억눌렀던 오기가 다시 솟아올랐다.

"네가 날 모르는구나. 난 남자친구가 싫어한다고 맘먹은 일을 안 하는 사람이 아니야. '남편이 싫어해서 못 해요'라는 여편네들을 내가 얼마나 혐오하는 줄 알아? 선택하라고? 유치하기는! 그래. 선택할게. 영달이 오빠가 얼마나 인간쓰레기였는지, 네 말대로 정말 자다가 뒈져버린 건지 누가 죽여버린 건지 끝까지 물고 늘어지겠어. 애인이 아니라 애인 할아버지가 와서 더 한 행패를 부려도 꼭 하고 말겠어!"

우당탕.

수빈은 고개를 숙이고 양팔로 머리를 감쌌다.

처음에 수빈은 우돌이 뭔가를 또 집어 던졌거나 우람한 팔다리를 휘둘러 몸 어딘가를 가격했다고 생각했다.

그러나 몸에 아무 고통이 느껴지지 않아 수빈은 두려움을 누르고 고개를 들었다. 연필꽂이와 무선 마우스 같은 문구류와 머그잔 등이 바닥에 흩어져 일부는 깨지고 일부는 바닥을 구르고 있었다. 그 가운데 우돌이 잔뜩 달아오른 얼굴로 짐승처럼 씩씩거리고 서 있었다.

"넌 항상 그런 식이었어······."

"당장 나가! 나가 버려! 끝이야!"

"텔레비전에 나오는 네 모습을 진짜 너로 착각하고 사는 거야? 실제로 네가 그렇게 대단한 줄 알아? 그걸 못 들어줘? 내가 너한테 어떻게 했는데! 그거 하나 안 돼? 왜 후벼 파! 뭘 알고 싶은 거야? 그만하라고 했잖아!"

수빈은 귀를 틀어막고 나가라고 비명을 질렀다. 우돌이 그만두지 않는 한 언제까지고 소리를 지를 참이었다. 더 이상은 어떤 말도 듣고 싶지 않았다.

꽝. 건물 전체가 울릴 만큼 큰 문소리가 났다.

우돌이 떠났다. 도어록이 철컥 자동으로 잠겼다. 울분에 찬 우돌의 발소리가 복도를 울렸다.

"······성수정 씨가 그러더군요. 미혼모였기에 오히려 작품에서 20대 엄마 역할을 잘 할 수 있었다. 연예계 생활을 하면서도 자기관리를 잘 할 수 있었다. 하지만 미혼모가 되지 않았던 것이 더 나았을 것이다. 인터뷰를 하면서 성수정 씨는 자신에 대해 참 솔직한 분이구나, 하는 생각을 했어요. 또 제가 인터뷰한 사람 중에······."

텔레비전 속 현수빈은 커다란 손짓과 함께 방청객과 시청자를 향해 메시지를 전파하고 있었다. 재킷 소매를 걷어 올린 차림에 한 듯 안 한 듯 살짝 화장한 얼굴. 자신만만한 표정으로 말을 쉬는 사이마다 입술 끝에 미소를 짓는 현수빈.

텔레비전 밖 현수빈이 어안이 벙벙한 얼굴로 텔레비전 속 현수빈을 쳐다보았다.

"······실수를 딛고 노력해서 그야말로 드라마 같은 욕망을 이루어낸 이야기거든요. 실수해서 좌절해 있는 사람들에게 위안을 줄 수 있는 이야기라고 저는 생각해요. 여러분. 우리나라가 OECD 국가 중 자살률이 부동의 1위라는 거 아시죠? 사람들이 자살을 하는 건요. 노력을 해도 소용이 없을 것이다, 라고 느낄 때라고 저는 생각합니다. 아무리 지독한 실수를 했어도 노력을 하면 달라질 수 있다는 확신이 있다면, 그거 하나만 확실해도 자살은 하지 않겠죠."

방청객의 박수 소리가 방 안을 가득 채웠다. 수빈은 바닥에 흩어져 뒹구는 물건들 사이에서 결국 고개를 처박고 울어버렸다.

제13장

"여보세요. 저, 현수빈이에요……."

아침에 눈을 뜨자마자 수빈은 침대에 누운 채로 전화를 걸었다. 납을 채워 넣은 것 마냥 몸이 무거웠다. 휴대전화를 들고 있는 팔뚝에 이불 자국이 남아 있었다. 숨이 더웠다.

"기자님. 죄송해요. 이를 어쩌죠……."

신문사 문화부장은 전화를 받았다는 표시만 내고는 말이 없었다. 화가 난 건지 난처한 건지 알 수 없었다. 마감 시간을 넘긴 어제 오후 4시 이후부터 밤사이 그에게서 무려 열세 통의 부재중 전화가 와 있었다.

"몸이 아파서…… 글을 못 드렸어요. 정말 죄송해요. 아, 제가 이렇게 무책임하게 일 처리를 하네요. 할 말이 없어요. 정말 죄송해요……."

상대편은 쓰다 달다 말이 없었다. 수빈은 열에 달뜬 이마를 짚고 이부자리에서 일어나 앉았다.

"저기, 기자님?"

"괜찮아요. 현 선생 사정 다 아니까."

"……."

동정하는 듯한 그의 목소리가 수빈을 더 비참하게 했다.

'TV 특강쇼' 방송이 나간 뒤로 전혀 예상하지 못한 일이 벌어졌다. 많은 사람들이 첫 방송을 관심 있게 지켜본 모양이었다. '현수빈'이란 단어가 방영 동 시간대 포털 사이트 검색어 순위 1위에 올랐다. 첫 반응은 호의적이었다. 누리꾼들은 현수빈이라는 사람이 누군지 궁금해했다. 《현수빈의 리드라마》 책은 온라인 서점에서 순간적으로 판매량이 늘었다.

그러나 분위기는 바로 다음 날 반전되었다. 배우 성수정이 트위터에 남긴 글이 뉴스를 타면서부터 시작된 일이었다.

'나는 결코 내 아이를 실수의 산물이라고 생각하고 불행하다고 느낀 적이 없다. 맘대로 떠드는 그 입에 진심으로 돌을 던지고 싶었다. 미혼모는 꼭 불행해야 합니까? 아니라서 미안하군요…….'

수빈의 이름은 언급되지 않았지만 수빈에게 던진 말이라는 걸 모르는 사람은 없었다. 기자들이 부지런히 성수정의 트위터 글을 주워 나르며 수빈이 미혼모에 대한 비하발언을 했다고 떠들어댔다. 인기 검색어가 하루 만에 '현수빈 미혼모 비하발언'으로 바뀌었다.

수빈은 'TV 특강쇼' 녹화화면을 몇 번이고 되돌려 보았다. 아무리 생각해도 자신은 성수정의 아이를 실수의 산물이라느니, 그래서 성수정이 불행하다느니 하고 평가한 적이 없었다. 어린 시절 계획되지 않은 임신을 한 것 자체가 실수였다는 것이고, 이것은 성수정이 수빈과 인터뷰를 할 때 스스로 한 말이었다. 수빈은 블로그에 성의껏 해명글을 올리고 관련된 기자들의 질문에도 답변했다. 그러나 이미 사람들의 입에 올라 생명력을 얻고 퍼져가는 구설수를 막을 수는 없었다. 미혼모인권모임이란 곳에서 수빈을 비난하는 성명을 발표했고 다른 단체들의 지지성명이 이어졌다.

바로 이어서 수빈이 자신이 쓴 책에 대해 광고하듯 얘기하며 자살률을 언급한 것도 문제가 되었다. 누리꾼들은 《현수빈의 리드라마》 책이 '죽음도 막는 자기계발서'라며 비아냥거렸다. 누리꾼들이 그린 만화가 인터넷과 SNS를 타고 실시간으로 퍼졌다. 자살하려고 막 목을 매달려는 사람 앞에 수빈이 나타나 《현수빈의 리드라마》 책을 건네며 읽으라고 권하는 만화, 수빈이 저승사자의 행차를 막고 서서 저승사자의 발치에 책을 착착 쌓아 올리는 만화가 가장 인기였다. 수빈이 보기에도 만화 속의 자신은 무척이나 천박하고 우스꽝스러워 보였다.

대중 앞에 선 이후 수빈이 이렇게 사람들에게 집중적인 조롱과 혐오의 대상이 된 것은 처음이었다. 그동안 수빈의 강의를 들었거나 수빈이 쓴 책을 읽었던 사람들이 너도나도 자기가 경험한 현수빈이라는 여자와의 일화를 제시하며 욕하느라 지난 사흘간 인터넷이 들끓었다. 그동안 대중이 수빈에게 보여준 호의적인 감정은 무엇이었는지 그런 게 있기나 했는지 이해 못 할 상황이었다. 수빈은 우돌과의 다툼으로 입은 내상을 치유할 틈도 없이 얼마나 많은 사람들이 자신을 싫어하는지를 절절히 느껴야 했다. 마지막으로 인터넷에 접속했을 때, 수빈은 자살자의 유족이라는 사람들이 수빈을 '사자명예훼손죄'로 공동으로 고소할 계획이라는 소식을 접했다. 제정신을 차리기가 어려웠다. 충격은 몸으로 왔다.

"칼럼은 잠시 쉽시다. 현 선생."

문화부장이 말했다.

이미 잡혀 있는 강의가 줄줄이 취소되는 상황이었다.

"잠시 쉬는 건가요, 아님 아예 잘리는 건가요?"

수빈은 형편없이 지쳐버린 몸에서 힘을 끌어모아 발끈했다.

"그 문제는 차차 얘기해봅시다."

"……."

"네? 현 선생?"

"써달라고 사정할 땐 언제고……."

"……."

"칼럼 때문에 생긴 일도 아닌데……."

"저기, 미안해요. 우리 입장도……."

"이게 지금 다 제 잘못이라는 거예요?"

문화부장에게 화낼 일이 아니라는 건 수빈도 알았다. 알기에 더 치솟은 감정을 처리할 길이 없었다.

"제가 미혼모를 도덕적으로 비하했어요? 기자님도 프로 보셨죠. 그렇게 생각해요? 하! 자살자를 비하했다…… 제가 그랬어요?"

"현 작가 잘못이 아니지."

"그런데, 왜요?"

"저기, 현수빈 씨."

"내 잘못이 아닌데 왜요!"

문화부장은 미안하다는 말만 남기고 전화를 끊었다. 수빈은 부재중 전화와 메시지 목록을 뒤졌다. 우돌의 이름은 보이지 않았다.

대중에게 노출된 인기인이라면 한 번쯤 겪을 수 있는 일이야. 곧 지나갈 거야, 하고 이성적으로 생각하는 것과는 별도로, 수빈은 위로가 필요했다. 이렇게까지 자신의 가치가 흔들린 적은 수빈에게 한 번도 없었던 일이었다. 수빈은 우돌에게 괴로움을 털어놓고 의지하고 싶어 견디지 못할 지경이었다. 하지만 그럴수는 없었다. 이 일과 관련 없이 우돌과의 사이에 산적한 문제와 감정을 뒤로 제쳐둔 채 자신만 맨얼굴을 드러내고 우돌 앞에서 울고 싶지 않았다.

수빈은 일어나 컴퓨터 코드를 뽑고 휴대전화 배터리를 신경질적으로 빼냈다. 그리고 다시 침대 위에 머리를 박고 누웠다.

어쨌든, 시간은 갈 것이다.

***

황경자는 여자 손님의 파마를 하는 중이었다. 파마 약에 축축
하게 젖은 머리를 적당한 가닥으로 나눠 빗은 다음 종이를 대고
분홍색 플라스틱 롤로 말았다. 입에 물고 있던 노란색 고무줄을
재빠른 손놀림으로 롤의 양쪽 홈에 교차시켜 끼웠다. 탁, 하는
고무줄의 탄성음과 함께 컬 하나가 완성되었다. 컬 한 줄을 다
말면 파마 도구가 담긴 밀대에 한 손을 얹고 끌며 깡충발로 조
금씩 자리를 옮겼다.

밖에는 함박눈이 펄펄 내리고 있었다. 올해 들어 가장 눈이
많이 내리는 날이라고 했다. 미용실 밖으로 사람들이 우산을 받
쳐 쓰고 조심조심 지나다니는 모습이 보였다. 갈색으로 변해 질
척해진 눈이 길 가장자리에 쌓였다. 맞은편 슈퍼마켓 차양 밑
눈 녹은 자리에 길고양이가 웅크리고 앉아 있었다.

"언니하고 나도 거의 6년 만에 보는 거야." 부지런히 손을 놀
리며 황경자가 뒤쪽 소파에 잠시 눈길을 주었다. "그렇지? 언니
시어머니 칠순이라고 들어왔던 때가 2006년 맞지?"

"2006년. 10월."

황미자가 나직한 목소리의 단절음으로 말했다. 황미자는 동
물 털로 만든 검은색 코트의 앞섶을 여민 채 소파에 다소곳이

206

앉아 있었다.

긴 머리 언니.

수빈은 비어 있는 미용의자 하나를 끌어당겨 앉아 황미자의 모습을 무심히 바라보았다. 황미자는 어깨까지 오는 단발머리에 컬이 크게 굽이치는 파마를 했다. 꼼꼼하게 화장한 얼굴에 오려 붙인 듯한 미소를 짓고 있었다. 긴 머리 언니는 더 이상 긴 머리 언니가 아니어서 그런지 얼굴을 보아도 예전의 모습이 잘 떠오르지 않았다. 긴 머리 언니는 예전부터 말수가 적었다. 마르고 창백한 얼굴에 새침한 표정이 쌀쌀맞아 보였다. 두 살 어린 동생 황경자와는 성격도 외모도 딴판이었다. 29년 만에 수빈을 마주하고도 별반 반가운 기색도 없이 곱게 앉아만 있었다.

"우돌이도 같이 왔으면 좋았을 텐데. 그렇지, 언니?"

손님의 머리에 보자기를 씌우며 황경자가 말했다.

"그래. 둘이 사귄다는 말 경자에게 들었어. 그래서 같이 오는 줄 알았는데."

"우돌이도 오고 싶어 했는데…… 오늘 약속이, 빠질 수 없는 자리래요."

오피스텔에서의 다툼 이후 일주일하고도 하루가 넘는 시간 동안 우돌에겐 아무 연락이 없었다. 수빈은 부재중 메시지나 이메일이 들어오는 게 없는지 시시때때로 휴대전화를 체크했다. 먼저 연락을 하지도 못하고 기다리는 걸 멈추지도 못하는 답답한 시간이 계속되고 있었다. 자존심보다는 더 복잡한 감정이 우돌에게 먼저 손을 뻗는 걸 방해하고 있었다. 곧 불안을 참지 못하게 될 것이다.

한편, 수빈은 'TV 특강쇼' 파문의 여파를 세간의 소문을 멀리하는 것으로 극복하기로 했다. 인터넷에서 무슨 일이 벌어지든 안 보면 그만이었다. 더 이상 확장만 안 된다면 곧 잊힐 것이다. 누군가의 성공이 허실이라고 지적하고 그것에 동참하고 싶은 것도 대중의 속성이었다. 그러니 상관없이 하던 일을 하면 된다. 황미자가 한국에 들어왔으니 미용실에 들리라는 황경자의 초대에 응한 것도 그런 차원이었다.

"오랜만에 들어오셨는데, 여기저기 좀 들러보셔야겠네요."

둘만 남게 된 어색한 시간을 때우려 수빈은 황미자에게 말을 걸었다. 황경자는 손님을 배웅하러 가게 앞에 나가 있는 참이었다. 황경자는 가게 앞 노상에 서서 파마 컬을 만 머리에 보자기를 둘러쓴 손님에게 미용실에 다시 들러야 할 시간을 당부하고 있었다.

"그렇지. 아무래도."

"오늘도 어디 가세요?"

"글쎄, 생각 중인데…… 눈이 많이 내려서."

대화가 도통 이어지지 않아 난처해하고 있는데, 수빈의 등 뒤에 온 황경자가 껄껄 웃었다.

"물어봐도 소용없다. 어딜 다녀오는지 나한테도 안 말해. 무슨 용무가 그렇게 비밀스러운지. 언니는 옛날부터 그랬어. 그치?"

내가 뭘, 하고 입술 끝으로 말을 얼버무리는 황미자의 얼굴에서 미소가 사라졌다.

"수빈이 너, 점심 안 먹었지? 칼국수 할 건데 먹고 가야 한다."

황경자가 앞치마를 벗어 옷걸이에 걸며 말했다. 수빈은 엉거주춤 일어나 손을 내저었다.

"번거롭게 뭘요. 나가서 먹어요. 이번에는 제가……."

"됐어, 아가씨. 조개국물도 빼놨고, 면도 다 밀어놨으니까 넣어서 끓이기만 하면 돼. 딴 건 몰라도 칼국수는 내가 잘 하지. 그치, 언니?"

황경자가 수빈의 어깨를 밀어 앉혔다. 수빈이 상 차리는 걸 돕겠다고 하니 황경자는 텔레비전 리모컨과 잡지를 수빈의 앞 탁자에 털썩 내려놓았다.

"돕긴 뭘 도와. 언니만 가서 내 말동무 해줘. 수빈이 넌 TV를 보든지 책을 보든지, 여기서 기다려. 10분이면 돼."

황경자가 별로 탐탁지 않아 하는 황미자의 손을 잡고 살림집 안으로 들어갔다.

혼자 남은 수빈은 핸드백 속에서 종이뭉치를 꺼냈다. 어제부터 이 기록을 다시 보지 않으려고 얼마나 애를 썼는지 몰랐다. 하지만 지독하게도 무언가를 생각하고 싶지 않다는 결심이 오히려 그 생각에 사로잡히게 만들었다.

우돌이 집어던져 구겨지고 더러워진 고영두의 수사기록을 보며 수빈은 그날 고영두와 주고받은 말들을 떠올리기 시작했다.

***

"그날 저녁 7시경에 다시 그 집에 갔어요. 퇴근한 사람들 모아놓고 진술을 들어보고 싶었거든. 각자에게 전날 무엇을 했는지 물었지."

고영두가 수빈이 읽고 있는 기록을 잠깐 들춰보고는 말을 이었다.

"강옥순, 황미자, 황경자, 임계숙 모두 사건 전날 김옥자가 이사 나간 사실과 조영달이 방을 바꾼 사실을 까맣게 몰랐다고 했어요. 황미자와 임계숙은 아침에 출근을 했고, 강옥순과 황경자는 집 안에서 쥐 인형을 만드는 부업을 하느라고 집 밖에 딱히 나갈 일도 없었다나? 황미자와 임계숙이 귀가한 뒤엔 안채 식구들이 다 같이 저녁을 지어먹었고, 어른들 네 명이 모두 강옥순의 방에 모여 텔레비전을 보면서 11시까지 쥐 인형을 만들었대요. 과연 마루 한쪽 구석에 비닐봉지에 가득 싸인 쥐 인형이 있더군."

"아무 소리도 못 들었대요? 영달이 오빠와 집주인이 돌아오는 소리를?"

수빈이 물었다.

"아무도. 강옥순은 11시쯤 잠들었고, 건넌방의 세 여자는 11시를 조금 넘긴 시각에 동시에 잠이 들었대요. 현 선생을 비롯한 아이 셋은 9시쯤 잤고. 잠든 이후에는 아무도 어떤 소리를 듣지

못했고, 아침 6시까지 화장실 한 번 가지 않고 곤하게 잤다더
군."

천장에 다닥다닥 달린 형광등 불빛이 시립도서관 휴게실 안
을 환하게 비추고 있었다. 이야기를 나누는 사이 짧은 겨울 해
가 졌다. 창밖엔 가로수를 휘감은 점멸등의 불빛이 고요히 깜
빡였다. 지금도 29년 전 그때와 같이 크리스마스를 앞두고 있
었다.

"그만 일어날까 생각했을 때 마침 마루에 놓인 크리스마스트
리가 눈에 들어오지 뭐요." 고영두의 눈길도 어느새 창밖 가로
수의 점멸등에 가 있었다. "끊어진 점멸등 전선이 마룻바닥에
둘둘 말린 채 있더군. 강옥순에게 어제 잠들기 전, 트리의 점멸
등이 켜져 있었냐고 물으니 그렇다는 거요."

가로수의 점멸등이 암전 상태에 있다가 동시에 불이 들어오
며 깜빡였다.

"……"

"이 말, 무슨 뜻인지 알겠어요?"

"밤에…… 방 밖에 나간 사람이 있다는 거군요."

"그렇지. 아침에 퓨즈를 갈아줄 때부터 생각했어야 할 문제였
어. 점멸등 전선 위에 있던 주전자 뚜껑을 밟아 퓨즈를 나가게
한 사람이 있었던 거지. 전선을 끊은 사람이 누구냐고 물으니
네 여자가 서로 자기는 아니라고 하더군."

여기까지 말한 고영두가 무슨 재미있는 생각이 났는지 낄낄거

리며 웃었다. 수빈이 눈썹을 치켜세우며 웃음의 의미를 물었다.

"현 선생 모친께서는 재밌는 분이시더군."

"엄마가요?"

"그 순간 현 선생 모친께서 갑자기 화를 버럭 내는 거야. 큰
애가 그랬다면서. 현 선생 오빠 말이오. 큰애가 어제부터 주전
자 뚜껑이 방패랍시고 장난감 칼과 함께 들고 다니면서 놀더니
치우라는데도 말을 안 듣고 마루에 던져 놓고 들어갔다는 거예
요. 그리곤 자다가 나와 전선 위에 올려놓은 걸 밟아 끊어먹고
는 시치미를 뗀다고."

"오빠가 전선을 끊었다고요?"

"오빠께서 어렸을 때 몽유병이 있었소?"

"아……." 수빈은 외마디 감탄사와 함께 금방 기억을 떠올렸
다. "네. 맞아요."

"새벽에 벌떡 일어나 집 안을 돌아다니곤 했다고? 건넌방 아
가씨들도 그렇다고 말을 거들더군. 근데 그때 모친의 말이 끝나
자마자 방에 있던 현 선생 오빠가 뛰어나오더니 자기가 그런 게
아니라고 소리를 버럭버럭 지르더라니깐. 엄마는 왜 맨날 자기
만 갖고 그러냐며 열 살짜리 애가 얼굴이 빨개져서는……."

수빈은 그때의 상황이 눈앞에 보이는 듯했다.

어릴 적 수빈의 오빠는 아침에 종종 마루에서 자고 있는 모습
으로 발견되었다.

새벽에 물 마시러 방에서 나온 건넌방 언니가 마루를 걸어 다

니던 수빈의 오빠와 부딪혀 놀라 지른 비명에 사람들이 다 깬 적도 있었다. 수빈의 엄마가 석유풍로에 도자기 약탕기를 올려놓고 몽유병에 좋다는 약을 고았다.

엄마가 오빠를 윽박질러 약을 먹이는 풍경은 남 보기엔 한 편의 콩트 같았다. 거의 혼자 남매를 길러내야 했던 엄마에게 개구쟁이 큰아들은 덮어놓고 만만한 구박덩이였다. 맘 놓고 욕하고 쥐어박을 대상이 엄마에겐 필요했었는지 모른다. 경찰이 전날 밤 전선을 끊어먹은 게 누구냐고 물었을 때 주저 없이 탓을 하며 욕지거리를 늘어놓을 수 있는 대상. 삶의 고단함에 대한 화풀이를 할 수 있는 쉬운 사람.

"그러면 점멸등 문제는 일단 그렇다 치고, 별채 부엌문 열쇠를 혹 갖고 있는 사람이 있냐고 물었지." 고영두가 말을 돌렸다. "현 선생 모친께서 하나 갖고 있다고 하더군. 며칠 전 별채 바깥쪽 방에 사는 부부가 큰아들 박우돌을 맡기면서 열쇠를 주었다고. 별채 부엌문 열쇠랑 방문 자물쇠 열쇠랑 두 개를. 아침에는 경황이 없어 미처 그 생각을 못 했다면서 말이오. 현장에 들어갈 때 열쇠 기술자를 불러 문을 따고 들어갔잖아요? 그때 생각이 났으면 그 열쇠로 열고 들어가면 됐을 텐데 말이지. 아무튼 모친께서 그 열쇠는 받자마자 안방 TV 장 서랍 안에 넣었고 한 번도 꺼낸 적이 없다는 거요. 같이 방에 들어가 서랍 안에 열쇠 두 개가 그대로 있는 걸 확인했어요……."

***

황경자는 미용실 응접탁자에 신문지를 깔고 뜨거운 김이 오르는 칼국수 냄비를 놓았다. 바지락 국물에 호박과 양파, 감자가 듬뿍 들어가 있었다. 황경자는 수빈이 어렸을 때 자신이 끓인 칼국수를 몹시 좋아했다고 했다. 수빈은 기억이 나지 않았고 입맛도 없었지만, 정성을 생각하여 젓가락 가득 면을 집어 올려 먹었다.

"언니, 옥자 언니가…… 아니, 순자라고 했지?"

황경자가 황미자에게 말을 붙이려다가 말고 수빈에게 물었다. 수빈은 고개를 끄덕였다.

'우리 엄마 아명이 옥자래요. 호적엔 순자라고 되어 있고요. 옥자라는 이름이 더 익숙해서 결혼 전엔 그 이름을 썼대요' 하고 며칠 전 의철이 수빈에게 문자 메시지를 보냈었다.

"별채 새댁 말이야. 원래 이름이 순자래. 순자 언니가 상계동에 간장게장집 크게 한다는데. 우리 같이 가서 만나볼까?"

대가리만 베어낸 배추김치를 손으로 큼직하게 찢어 입에 넣으며 황경자가 말했다.

"글쎄. 난 걔랑 친하지도 않았는데. 시간이 될지도 모르겠고."

황미자가 입가를 티슈로 꾹꾹 눌러 닦으며 대답했다. 황미자는 그릇에 담은 면을 한두 가닥씩만 건져 먹고는 막 젓가락을 놓고 물러난 참이었다.

244

"뭐가 그렇게 바빠. 언니는."

황경자가 제 언니에게 눈을 흘겼다.

"조니도 좀 데려오면 좋았잖아."

황미자가 입양한 아들을 말하는 모양이었다. 결혼하여 캐나다로 이민 간 후 아이가 생기지 않아 입양했다는 남편 쪽 친척 아이. 황경자에게는 하나뿐인 조카일 터였다.

"그래도 내가 이몬데 애기 때 겨우 한 번 보고 못 보고. 지금 방학이라 시간도 될 텐데."

"인턴십 한다고 했잖아."

"대학생인데?"

"거기 대학생은 방학에 더 바빠."

황미자가 가늘게 그린 눈썹을 살짝 찌푸렸다. 무표정에 숨겨져 있던 눈가 주름이 자글자글 살아났다.

"그리고 걔는 한국, 별로야."

황경자는 입안에 가득 욱여넣은 국수 면발과 김치를 우걱우걱 소리를 내며 씹었다. 이어 수빈의 그릇에 국물을 더 퍼 담아 주며, "하긴……" 하고 들릴 듯 말 듯 중얼거렸다.

하긴 친조카도 아닌데.

또는, 하긴 친이모도 아닌데.

수빈은 제 언니의 냉정한 말투 때문에 받은 실망감을 숨기며 황경자가 잘라먹은 말을 상상했다.

"수빈아. 우리 언니가 저렇게 멋대가리가 없어도 남자가 없으면 못 사는 사람이야."

이내 사소한 복수를 하고 싶었는지 엉뚱한 장난을 거는 황경자의 눈매가 둥글어졌다.

"얘가. 뭐래니?"

받아치는 황미자의 말끝이 높았다. 황경자가 재미있다는 양 수빈의 옆구리를 손등으로 쳤다.

"중학교 때부터 만나는 사람이 끊이질 않았다. 고상한 척 말은 안했지만. 요새도 옛날 남자들 만나러 다니는 거 아냐? 어째, 형부하고 재미가 안 좋아? 한번 관리하러 들어왔어?"

황미자의 안색이 변했다. 눈을 가늘게 뜨고 제 동생을 노려보는 폼이 정말 화가 난 것 같아 수빈은 신경이 쓰이는데, 황경자는 이를 아는지 모르는지 신 났다고 웃으며 황미자의 비밀스러운 남자관계에 대해 몇 마디 더 떠들어댔다. 조증이 발현된 사람처럼 혼자 무릎을 치며 심술궂게 웃었다. 중학교 다닐 때부터 여드름쟁이 머슴아들이 방 창문에 괜히 돌을 던지곤 했어. 언니한테 물어보면 전혀 모르는 애들이라고 오히려 화를 내고. 그땐 순진해서 정말 그런 줄 믿었지 뭐야. 언니. 그랬잖아? 머슴아들도 웃기지. 엉뚱하게 내가 나오니까 황미자가 네 언나냐, 하고 묻고는 오만상을 찡그리고는 다시는 안 오던 애도 있었지.

그때 수빈은 느꼈다. 상대의 기분은 아랑곳하지 않고 눈치 없이 수다를 떠는 여편네처럼 행동하고 있지만, 황경자는 지금 언니에 대한 묵은 원망을 풀어내고 있는 거였다. 수빈은 졸지에 자매간의 애증 전선에 끼어든 꼴이 되어버렸다. 마음이 거북해진 수빈이 화제를 돌렸다.

"저, 영달이 오빠가 죽은 사건에 대해서 글을 써볼 생각이에요. 미자 언니 생각도 듣고 싶어요."

"그거 이미 썼잖아? 신문에 나오지 않았어?"

황경자가 끼어들었다.

"신문에 쓴 것과는 별도로……. 미자 언니 생각은 어떠세요?"

"뭘 말이니? 경자가 보여줘서 나도 네가 쓴 글을 봤다만. 그거 자살한 거로 결론 나지 않았나?"

황미자는 관심 없다는 표정으로 수빈에게 눈길도 주지 않고 말했다. 목소리에 더 이상의 질문을 거부하는 서늘함이 담겨 있었다. 황경자가 말을 받았다.

"아니야. 그 총각이 자살할 이유가 어디 있어. 집주인 아저씨가 아궁이 뚜껑을 열어놓고 간 거라니깐."

미용실 소파 옆에는 수빈이 전에 왔을 때는 없던 크리스마스트리가 전선을 휘감고 반짝이고 있었다. 하얀 플라스틱 이파리 위에서 꼬마전구가 조용히 깜빡거렸다. 수빈의 눈길이 그곳에 그만 멈추고 말았다.

크리스마스트리.

어느 크리스마스이브 날, 집에 들른 아버지가 어깨에 메고 오셨던 녹색 플라스틱 나무. 안채 식구들이 그 주위에 둘러앉아 점멸등과 솜뭉치, 색종이로 요란스럽게 장식했던 가짜 나무. 아빠는 수빈과 수빈의 오빠, 우돌이에게 줄 티셔츠도 사오셨다. 아톰 캐릭터가 그려진 빨간 티셔츠. 덩치 큰 수혁 오빠의 몸에 맞춘 티셔츠는 우돌에겐 조금 컸다.

영달이 오빠가 시체로 발견되기 전날 밤, 크리스마스트리의 점멸등은 전선이 끊어져 꺼져버렸다.

수빈은 자다 깨어 눈뜨고 있었다. 점멸등이 팟, 하는 소리를 내며 불이 나가버리는 장면을 목격했다. 어릴 적 몽유병이 있었던 수혁 오빠가 집 안을 돌아다니고 있었는지 어쨌는지. 수빈의 옆에 누운 우돌은 크리스마스트리가 죽었다고 말했다. 그 바로 전, 우돌은 집 밖에 있는 변소에 다녀왔다. 너무 오랫동안 돌아오지 않아 수빈은 우돌이 칠흑 같은 어둠 속 찬바람을 맞으며 울고 있지 않은지 걱정했다. 한참 만에 돌아온 우돌은 빨간 아톰 티셔츠를 입고 있었다. 트리가 죽었다고 말하는 우돌의 몸은 여전히 차가워서 마치 우돌의 작은 몸에서 찬바람이 나오는 것 같았다. 어른들은 경찰에게 그날 밤 모두 집 밖에 나간 적이 없다고 말했다. 춥고 피로한 겨울밤, 어른들은 뜨끈한 구들 위에서 죽은 듯이 잠들었다. 우돌은 그날 밤, 밖에 나갔다.

"언니는 문간방 총각한텐 관심이 없어서 기억도 못 하나봐. 언니 그랬잖아. 삐쩍 마르고 늘 고개를 푹 숙이고 다니는 게 폐병 환자 같아서 싫다고 했잖아."

황경자가 또 황미자를 놀려대기 시작했다. 황미자가 한심하다는 듯한 표정을 깔고 코웃음을 쳤다.

"그럼 넌, 그 총각이 좋았니?"

영달이 오빠.

길 잃은 남자아이를 납치해 2박 3일 동안 집 안에 숨겨두고 있었던 수상한 남자. 무뚝뚝했던 그 남자는 유독 우돌 우영 형제에게는 다정했다. 형제를 제 방에 불러 별채 새댁에게 대 먹는 밥을 나눠 먹였던 남자.

"어머, 언니. 나도 싫었어." 황경자가 손사래를 쳤다. "나는 순자 언니 신랑이 너무 멋있더라. 언니도 그랬지? 계숙이 그 지지배도 말은 안 했지만 새신랑에게 홀딱 빠져 있었을걸? 무슨 남자가 참기름 발라놓은 송편 마냥 미끈하게 생겨가지고. 마누라한텐 얼마나 눈꼴시게 잘했어……. 근데 그때 언니는 동네에 애인 있었잖아. 내가 모를 줄 알았지? 동네 순경 만나고 다니는 거."

수빈은 마음속으로 힘껏 도리질을 쳤다. 아니, 더 이상 생각하지 않을래. 우돌은 겨우 일곱 살이었어. 일곱 살짜리가 뭘 알겠어.

하지만, 연탄불은 갈 줄 알았지. 낮에 일하러 나간 부모님을 대신 해 동생을 돌봐야 했으니까. 그 나이에 벌써 연탄구멍에 맞춰 연탄집게를 꽂고 능숙하게 연탄불을 갈았지. 그 과정에서 조심해야 할 것과, 조심하지 않으면 어떤 일이 벌어진다는 것도 알고 있었을 거야.

"저, 이만 갈게요. 잘 먹었어요."

수빈은 벌떡 일어났다. 머릿속에서 경고등이 울렸다. 수빈을 의식하고 제 언니를 놀려대던 황경자가 한창 치닫던 악의를 거두고 수빈을 잡았다. 말리는 손길을 뿌리치고 수빈은 '황 미용실'을 빠져나왔다.

서부역 고가 밑 안전지대에 차를 세워놓고, 수빈은 우돌에게 전화를 걸었다. 통화 버튼을 누르는 순간, 우돌과 어서 얘기를 나누고 싶다는 조급함과 동시에 이 통화가 연결되지 않기를 바라는 두려움이 가슴 속에서 강하게 충돌하는 것을 느꼈다.

우돌의 휴대전화는 꺼져 있었다.

굵은 눈이 수빈의 차 창문을 때렸다.

***

청파동에서 서초동까지 단숨에 달려왔다. 우돌은 집에 없었다. 오피스텔 주차장에 우돌의 파란색 미니 쿠퍼가 없는 것을 확인했을 때, 차임벨을 누르고 현관문을 두드려 집 안에 아무도 없다는 걸 확인했을 때, 수빈은 기묘한 안도감을 느꼈다. 수빈은 차 안에 앉아 우돌의 어두운 방 창문을 올려다보며 손톱을 씹었다.

우돌은 지극히 정상적인 남자야, 수빈은 아무도 묻지 않은 질문에 스스로 대답하며 괴로워했다. 우돌에겐 아무 문제가 없어. 어릴 적 변태에게 농락당한 경험을 딛고 그렇게 멀쩡하게 자랄 순 없지. 나, 현수빈이 사랑하는 남자야. 성불구자도 아니고 게이도 아니고 연쇄살인범도 아니야. 우돌에게 문제가 있었다면 내가 먼저 알아챘을 거야.

29년 전, 조영달의 문간방 안에서 정말 무슨 일이 벌어졌던 것인지 수빈은 알아야 했다. 누굴까, 누가 눈치챌 수 있었을까. 커져가는 불안을 어서 누군가에게 털어놓지 않으면 미칠 듯한 기분이었다.

순간 어떤 얼굴이 움찔 떠올랐다.

경상도 언니. 임계숙.

타인을 동정하지 않는 사람. 자신의 허름한 욕망에 패배해 비참해진 사람. 그래서 오히려 숨김이 없는 사람. 그 시절 벌어졌던 일을 직접 관찰하고 있었던 사람. 타인의 어두운 면을 번뜩이는 눈으로 지켜봤을 사람.

수빈은 내비게이션의 예전 행로를 뒤져 임계숙의 주소를 찾았다.

제14장

땅거미가 내렸다.

수빈은 임계숙의 지하방이 있는 건물 입구에서 서성였다. 다소 약해진 눈발이 수빈의 몸에 닿아 녹으며 옷을 적셨다.

건물 1층 세탁소 주인이 오토바이에 비닐에 싼 옷가지를 싣고 있었다. 귀 덮개가 있는 털모자를 쓴 중년 남자였다.

"누굴 찾아왔는가요?"

그는 오토바이 짐칸에 쌓은 세탁물을 여미며 수빈을 힐끔거렸다. 수빈은 건물 입구 쪽으로 시선을 고정한 채 힘없이 말했다.

"이 집 지하에 사는 아주머니요……."

"임 씨를 찾아왔다고?" 그가 오토바이에 올라타며 의아한 표정을 지었다. 그가 생각하기에 수빈은 의외의 방문자인 모양이었다. "내려가 봐요. 집에 있는 것 같던데."

수빈은 어두운 계단통을 더듬거리는 발걸음으로 내려갔다.

수빈이 벨을 누르자 누군지 묻는 소리도 없이 현관문이 덜컥 열렸다. 그 사이로 임계숙의 얼굴이 나타났다. 방금 머리를 감은 듯 물이 뚝뚝 흐르는 머리카락이 얼굴에 감겨 있었다. 수빈은 한 발짝 뒤로 물러섰다.

"니…… 우짠 일이고?"

임계숙은 헐렁한 티셔츠 차림에 맨발이었다. 반갑지 않은 기색이었다. 지난번보다 훨씬 멀쩡한 상태였다. 술도 안 마신 것 같았다. 수빈은 거실을 지나 방으로 가는 임계숙의 뒤를 따라 들어갔다.

임계숙은 화장대 앞에 책상다리를 하고 앉아 수건으로 머리를 문지르며 말했다.

"내 곧 나가봐야 된데이."

좌식 화장대 위에는 뚜껑이 열린 화장품 병이 어지럽게 놓여 있었다. 내용물이 반쯤 남은 시바스 리갈 병이 어울리지 않게 화장대 한 자리를 차지하고 있었다. 수빈은 지난번 이 집에 30만 원어치 수표를 놓고 간 걸 기억했다. 그 돈으로 양주를 산 것일까, 수빈은 무심코 생각했다.

"죄송해요. 뭐 하나 물어볼 게 있어서요."

"할 말 있으면 빨리 하고 가래이. 뭐꼬?"

말하며 임계숙이 헤어드라이어를 켰다. 바람에 날리는 머리카락 사이로 푸석푸석한 세모꼴 얼굴이 드러났다.

"……."

수빈은 바로 할 말을 찾지 못하고 정신없이 외출을 준비하는 임계숙의 행동만 빤히 보았다. 수빈은 임계숙이 지난번처럼 소주병을 앞에 놓고 담배를 피우며 자학을 하는 모습으로 있을 거라 예상했다. 그랬다면 차라리 말을 건네기 더 쉬웠을 것이다. 지난번과는 판이한, 묘하게 생기가 도는 거무튀튀한 얼굴을 수빈은 물끄러미 바라보았다.

"니 뭐 하노?"

"저, 문간방 총각 말이에요. 영달이 오빠."

"또 그 얘기가?"

크림을 손바닥에 가득 덜어 얼굴에 펴 바르며 임계숙이 시큰 둥하게 말했다.

"이상한 사람이었죠?"

"뭐가?"

"문간방에서…… 우돌이랑 우영이 데려다가 이상한 짓 했죠?"

임계숙이 얼굴을 두드리던 손을 멈추고 눈살을 찌푸렸다.

"이상한 짓?"

"언니는 알았을 것 같아요. 알고 있는 게 있으면 말해주세요. 부탁해요."

"야가 뭔 소리고. 그 노마가 사내새끼들 데리고 오입질이라도 했단 말이가?"

대수롭지 않게 받아 넘기며 임계숙은 피식 웃었다. 그리고는 일어서 옷장 문을 활짝 열고 수빈의 눈은 아랑곳하지 않은 채

옷을 갈아입었다. 검정색 주름치마에 녹색 니트 스웨터를 껴입는 손이 분주했다.

"니는 일도 안 하나? 와 시도 때도 없이 찾아와서 난리고?"

빨리 가줬으면 하는 바람이 임계숙의 말투에 가득 묻어 있었다.

수빈은 방금 황미자 황경자 자매를 만나고 오는 길이라고 말했다. 임계숙만 찾아다니는 건 아니라는 뜻이었다.

"그럼 미자 언니에게 물어보지 와?"

하고 말하고 나서 임계숙은 이내 고개를 설레설레 저었다.

"아이다. 그 새침데기에게 뭘 물어보겠노. 알아도 모른다 그러제. 근데 니 와 그런 생각을 하는데 이제 와서? 총각 방에서 일어나는 일을 누가 우예 알겠나. 아무리 그래도 그런 해괴한 일이 있었을라고."

"……"

임계숙은 이어 "미자 언니가 들어왔다고?" 하고 중얼거리더니 쿡, 하고 비웃었다.

"내야 아예 대놓고 그랬지만 그 언니야는 아주 내숭이었는 기라. 이래저래 간 보는 사내, 죽자고 좋아하는 사내, 슬그머니 다 따로 두고 실속도 찾고 망할 놈의 사랑도 찾고…… 그 시절 여자 팔자는 니 때랑 다르다. 어떤 사내 만나는가에 따라 앞으로가 결정되는 기라. 니는 웃긴다 하겠지만. 아이가?"

"……"

"하지만 그래 봤자 뭐하겠노. 돌기집인데. 하기사 그래서 더 그래 발악을 했는지는 모르겠다만……."

임계숙은 콧노래를 부르며 핸드백 속을 정리하다가 혼이 빠져나간 듯한 수빈의 얼굴을 흘깃 보았다. 그리고 선심 쓰듯 덧붙였다.

"선천적으로 자궁이 기형이라 임신이 어렵다 하대. 황미자는 갱자 그년이 지 언니 걱정하는 척하면서 나한테 그런 말 다 속닥거린 것도 모를 기다. 아무튼 가들도 언니 동생이 둘 다 웃긴 년들이야. 야야. 근데 난 니가 물어보는 건 무슨 소린지 모르겠다. 나가봐야 하니까네 그만 가라."

수빈은 쫓겨나듯 밖으로 나왔다.

오기 전보다 더 얻은 것도 더 확인한 것도 없었다.

"만나고 가시는가요?"

말을 거는 소리에 수빈이 고개를 드니 배달을 마치고 온 세탁소 주인이 오토바이에서 내리고 있었다. 수빈은 까딱 목례를 하고 차에 올랐다.

***

지난번엔 미안해. 정리할 문제가 있어. 내게 시간을 주면 좋겠다. 네가 기다려준다면 언젠간 다 말할 수 있을 거야. -우돌

수빈은 거실 소파에 앉아 몇 시간 전 도착한 문자 메시지를 뚫어지게 바라보았다. 메시지는 일방적이었다. 하고 싶은 말만 하고, 메시지를 보낸 휴대전화는 다시 꺼진 상태였다.

"왜 너도 나도 훌륭하다고 너무 그러면, 아니야 그렇지 않아, 하고 반항하고 싶은 마음이 생기잖아요?"

아일랜드 식탁에 도마를 깔고 한창 칼질을 하던 의철이 말했다. 의철은 수빈의 집에 들어오자마자 양손 가득 들고 온 비닐 봉지를 내려놓고 손수 사온 생닭과 한약재를 씻었다. 요즘 요리를 배우고 있다고 했다. 공부로는 길이 없다는 걸 29년 만에 깨닫고 엄마의 뒤를 이어받아 식당 영업으로 성공할 생각이라고 했다. 오늘 수빈은 의철의 삼계탕 실습대상인 모양이었다.

수빈은 냄비를 불에 앉히느라 뒤돌아선 의철의 늘씬한 뒷모습을 감상했다. 의철은 남색 페도라를 쓰고 도톰한 엉덩이와 긴 다리의 형체가 드러나는 스키니 진을 입었다.

수빈이 임계숙의 집을 나오는 길에 의철이 전화를 걸어왔다.

"누나, 괜찮아요?"

아니 괜찮지 않아, 라고 생각하며 수빈은 괜찮다고 말했다.

"누나 욕하는 것들, 욕해줄까요?"

그런다고 해결이 되겠어. 그리고 지금 내게 그 문제만 있는 게 아니야, 라고 생각하면서 수빈은 그럼 우리 집으로 오라고 말했다. 그 순간 누군가의 괜찮냐는 물음이 눈물겨웠다.

현수빈답지 않게.

"예를 들어 세종대왕이나 이순신 같은 한국 대표 위인들 말이죠. 훌륭한 사람이라고 어렸을 때부터 너무 주입을 하니깐. 괜히 그렇지 않다고 하고 싶은 마음 말예요. 세종대왕은 식탐 대마왕 뚱뚱보였고 와이프만 10명을 둔 난봉꾼이었으며, 이순신은 원균을 너무 증오한 나머지 난중일기에 원균에 대한 욕지거리를 갈겨썼던 소심남이었다는 걸 굳이 들춰내고 싶은 마음이요. 그런 것만 찾아내고 싶죠. 그러면 자기가 좀 더 나은 사람이 된 것 같거든요. 누나도 거기 걸려든 거예요. 그러니까 상심할 이유는 1프로도 없어요."

음식이 끓기를 기다리며 의철은 매실 효소 차를 들고 와 수빈의 옆에 붙어 앉았다.

"박우돌 씨는 뭐해요?"

수빈은 의철의 싱그럽고 잘생긴 얼굴이 보기 좋았다. 수상함이나 불안함과는 거리가 멀어 보였다.

"헤어졌어."

"왜요?"

"글쎄. 내가 이렇게 되니까 보기 싫어졌나봐."

"에이. 그런 사람이 무슨 남자친구예요. 잘 했어요."

"그러게. 사람 인심이 그렇더라구."

말로 뱉고 나니 수빈은 정말 우돌에게 버림받은 것 같은 느낌이 들었다.

의철은 찻잔을 손으로 빙글빙글 돌리며 잠시 생각에 빠진 얼굴이었다.

"요즘 우리 엄마 좀 이상해요……."

"뭐가?"

"정신이 빠져나간 사람처럼…… 저랑은 얘기도 안 하려고 하세요. 말 시키면 자꾸 깜짝깜짝 놀라고. 영업시간엔 곧 죽어도 자리 지키던 분이 종종 자리도 비우고…… 무슨 고민이 있는지."

"……"

의철은 씩 웃으면서 잠시 얼굴에 드리웠던 근심을 거뒀다.

"됐고. 내 얘기할 때가 아니죠. 일단 누나는 힘을 내야 해요."

의철은 찬장을 뒤져 수빈은 여태 자기 집에 있는지도 몰랐던 우묵한 도자기 그릇을 꺼내 상을 차렸다. 페도라 색깔에 맞춘 남색 카디건을 팔꿈치까지 걷어 올린 채 야들야들하게 익은 살을 발라 소금에 찍어 대뜸 수빈의 입가에 내밀었다. 수빈은 순순히 입을 벌려 인삼 향이 밴 살코기를 넙죽 받아먹었다. 누나는 너무 예뻐요, 닭 국물이 묻은 손가락을 빨며 의철이 말했다. 사람들은 왜 하나도 중요하지 않은 일로 누나를 괴롭히는지 모르겠어요.

어릴 적 별채 새신랑은 수빈이 다가갈 수 없는 존재였다. 그는 안채에 사는 여자들이나 아이들과 말을 섞는 일이 거의 없었다. 다가구 주택 안에서 젊은 남자들은 대개 없는 듯 살았다. 집의 주인은 예나 지금이나 여자들이었다.

그런데 지금 그와 똑같이 생긴 젊은 아들이 수빈에게 사탕처

럼 달게 굴고 있었다. 수빈은 다시금 안전한 과거가 주는 보드
라운 느낌에 빠지고 싶었다. 불길하고 수상한 현재는 오늘만 잠
시 묻어놔도 되지 않을까.

"쓸데없는 얘기를 해줘."

"그럴까요? 무슨 얘길 할까……." 의철은 닭 국물에 통후추
를 갈아 넣으며 머리를 한쪽으로 기울였다. "닭의 자연적인 수
명이 얼마인지 아세요? 30년이래요. 보통 포유류보다 조류가
수명이 길거든요. 그런데 우리가 지금 뜯고 있는 닭은 알에서
깬지 5주밖에 안 된 거예요. 사람으로 치면 세 살도 안 된 애를
잡아먹는 거죠."

"더 쓰잘데기 없는 얘기."

"미국 KFC 농장에 가면요. 유전자를 조작해서 다리가 네 개
인 닭이 있대요. 믿거나 말거나. 깃털도 모두 제거해버려서 완
전히 생닭이에요. 다리가 네 개 달린 생닭들이 한데 모여 푸드
덕거리는 걸 상상해보세요. 아, 깃털이 없으니 푸드덕 소리도
안 나려나? 어때요. 닭살 돋죠?"

"닭 얘기 말고, 다른 거."

"저는요. 어렸을 때 주꾸미가 오징어 새끼라고 생각했어요.
중학교 땐가? 그게 아니란 걸 알긴 알았는데 말이죠. 최근엔 이
런 생각이 드는 거예요. 주꾸미가 낳는 주꾸미가 있고, 오징어
가 낳는 쭈구미가 있다는. 그러니까 오징어는 오징어도 낳고 주
꾸미도 낳는 거예요. 하지만 사람들은 오징어가 주꾸미를 낳을

가능성에 대해서는 감히 생각을 못 하고, 눈앞에서 오징어가 주꾸미를 낳는 것을 보아도 '설마, 내가 잘못 보았겠지' 하고 넘어가는 거예요. 진실은 그렇게 묻히는 거죠."

수빈은 깔깔거리며 웃었다. 흡사 이 웃음이 끊어질까 조바심 나는 사람처럼 의철의 팔뚝을 치며 오래오래 웃었다.

"하하하. 그럼 꼴뚜기는? 주꾸미가 낳는 거야?"

"의외로 문어가 낳을 수도 있어요. 낳아놓고는 너무 작아서 자기도 잊어버⋯⋯."

수빈은 손을 뻗어 의철의 오른쪽 뺨을 쓰다듬었다. 의철은 피하지 않았다. 끊임없이 조잘대던 말을 멈추고 기대감에 빛나는 눈으로 수빈을 바라보았다.

'정리할 문제가 있어.'

일곱 살짜리 박우돌이 붉은 아톰 티셔츠를 입고 스르르 방 밖을 나가는 환영이 보였다.

'네가 기다려준다면 언젠간 다 말할 수 있을 거야.'

우돌은 한참 동안 돌아오지 않았다. 어딘가에서 메케한 연탄가스 냄새가 나는 것 같았다.

'내 동생을 두 번 죽이려는 거야?'

서른여섯 살의 박우돌이 울부짖었다. 자신과 동생이 당했던 일에 대한 앙갚음으로 우돌은 과연 무슨 짓을 했던 것일까. 언젠간 다 말할 수도 있을 거라는 그 사실이 과연 내가 상상하는 그건 아니겠지, 수빈은 마음속으로 힘껏 도리질을 쳤다.

의철이 수빈을 끌어안으며 입술을 포갰다.

불안과 죄책감이 엉뚱한 방향으로 자신을 이끄는 것을 수빈은 멈출 수가 없었다.

제15장

박재길은 손전등을 들고 집을 나섰다. 밤바람이 찼다.

텔레비전을 보다가 깜빡 잠이 들었는데 깨보니 아들이 없었다. 아들이 혼자 있던 건넌방에는 빈 소주병과 냉장고에서 꺼내와 뚜껑도 열지 않은 찬그릇만이 바닥에 놓여 있었다. 이 밤에 딱히 갈 곳이 있을 리 없었다. 사방이 논밭이었고 집들은 서로 뚝뚝 떨어져 있었다. 고향에 발길을 잘 하지 않는 아들에겐 주변에 찾아갈 만한 친구도 없었다.

엊그제 아들은 연락도 없이 불쑥 찾아와 말없이 술만 마셨다. 그 표정이 너무 무서워서 박재길은 무슨 일이 있냐고 말도 제대로 붙이지 못했다.

안 그래도 어려운 아들이었다. 아내가 살아 있을 때는 제 엄마 통해서 안부도 묻고 소식도 전하곤 하더니 6년 전 아내가 자궁암으로 세상을 뜨고 나서는 그나마도 없었다. 서먹한 아들의 태도는 박재길에게 아비 노릇 못하고 무능하게 살아온 지난날을 시시각각 생각나게 했다. 몸이 늙으니 할 수 없는 게 많아졌다. 누군가의 마음을 사지도 못하고 돌리지도 못했다. 가장 힘든 것이 가족이었다.

아무래도 아들에게 심각한 고민이 있는 것 같았다. 그래도 힘들 때 애비를 찾아온 걸 박재길은 다행으로 알고 내버려두었다. 고민을 털어놓고 상의해주기를 감히 바라진 않았다. 제 속으로 정리하고 갈 수 있으면 그만이다 싶었다. 그러던 아들이 밤중에 사라진 것이었다.

박재길은 집 주변을 둘러보다가 근처 논으로 향했다. 가로등이 군데군데 논두렁을 비추고 있었으나, 겨울밤 시골길은 어두웠다. 낮에 한창 퍼부은 눈이 둔덕에 소복이 쌓여 있었다. 얼음가루 같은 입김을 토해내며 박재길은 허공에 대고 손전등을 휘저었다.

"우돌아……."

낮게 우거진 소나무 둥치를 돌아 논 비탈에 세운 정자 쪽으로 불빛을 비췄을 때였다. 정자 위에 걸터앉아 웅크리고 있는 검은 형체가 눈에 들어왔다. 급한 마음에 박재길은 아들의 이름을 부를 사이도 없이 빠른 걸음으로 다가갔다.

고개를 처박고 생각에 잠겨 있던 박우돌은 별안간 들려오는 인기척에 몸을 벌떡 일으켰다. 박재길이 돌아선 우돌의 얼굴에 손전등 불빛을 쏘았다.

"추운데 여기서 뭐……."

박재길은 말을 끝맺지 못했다. 허걱, 소리와 함께 일그러진 우돌의 얼굴이 귀신이라도 본 듯 공포에 젖어 있었다. 경악하는 아들의 얼굴이 불빛에 낯설게 어른거렸다. 박재길은 다가가던 발을 멈추고 손전등을 든 손을 힘없이 내렸다. 아들이 자신을 경멸하는 줄은 알았지만 무서워하는 줄은 몰랐다.

우돌이 박재길에 등을 지고 무너지듯 정자에 걸터앉았다. 깊은 한숨이 하얀 입김이 되어 우돌의 입에서 뿜어져 나왔다. 이제 제법 눈에 익어 희붐한 어둠이 서먹한 부자 사이를 무겁게 누르고 있었다.

"……아버지."

등 돌린 채 우돌이 불렀다.

"춥다. 들어가자."

우돌은 움직이지 않았다.

"……아버지는 아셨어요?"

심상치 않은 목소리의 질감에 박재길은 겁이 덜컥 났다. 술기운 때문인지 작정한 것인지 우돌이 속마음을 꺼내려고 하고 있었다. 한평생 마주한 적 없는 아들의 마음이 두려웠다.

"뭘……?"

"나 어릴 적…… 문간방 총각. 조영달 말이에요."

그때의 얘긴가. 젊은 시절 아내와 두 아들과 함께 세 들어 살던 단칸방. 과일 행상을 하던 시절. 막내 우영이가 살아 있었던 때.

"아버지. 우영이, 기억해요?"

기억하지 못할 리가 있는가.

우돌이 박재길에게 죽은 동생에 대한 얘기를 꺼낸 건 처음이었다. 남은 가족들에게 우영은 언급해선 안 될 상처의 근원 같은 거였다.

"왜…… 갑자기……."

"조영달이 저와 우영이를 참 예뻐했다네요."

말끝에 우돌이 피식 웃었다. 뼛속까지 서늘해지는 웃음이었다.

조영달이라면 그 집 문간방에 혼자 살던 음울한 표정의 청년을 말하는 것 같았다. 그 청년은 죽었다. 연탄가스 중독이었다. 그 시절엔 흔한 사고였다. 새삼 관심 가질 필요가 없는 일이었다.

"아버지는 아셨어요?"

우돌이 다시금 질문을 던지고 말을 이었다.

"영달이 형이 낮에 저와 우영이를 방에 불러다가 무슨 짓을 했는지……."

벌판 위를 휘돌아 부는 칼바람이 서 있는 박재길의 몸을 후드득 때렸다. 나뭇가지에 쌓여 있던 눈가루가 박재길의 머리 위로 흩어져 내렸다. 박재길은 추위가 아닌 충격으로 얼어붙었다.

"아…… 우, 우돌아……."

우돌이 머리를 싸쥐었다.

"우리는 우리끼리만 아는 어떤 놀이를 했어요. 아무에게도 말

해서는 안 되는 놀이를…… . 밥도 주고 과자도 주고…… . 놀이
의 규칙은 영달이 형이 정했죠."

"우돌이 너…… . 설마, 그놈이…… ."

"먼저 가위바위보를 하고 진 사람이 영달이 형과 함께 이불
속에 들어가요. 바지를 벗고. 영달이 형은 재미있는 놀이라고
했어요. 그때가 제가 일곱 살, 우영이가 다섯 살 때였죠."

"허억."

외마디소리와 함께 박재길이 눈 쌓인 차가운 논두렁에 주저
앉았다.

우돌의 잔혹한 고백이 계속해서 박재길을 몰아붙였다. 수십
년을 묻어온 상처가 고백의 기운을 받아 거침없이 흘러넘쳤다.
박재길은 아팠다. 그 시절만 생각하면 그냥 아팠다. 생때같은
막내가 병들어 죽었다. 그놈의 도박하는 버릇을 고치지 못해 집
안을 빚더미로 만들어놓은 애비 때문에 당장의 수술비를 마련
하지 못했다. 다섯 살에 병에 걸려 연명하다 여섯 살 되던 해,
어린 몸이 고통스럽게 숨이 끊어지는 것을 박재길은 봤다. 그때
가 너무 아파서 박재길은 기억하고 싶지 않았다. 하지만 그 무
렵 막내는 물론이고 큰애도, 아이들은 이미 아팠던 것이다.

우돌이 울었다. 커다란 몸을 들썩이며 울고 있었다.

"그 남자는 나보다 우영이를 더 좋아했어요."

"우, 우돌아…… ."

"나는 그래서 다행이라고 생각했어요. 내가 아니라 우영이를

더 찾는 걸……. 나는, 나는…… 우영이가 무슨 짓을 당하는지를 알면서도 모른 척했어!"

우돌이 양손으로 제 머리를 때리며 으아아아악, 비명을 질렀다. 비어 있는 논밭에 우돌의 울부짖음이 메아리쳤다. 우돌은 박재길이 아니라 자기 자신을 향해 소리치며 자신을 벌했다.

"그래서 우영이가 나쁜 병에 걸린 거야! 그 짓이 나쁜 병을 옮긴 거야! 그러니까 내 탓이야! 나 때문에 우영이가 죽은 거야!"

박재길은 일어나 우돌에게 다가가 옆에 앉았다. 파들파들 떨리는 깡마른 손으로 우돌의 어깨를 감싸 안았다. 우영이 죽은 날 부엌칼로 내리친 상처 자국이 선연한 손가락으로 박재길은 우돌의 등을 쓸어 내렸다.

"아니야! 우돌아! 아니다!"

"내가 우영이를 죽였어요!"

우돌은 죄책감에 사로잡힌 일곱 살 남자아이가 되어 박재길의 품에서 울었다. 고름처럼 곪고 썩은 죄책감으로 우돌은 계속해서 눈물을 쏟아내며 흐느꼈다. 어둠 속에서 부자(父子)는 한 덩이가 되어 흔들렸다.

***

침대로 자리를 옮긴 두 남녀가 이불에 뒤엉켜 흔들렸다.

수빈은 의철의 여리고 매끈한 등과 허리를 쓸어내리며 더운

숨을 토했다. 의철의 손길이 수빈의 몸 구석구석에 조심스럽게 닿았다. 의철은 천천히 수빈의 가슴을 쓰다듬고 부드러운 입술로 목 언저리를 핥았다.

이 어린 남자는 안전할까.

몸이 반응하는 것과 달리 수빈의 생각은 다른 곳으로 향했다.

박우돌.

3년 전 어느 문화회관에서 강의를 마치고 수빈은 책을 들고 줄지어 선 사람들에게 차례로 사인을 해주고 있었다. 이제 끝났다 싶었는데, 마지막으로 어떤 청년이 책의 속표지를 펼쳐 들고 걸어왔다. 수빈은 닫으려던 만년필의 뚜껑을 열고 청년의 이름을 물었다.

"박우돌입니다."

수빈이 손을 멈췄다. 청년이 덧붙였다.

"바둑돌이라고도 하죠."

수빈은 키가 큰 청년의 얼굴을 빤히 올려다보았다. 우돌이 웃고 있었다. 수염 자국이 거뭇거뭇한 청년의 얼굴에 어릴 적 친구의 얼굴이 또렷이 박혀 있었다. 우돌을 알아본 순간, 그 찰나의 시간에도 마음이 얼마나 반갑고 편안해지던지.

의철은 어느덧 움직임을 멈춘 수빈의 몸을 최선을 다해 애무했다. 새신랑을 빼닮은 의철의 옆얼굴이 수빈의 눈을 스쳤다. 땀이 송글송글 맺힌 얼굴에 떠오른 복숭앗빛 홍조. 그때의 제 아빠보다 훨씬 더 나이가 들었지만 의철은 아무것도 몰랐다.

아무것도 모르는 사람은, 안전할까.

3년 전 바로 이 방 이 침대에서 수빈은 우돌과 밤을 보냈다. 어린 수빈과 어린 우돌의 삶이 바로 현재의 현수빈과 박우돌의 삶으로 들어온 날이었다. 사랑해, 수빈아. 하지만 이 말을 하는 건 지금이 마지막이야. 우돌이 말했고 수빈이 그 이유를 물었다. 사랑이라는 말을 내뱉는 순간 우린 그 말에 갇혀버려. 너도 알고 나도 알고 모두가 짐작할 수 있는 일이면 그냥 그 상태로 두면 돼. 그게 말이 되어 입 밖에 나와버리는 순간 그건 마치 일정한 모양과 부피가 정해진 무언가가 되는 거야. 그 뒤엔 그게 아직 제자리에 있는지, 모양이나 색깔이 변하지 않았는지 계속 확인하고 싶어지겠지. 그땐 별 이상야릇한 말을 다 한다고 생각했다.

의철이 몸을 일으켜 수빈의 입술에 키스했다.

수빈은 우돌과 처음 나누었던 키스를 떠올렸다. 이 침대에 앉은 채 서로 수줍게 오갔던 몸짓. 우돌은 수빈에게 지금 여기가 아닌 다른 곳, 편안하고 포근포근한 다른 시간이었다.

"우돌아!"

수빈이 외쳤다. 의철은 순간 몸짓을 멈추고, 상처받은 눈으로 수빈을 내려다보았다. 수빈이 몸을 돌려 침대 바닥에 있는 휴대전화를 집어 들었다. 의철의 몸을 덮은 이불이 들춰져 수빈의 몸에 한 바퀴 감겼다.

수빈의 눈에 붉은 아톰 티셔츠를 입은 어린 우돌이 스르르 방

밖을 빠져나가고 있는 환영이 보였다.

수빈은 급히 우돌에게 전화를 걸었다.

어린 우돌이 슬픈 눈으로 뒤돌아보았다. 그는 수빈의 손이 닿지 않는 곳에 있었다.

휴대전화에서 전원이 꺼져 있다는 안내음이 흘러나왔다.

어린 우돌이 고개를 바로 하고 멀어져갔다. 수빈은 뻔히 그 뒷모습을 보고도 잡을 수 없었다. 이미 지나간 사실은, 돌이킬 수가 없었다.

***

한바탕 감정을 쏟아낸 부자는 혼이 빠진 듯 집으로 터벅터벅 걸어갔다. 우돌이 한 발짝 앞장섰다. 눈길을 밟는 두 사람의 발소리가 쓸쓸하게 들렸다. 앞서 가던 우돌이 말을 꺼냈다.

"그날…… 전 화장실에 가서 울었어요."

"……."

그날이 언제를 말하는 건지 박재길로서는 알 수 없었다.

"낮에는 수빈이네 식구들이 절 혼자 두지 않았으니까, 울려고 새벽에 밖으로 나갔어요."

"그러냐."

"화장실에서 한참을 울었어요."

우돌을 수빈이네에 맡겨 놓고 박재길과 아내는 막내가 입원

한 병원에서 먹고 자고 했던 그때를 말하는 것 같았다. 추슬렀던 마음이 다시금 아파왔다.

"내가 너에게 죄를 많이 지었다……."

논두렁길이 끝나고 박재길이 혼자 사는 집 대문이 보였다. 앞서 가던 우돌이 갑자기 발을 멈췄다. 박재길도 한 발짝 뒤에서 멈춰 섰다. 우돌의 머리 너머 조각달이 파리하게 빛났다.

"화장실에 깨진 창문으로 문간방과 별채의 문이 보였어요."

도대체 무슨 얘길 하려는 건지 짐작을 할 수 없었다. 박재길은 대꾸할 말을 찾지 못하고 가만히 듣고만 있었다.

"조영달이 죽던 그날이었거든요?"

박재길이 순간 눈썹을 꿈틀거렸다.

"너……."

바로 이 말을 하기 위해 아들이 온 것이라는 생각이 들었다. 이 말을 하기 위해 아들이 조영달과의 치욕스러웠던 일을 먼저 쏟아낸 거구나, 하는 직감이 박재길을 다시 두렵게 했다.

우돌이 천천히 몸을 돌렸다.

"아버지."

"우돌아……."

박재길은 우돌이 지금부터 하려는 말을 막고 싶었다. 할 수 있다면. 내가 할 수 있는 거라면.

"아버지."

"……."

우돌이 다시 한 번 부르는데도 박재길은 입이 말라 말이 나오지 않았다.

우돌이 어깨를 비스듬히 기울이고 자기보다 한참 키가 작은 박재길의 얼굴을 가만히 살펴보았다.

"그날, 왜 집에 오셨어요?"

제16장

간밤에 폭설이 내려 봉천동 '명인세탁소' 이 씨는 아침을 먹자마자 눈 삽과 싸리 빗자루를 챙겨 가게 앞에 나왔다. 정강이까지 빠질 정도로 눈이 쌓여 있었다. 출근하는 사람들이 엉금엉금 기듯 골목을 오갔다. 자동차가 눈길 위를 뒤뚱뒤뚱 위태롭게 지났다. 빙판을 밟는 사람들이 엉덩방아를 찧으며 넘어졌고, 골목에서 나오려는 소형차가 헛바퀴를 돌며 끙끙거렸다. 노인네들과 가게 업주 몇몇이 나와 각각 제집과 가게 앞의 눈을 치우고 있었다. 젊은 사람들만 모여 사는 빌라 앞은 눈을 치우는 사람이 없었다. 출근하려고 집을 나온 사람들이 주차장에서 차를 꺼내는 것에 실패하고 짜증 가득한 얼굴로 지하철 역을 향해 걸어갔다.

이 씨는 우선 세탁소 문 앞에 쌓인 눈을 퍼서 가까운 전봇대 밑에 던져 쌓기 시작했다. 전날 관악구 세탁업협회 모임에 가서 새벽까지 마신 술 때문인지 행동이 굼떴다. 따뜻한 방에서 술이 깰 때까지 잠이나 늘어지게 자면 딱 좋으련만 부지런한 아내 성화에 못 이겨 평소와 같은 시각에 눈 삽을 들고 나올 수밖에 없었다.

세탁소 출입문 앞에 겨우 사람 다닐 만한 길을 텄을 뿐인데 이 씨는 힘에 부쳤다. 삽을 눈 위에 꽂아놓고 길 위에 엉거주춤 앉았다. 어이구, 소리가 절로 나왔다. 가게 전면의 눈을 전부 치우고 빗자루질까지 싹싹 해놓아야 아내가 만족할 것이었다. 아내는 아침 설거지를 마치고 곧 행차할 예정이었다. 이 씨는 술 냄새나는 입김을 펄펄 피워 올리며 원망스러운 눈으로 하얗게 쌓인 눈을 바라보았다. 세탁소 바로 옆에 건물 입구가 있었는데, 오늘도 그 앞은 아무도 치울 생각이 없는 모양이었다. 2층 노래방은 오후 늦게야 문을 열 테고, 3층과 4층을 무슨 작업실로 쓴다는 수상한 젊은이들도 저녁에야 얼굴을 비치곤 했다. 지하 단칸방에 사는 임 씨도 종일 방에 처박혀 술이나 마실 줄 알지 단 한 번이라도 집 앞의 눈을 치우는 법이 없었다.

아픈 허리를 펴고 일어나 다시 삽질을 하려다 말고 이 씨는 부아가 나서 삽을 다시 눈 위에 꽂아버렸다. 이 건물을 나만 쓰는 것도 아닌데 왜 나만 눈을 치워야 하는가! 왜 호랑이 같이 드센 아내는 건물 입구의 눈까지 내가 다 치워야 한다고 생각하는가!

이 씨는 귀 덮개가 있는 털모자를 고쳐 쓰고 누가 봐도 단단히 따지러 가는 사람같이 양팔을 크게 휘저어 건물 입구로 들어갔다. 마음 같아서는 세입자들 모두를 모아놓고 따지고 싶었지만 이 시간 건물에 있을 사람은 임 씨밖에 없었다.

"임 씨! 나 세탁손데 잠깐 나와보쇼!"

이 씨는 차임벨을 누르고 소리치며 동시에 지하 철문을 쾅쾅 두드렸다. 혼자 사는 박복한 여자라고 간혹 술 먹고 동네에서 행패 부리고 다니는 것도 모른 척 눈감아줬는데 이건 아니다 싶었다. 사람 할 도리는 하고 살아야 할 것 아닌가.

"임 씨!"

아무 대답이 없어 이 씨는 목소리를 높이며 문을 두드렸다. 여자가 또 술에 고주망태가 돼서 퍼져 자는 모양이었다. 술기운 때문에 안 그래도 몸이 힘든 이 씨는 짜증이 일었다. 나도 힘들단 말이다! 이 씨는 무심코 문 손잡이를 돌려 잡아당겼다. 문이 순순하게 덜컥 열려 이 씨는 순간 어, 하고 뒤로 물러났다.

열린 문을 보며 이 씨는 주저했다. 안이 어떤 꼴일지도 모르는데 아무리 화가 나도 혼자 사는 여자 집에 들어갈 수는 없었다. 쩝, 하고 입맛을 다시며 문을 다시 닫으려던 때였다.

문틈으로 누워 있는 임 씨의 형태가 슬쩍 보였다.

임계숙은 엎드려 누워 있었다. 녹색 니트 스웨터와 검정색 치마 차림이었다.

바닥에 대고 오그라든 임계숙의 손가락이 이 씨의 눈에 걸렸다. 힘줄이 튀어나온 검고 마른 손이 바닥을 긁다가 멈춘 듯 오그라들어 있었다.

심상치 않은 기운을 느끼고 이 씨가 문을 다시 스르르 열었다. 임계숙을 부르려고 했으나 소리가 나오지 않았다. 찬 곳에 있다 갑자기 실내로 들어오니 맑은 콧물이 흐르는 것도 느끼지 못하고 이 씨는 안으로 발을 떼었다.

임계숙의 머리맡에 쓰러져 있는 양주병에서 갈색 액체가 쏟아져 나와 엎드려 있는 임계숙의 머리에 닿아 있었다. 술에 젖은 임계숙의 머리칼이 방바닥에 축 늘어져 붙어 있었다. 검정색 주름치마가 허벅지까지 말려 올라갔고 그 밑으로 두 다리가 서로 엇갈려 있었다. 임계숙의 머리는 이 씨가 있는 곳 반대쪽으로 돌아가 있었다.

얼굴을 확인하기 위해 이 씨는 임계숙의 발치를 돌아 다가갔다. 아몬드 냄새가 두려움에 떠는 이 씨의 코끝을 스쳤다.

제17장

"임계숙 씨한테, 돈, 얼마 줬어요?"

밑으로 갈수록 넓어지는 하관에 머리카락이 듬성듬성한 사
내였다. 흡사 알이 굵은 겨울 무 같이 생겼다. 조남칠 형사. 농
담거리로 삼아 한번 비웃어주고 싶은 우스꽝스러운 외모였다.
이게 남의 일이라면, 수빈은 재미있게 바라봤을 터였다.

"말씀드렸잖아요."

분명 참고인 조사라고 했다. 이의철과 어영부영 밤을 보내고
맞이한 다음 날 오후, 관악경찰서 조남칠 형사라는 사람의 전화
를 받았다. 형사는 임계숙이 '졸지에 죽었다'고 하며, 그 사건을
'수사 중'이라고 했다. 다짜고짜 경찰서에 와서 얘기하자고 하
더니, 형사는 모종의 혐의라도 캐내려는 듯 수빈을 살살 건드리
고 있었다.

"그러니까…… 보자. 열흘 전에 10만 원권 수표 석 장을 주셨

다. 그냥 없이 사는 게 불쌍해서요?"

"어떻게 물어보셔도 그게 다예요."

처음 찾아갔을 때 수빈이 두고 온 수표로 임계숙은 동네 슈퍼에 진 외상값을 갚고, 소주와 각종 생필품을 한 보따리 산 모양이었다. 생활보호대상자 수급비를 받지 못하게 된 뒤 하루하루 외상으로 술을 사가던 임계숙이 수표를 척 내밀던 순간의 놀라움을 슈퍼 주인은 똑똑히 기억했다. 경찰은 수표를 추적했고, 수빈을 찾았다. 임계숙이 사는 건물 1층의 세탁소 주인은 어저께 어떤 젊은 여자가 임계숙을 찾아왔었다고 진술했다. 경찰이 수빈의 사진을 세탁소 주인에게 보여줬고, 그는 사진 속 여자가 임계숙을 찾아왔던 그 여자라고 했다.

"최근 씀씀이가 헤펐다는데…… 밀린 외상값도 싹 정리하고 옷도 사고 화장품도 사고."

"전 30만 원만 줬을 뿐이에요. 다른 건 몰라요."

조남칠 형사가 회전의자에 앉은 몸을 양옆으로 돌리며 무청 같은 짧은 머리를 매만졌다.

"이 칼럼에 나오는 '경상도 언니'가 임계숙이라고요? 그래서 취재차 수소문을 해서 찾아갔다. 29년 만에……."

조남칠 형사는 인터넷으로 찾아 출력한 수빈의 칼럼을 책상에 올려놓고 손가락으로 툭툭치며 말했다. 수빈은 그 소리가 매우 거슬렸다.

"어제는 왜 갔습니까, 그럼?"

"이제 왜 그런 질문을 하는지 좀 말씀해주실래요?"

수빈은 발끈했다. 경찰서 조사실에 마주앉은 지 벌써 한 시간이 지나 있었다.

"말했잖아요. 임계숙 씨가 죽었다고."

조남칠 형사가 응수했다.

"그러니까 어떻게 죽었는데요? 저에게 알아내고 싶은 게 뭔데요?"

"죄송합니다만 이런저런 구설수 때문에 칼럼 연재도 잘렸던데, 뭘 더 알아볼 게 있다고 어제 또 갔어요?"

수빈은 흡, 하고 턱까지 차오르는 숨소리를 냈다. 조사를 받는 자의 평정심을 뒤흔드는 수법이라는 걸 알면서도 버티기가 쉽지 않았다.

"지금 제가 계숙 언니를 죽인 사람으로 여기 있는 건가요?"

수빈은 흥분을 감추지 못하고 떨리는 목소리로 말했다. 이제 곧 어젯밤에 누구랑 어디에 있었냐는 질문을 던질 것만 같았다. 칼럼에 등장하는 또 한 사람의 아들과 침대에서 뒹굴고 있었다는 말을 해야 하는 것인가, 수치심으로 살이 떨려왔다. 조남칠 형사는 아무런 동요가 없었다.

"어저께 갔을 때 임계숙 씨 방 안에 뭐가 있던가요?"

"뭐라구요?"

"임계숙 씨 방에 뭐가 있었냐고요. 생각나는 대로 말해보세요."

"계숙 언니가 어떻게 죽었냐고 물었잖아요! 그 정도는 말해주고 시작해야 하는 거 아니에요? 누구든 불러다놓고 일단 속을 긁어놓는 게 경찰이 하는 일인가 보죠?"

조 형사가 눈을 치켜뜨더니 한쪽 입꼬리를 올려 웃었다. 그러더니 흐흐, 하는 웃음소리를 내며 몸을 뒤로 젖히고 물러났다. 쪼개진 무 같은 그의 미소를 보자 수빈은 바짝 조여진 긴장이 풀리며 묘안 안도감을 느꼈다. 마치 수빈이 그의 웃음 한 줌을 내내 구걸하고 있었던 것처럼. 수빈은 자신이 이미 약해질 대로 약해진 상태라는 것을 느꼈다.

"현수빈 씨. 그것만 말하면 내가 설명할게요. 얘기가 다 순서가 있는 법이니까. 약속합니다. 찬찬히 한번 기억을 떠올려봐요. 물건들이 뭐가 있었죠?"

"도대체 뭘 떠올리라는 거예요? 사람 사는 집에 있는 거 있었죠. 신발 있고, 옷 있고, 그릇 있고, 쓰레기통 있고……."

"네, 또요?"

"옷장 있고, 화장대 있고, 이부자리 널려 있었어요."

"화장대 위엔 뭐가 있었죠?"

"화장대 위에 화장품이 있지 뭐가 있겠어요? 제가 갔을 때 계숙 언니는 막 외출 준비를 하고 있었어요. 나갈 시간이 얼마 안 남았다고 제가 빨리 가길 바랐죠. 드라이기로 머리를 말리고…… 네, 화장대에 드라이기 있었네요. 빗 있었고. 영양크림이며 로션이며 에센스 같은 게 뚜껑 열린 채로 있었고요. 재떨이도 있었고. 양주병도 놓여 있었고요."

"양주병이 있었어요?"

"네. 시바스 리갈 같았어요."

"내용물이 얼마나 있던가요?"

"글쎄요. 반은 좀 안 되었던 것 같네요. 한 5분의 2쯤?"

"흠……."

조 형사의 눈이 수빈을 진지하게 훑었다. 수빈은 턱을 들었
다. 더 이상 쉽게 보여서는 안 된다는 생각에 신경이 곤두섰다.

"그 술을 마시고 죽었죠. 임계숙 씨가. 현수빈 씨가 방문한 그
날 밤에 마시지 않았나 싶은데. 술을 쏟고 널브러져 죽어 있는
걸 오늘 아침 그 건물 1층 세탁소 주인이 발견했어요. 문이 잠
겨 있지 않았다는군요."

"……."

"시안화칼륨…… 청산가리 아시죠? 확실한 감정 결과는 아
닙니다만, 술에 그게 들어 있었나 봅디다? 유서는 없고, 가장
최근에 임계숙 씨를 방문한 사람은 현수빈 씨 같고."

"저는 안 죽었습니다."

수빈은 빈정거리는 형사의 말투에 못을 박았다. 미소가 다시
한 번 살짝 조남칠 형사의 단단한 얼굴을 스치고 지나갔다.

"임계숙 씨와 무슨 얘기를 했습니까?"

"열흘 전 갔을 때 계숙 언니는 술만 마셨고, 어제는 귀찮아하
며 빨리 가라고만 했어요. 대화라고 할 게 없었다고요."

수빈은 임계숙과 나눈 대화의 내용을 차마 말할 수 없었다.

조 형사는 질문을 빙빙 돌려 같은 말을 세 번쯤 반복하게 한 뒤에야 수빈을 놓아주었다.

"저희가 또 연락을 하게 되면 꼭 받으시고, 당분간은 어디 멀리 가시면 안 됩니다."

"저는 참고인 아닌가요? 언제까지나?"

"이 세상에 언제까지나, 그런 게 어디 있습니까."

"말꼬리 잡지 마시고요." 수빈은 자리에서 일어서며 정색했다. "참고인으로서 수사 받은 사항이 언론에 새 나가는 일이 있다면 조 형사님 책임으로 알겠어요."

"허허, 뭐 그러십시다."

조남칠 형사가 가볍게 받아넘겼다.

"저……."

수빈은 조사실 문을 나서는 조남칠 형사를 잡아 세웠다. 그가 뚱한 표정으로 돌아보았다.

"제가 찾아갔을 때 계숙 언니는 분명 누군가를 만나러 가기 위해 준비하고 있었어요. 그 사람을 찾으세요. 계숙 언니가 마지막으로 만난 사람은 제가 아니에요."

수빈은 경찰서 입구 돌계단 위에서 비틀거렸다. 눈앞에서 경찰차 문이 열리고, 형사 두 명이 수갑을 찬 험악한 인상의 남자를 차 밖으로 끌어냈다. 수빈은 콧등까지 감싼 목도리에 얼굴을 묻었다. 지금 이 순간 자신이 경찰서 문 앞에 있다는 것이 믿기지 않았다.

임계숙.

불과 어제 만났는데, 오늘 아침엔 죽어서 발견되었다 한다. 청산가리를 먹고 죽은 시신은 어떤 모습일까. 수빈은 묘한 생기가 돌던 어제의 그 검은 얼굴과, 헤어드라이어 바람에 흩날리던 숱 없는 머리카락과, 반갑지 않게 툭툭 내뱉던 말투를 떠올리며 울상을 지었다.

칼럼을 시작할 때까지만 해도 임계숙은 수빈에게 그저 건넌방 세 언니들 중 하나, '경상도 언니'일 뿐이었다. 특별히 좋을 것도 없지만 나쁘게 생각할 것도 없는, 어린 수빈의 일상을 둘러싸고 있었던 어른 중 하나.

그러나 이제는 죽었다. 형사의 태도로 보아서는, 수빈도 용의선상에 거론되고 있는 모양이었다. 단지 어제 임계숙을 찾아왔다는 이유로. 물론 수빈에겐 동기도 없고 방법도 없었다. 문제는 무언가 있다는 걸 증명하긴 쉬워도, 없다는 걸 증명하는 건 불가능하다는 데 있다.

'자살자 비하 논란 현수빈, 청산가리 살인사건 연루 경찰 조사 받아.'

황색 신문의 표어가 수빈의 눈앞에 어른거렸다. 잠잠해질 겨를도 없이 또 구설수가 이어지는 것인가. 기사는 한번 나가면 끝이다. 해명 기사는 대개 발표되지 못하거나 읽히지 않는다. 살인사건에 연루되었다는 낙인은 지워지지 않을 것이고, 수빈은 자신을 은연중에 살인자로 간주하는 불특정 다수 속에서 살아가야 할지도 모른다는 상상에 점차 서러운 감정이 증폭되었다.

'내는 올해 아홉수다. 어릴 때 땡중한테 점을 봤는데 아홉수를 평탄하게 몬 넘길 기라고 해카드만…… 드런 놈의 인생사가 진짜 그렇게 풀리데. 마흔아홉은 아마 못 넘기지 않을까 하는 생각도 했는데…… 올해가 다 가도록 목숨은 붙어가 산다.'

처음 찾아갔을 때, 임계숙은 수빈에게 이런 말을 했다. 그리고 그 말대로 아홉수를 넘기지 못하고 마흔아홉 살의 나이에 독약을 먹고 죽어버렸다. 혹시 스스로 먹은 건 아닐까? 자신의 말을 실현하기 위하여? 어제의 외출은 자살을 앞둔 자의 마지막 의식이었던 건가.

수빈은 추위 때문인지 불안한 마음 때문인지 몸이 떨렸다. 빌딩 사이로 기분 나쁜 소리를 내며 불어오는 칼바람이 매웠다.

"여보세요. 저, 현수빈이에요."

수빈은 과거의 깊은 지점까지 자신을 끌어들이는 데 일조한 사람에게 전화를 했다. 뜻하지 않게 경찰서에 오니 더 생각이 난 사람.

"안녕하시오." 고영두는 금방 전화를 받았다. "내가 전화를 해볼까도 했지만 현 선생이 걸어주길 기다렸지. 어디에요?"

"관악경찰서 앞이에요."

수빈은 경찰서까지 오게 된 경위를 간략히 설명했다.

"만납시다. 어디서 볼까요?"

고영두가 말했다.

제18장

"별일 아닐 거요. 시체 발견된 게 오늘이라면서? 당장 걸려든 사람이 현 선생이었으니까 이리저리 흔들어본 거지. 오히려 확실한 용의자에겐 그런 식으로 하지 않아요. 곧 다른 용의자가 나타날 거고 그럼 현 선생은 그 무대가리 형사의 관심에서 사라질 거요."

시럽을 병째 갖고 와 커피 속에 짜 넣으며 고영두가 말했다. 그의 움직임에 따라 두툼한 방한 점퍼의 표면이 서로 쓸리면서 끼익, 하는 소리를 냈다. 쩍 벌린 다리 하나를 테이블 바깥에 내놓고 가벼운 말투로 조언을 하는 그의 태도에 수빈은 적잖은 위로를 받았다.

"그렇게 큰 문제가 아니라는 거죠?"

"물론. 아마 자살일 수도 있고. 무연고 알코올 중독자였다면서? 최근에 기초생활수급도 끊어졌고."

"사실 잘 몰라요. 그분에 대해서……." 수빈은 한 손으로 머리카락을 싸쥐고 괴로운 표정을 지었다. "머리가 복잡해요. 자꾸…… 자꾸 이것저것 떠오른단 말예요. 옛날 일. 지금 일."

"나 때문에 봉변당했구먼." 고영두는 진심으로 미안하다는 듯한 말투였다. "나 때문에 옛사람들을 만나고 다닌 거 아니오?"

"그렇지도 않아요."

수빈은 어깨를 으쓱했다. 고영두가 전해준 정보 때문에 좀 더 힘든 상황에 빠지기는 했지만 문제는 이미 그 전에 시작된 것이었다. 아이처럼 무턱대고 남을 원망한다고 해서 일이 해결될 리는 만무했다.

"고 선생님이 절 찾아오기 전부터 칼럼 쓰는 것 때문에 사람들을 만나고 다녔으니깐. 김옥자, 황경자, 임계숙, 다 고 선생님 만나기 전에 제가 찾아 만났던 거고. 그 뒤에는…… 황미자 씨만 어제 한국 들어왔다고 해서 낮에 만났고요."

"아, 황미자를 만났어요? 캐나다로 이민 갔다면서?"

"네. 한국 들어왔다고 해서 봤어요."

"어떻던가요, 그 양반은? 좋아 보이든가?"

수빈은 무덤덤하게 고개를 끄덕였다.

"그럭저럭. 어제 안 좋았던 사람은 저죠……. 아니, 가장 안 좋았던 사람은 계숙 언니겠군요." 수빈은 코웃음을 웃으며 자신을 조소했다. "그런데…… 미자 언니를 아세요?"

"그럼. 저도 현 선생이랑 한 동네에 살았어요. 오가다 더러 봤지. 어때요. 내가 던진 질문은 생각을 좀 해봤어요?"

수빈은 커피숍의 전면 창 바깥으로 시선을 던졌다. 깐깐한 교수 앞에서 구두시험을 치며 쩔쩔매는 숙제 못 한 학생이 된 기분이었다. 수빈은 열심히 숙제를 하다가 맞닥뜨린 의외의 결론을 피해 멀리 달아나고 싶었다.

"김덕필이에요. 집주인."

고영두가 수빈의 지친 얼굴을 안쓰러운 표정으로 바라보았다.

"그렇게 생각하시오?"

"네. 동생이 지겨워진 조병준이 사주한 거예요. 조영달을 별채 방에 눕혀놓고 연탄을 댓돌 위에 놓은 다음 부엌문을 밖에서 잠그고 나왔어요. 경찰에게는 자신에게 별채 부엌문 여벌 열쇠가 없다고 했지만 거짓말일 거예요. 나중에 조영달이 깨어 스스로 문을 잠그고 자살을 했다고 생각할 여지를 남기기 위해 한 말이겠죠."

"그렇소?"

"새댁이 전날 야반도주를 한 사실, 조영달이 방을 옮긴 사실을 익히 알고 있었던 사람, 마지막까지 조영달과 함께 있었던 사람, 조영달을 별채 방까지 데려다주었던 사람…… 집주인 아저씨잖아요."

"……"

말 없는 고영두를 향해 수빈은 양팔을 들어 올렸다.

"반박할 증거가 있나요?"

"없어요. 현 선생은 그렇게 생각하기로 한 거요?"

"네?"

"그렇게 생각해버리면…… 마음은 젤 편하지." 고영두가 실망한 듯한 표정을 지었다. "더 이상 다치는 사람도 없고 말이오."

잠시 침묵이 흘렀다.

수빈이 고영두와 마주한 이곳은 불광동 지하철역 근처에 있는 커피전문점이었다. 고영두가 만남을 청하며 이곳으로 오라고 했다. 지하철 2호선과 3호선을 갈아타고 오는 과정에 수빈은 라일락 하우스가 있던 장소에 가까워지고 있음을 느꼈다. 29년 전의 그 집은 아마 남아 있지 않을 것이다. 커피전문점은 서울 곳곳에 깔린 여느 곳의 풍경과 다르지 않았다.

"……영달이 오빠가 죽은 별채 안쪽 방 창문이 열려 있었다고 했죠?"

수빈이 주저하며 입을 떼었다.

고영두가 고개를 끄덕였다.

"창문으로 드나든 흔적은…… 전혀 없었나요? 발자국이나…… 뭐, 그런 거."

"창문은 아주 작았어요. 사람이 드나들 수 있는 크기가 아닌 데다가, 그런 흔적은 없었던 걸로 기억해요."

수빈은 눈을 감았다. 창문이 아니더라도, 라일락 하우스 안채에 있던 사람이라면 안방 텔레비전 밑 서랍에 있는 별채 부엌문 열쇠를 누구라도 꺼내 쓸 수 있었을 터다. 과일장수 아주머니는 수빈의 엄마에게 우돌을 맡기면서 모두가 보는 앞에서 부엌문 열쇠를 건네주었다. 건넌방 언니들이 고양이 장난감을 만드는 것을 돕기 위해 다들 안방에 모여 있던 때였다. 수혁 오빠, 수빈, 우돌도 그 자리에 있었다. 고양이 장난감을 만들기 위해, 전화를 빌려 쓰기 위해, 안채 안방은 누구라도 수시로 들락거릴 수 있는 곳이었다. 몰래 열쇠를 꺼내 사용한 뒤 슬쩍 제자리에 돌려놓는 건 전혀 어렵지 않았을 것이다.

"그날 낮에 조영달과 별채 새댁의 방이 바뀌었고, 대부분의 사람들은 그걸 몰랐어요."

고영두가 말했다.

수빈은 감았던 눈을 떴다.

"현 선생. 범인은 자기가 죽이려는 사람이 별채 새댁이라고 생각했을 수도 있어요."

***

며칠 만에 도착한 집 안에 짐을 내려놓고 박우돌은 윗옷을 벗었다.

세면대에 더운물을 담아 놓고 면도 거품을 풀었다. 면도날을 날카로운 새것으로 갈아 끼웠다. 제법 자란 까만 수염이 면도 거품에 엉겨 세면대 안으로 뚝뚝 떨어졌다.

면도 후 오랜 시간에 걸쳐 샤워를 하고 나와 우돌은 팬티 차림으로 냉장고를 뒤졌다. 유통기한이 아슬아슬한 샌드위치 햄과 계란을 꺼내고 냉동고에서 딱딱하게 얼어 있는 식빵을 꺼냈다.

오븐에서 식빵이 구워지는 동안 프라이팬에 버터를 녹여 햄을 익히고 계란 다섯 개로 스크램블을 만들었다. 고소한 버터 향이 집 안에 가득 퍼졌다. 캡슐 커피를 내리고 오렌지 주스를 한 잔 따랐다.

식빵과, 햄, 스크램블드에그를 한 접시에 몰아 담고 커피 잔과 주스 잔을 양옆에 놓은 뒤 우돌은 식탁에 앉아 식사를 시작했다. 아버지가 해준 점심을 양껏 먹고, 가면서 차에서 먹으라고 싸준 삶은 옥수수까지 죄다 먹어치운 후였지만 계속해서 배가 고팠다. 식빵 부스러기가 우돌의 맨가슴 위로 떨어져 붙었다. 포크로 잘 찍히지 않는 스크램블드에그 조각을 손으로 집어 입에 넣고 주스 잔을 집어 들이켰다. 주스 잔에 버터 기름으로 찍힌 지문이 남았다. 샌드위치 햄을 식빵 한쪽에 올린 다음 빵을 말아 한입에 쑤셔 넣었다. 방금 깨끗이 면도한 입가 주변이 기름으로 번들거렸다.

"그날, 왜 집에 오셨어요?"

아버지는 바로 대답을 못 했다. 집 안에 들어와서도 그 말에 대답을 못 하는 아버지를 우돌은 계속 몰아붙였다. 그날 화장실에서 울고 있던 어린 우돌은 깨진 화장실 창문으로 막 별채 부엌문을 닫고 나오는 아버지를 보았다고. 아버지는 습관처럼 열쇠로 부엌문을 잠그고 있었다고. 그때 그 집에 없어야 할 아버

지가 갑자기 나타나자 놀란 우돌은 나올 생각도 못 하고 재래식
화장실의 발판을 밟고 선 채로 있었다고. 아버지는 몸을 잔뜩
웅크린 채 뒤도 돌아보지 않고 그 집을 빠져 나갔다고.

그리고 다시 물었다. 그날, 아버지는 왜 아무 말도 없이 집에
왔다 간 거냐고.

"칼을 품고…… 집에 갔었다……."

아버지가 목에 꺽꺽 걸리는 말투로 겨우 입을 떼었다. 축 늘
어진 아버지의 눈꺼풀 위로 눈물이 고였다.

"우영이 병원에 있다가…… 보증금을 내지 않으면 수술을 시
켜주지 않는다고 해서…… 옆 침대에서 누가 과일을 깎아먹다
가 쟁반에 놓아둔 칼이 있기에…… 네 엄마 몰래 그걸 집어 들
고 병원을 나온 겨……."

아버지는 주저앉아 주먹으로 방바닥을 쳤다. 고여 있던 눈물
이 방바닥에 툭 떨어졌다.

"새댁에게…… 마지막으로 애원해볼 생각이었다. 새댁은 돈
이 있다고 해서…… 돈이 있다고 하니까…… 애원해도 안 되
면…… 무릎을 꿇고 애원해도 안 되면……."

칼을 쓰려고 했다는 말이었다. 밤중에 쳐들어가 남편도 없이
혼자 있는 새댁을 위협해서 수술비를 받아낼 생각이었다는 말
이었다. 그게 당시 아버지가 했던 일이었다.

그날, 아버지는 새댁을 찾아온 것이었다. 평소 우돌과 우영이
문간방 총각에게 어떤 일을 당하고 있었는지 아버지는 알지 못

했다. 문간방 총각에겐 아무 볼일이 없었다. 그런데, 칼을 품고 찾아간 그 방에는 새댁이 아니라 문간방 총각이 잠들어 있었다.

"그때서야 내가 무슨 짓을 하고 있는지 깨닫고 겁이 덜컥 난 겨……."

접시를 깨끗이 비우고 우돌은 자리에서 일어났다.

냉장고에 말라서 거죽이 쪼글쪼글해진 사과 두 개가 있었다. 우돌은 과도로 사과를 반쯤 깎다가 그대로 베어 물었다. 퍽퍽해진 과육이 입안에 들어와 소리를 내며 씹혔다. 사과 과즙이 턱 밑으로 흘러내렸다. 손으로 턱을 훔치고 우돌은 손가락을 하나하나 빨며 쩝쩝거렸다.

우돌은 아버지가 어린 두 아들의 복수를 한 것일까봐, 그게 이 사건의 진실일까봐 너무나 두려웠다. 또한 다른 한편으로는 그게 진실이기를 바라는 기대감이, 그 이율배반적인 욕구가 우돌을 힘들게 했다.

그리고 진실을 알게 된 지금 안도감과 함께 찾아온 깊은 헛헛증이 우돌을 지배하고 있었다.

***

"별채 새댁을 죽이고 싶었던 사람이 있었을까요?"

수빈이 반문했다. 별채 새댁. 김옥자, 또는 김순자의 그 당시 모습을 떠올리며. 예쁘고 부지런하고 마음씨 착했던 그 젊은 여인을 누가 죽이려고 했겠는가. 새댁은 음울한 성격의 소아성애자 전과자와는 달랐다.

"같은 집에 사는 사람들은 사건 전날 김옥자 씨가 일별도 없이 도망간 이유를 궁금해하던데, 김옥자 씨를 최근에 만났다면서 그 이유는 물어봤어요?"

"못 물어봤어요. 차마. 다른 사람들의 의견만 들었죠. 가지각색이더군요."

"그래요? 사람들은 뭐라 하던가요?"

고영두가 가느다란 눈을 빛내며 호기심을 표시했다.

"우리 어머니께선 곗돈 남은 걸 떼먹고 싶어 도망갔다 했고, 황경자 언니는 별채 바깥쪽 방에 사는 과일장수 부부가 아들 수술비를 꾸어달라고 하는 게 부담스러워서 도망간 거라고 했고, 또 계숙 언니는…… 당시 새댁 남편이 바람을 피우는 바람에 부부가 헤어진 상태였는데 새댁이 자기가 임신한 걸 알고는 남편을 찾으러 나간 거라고 하던데요."

말을 하던 중간에 오늘 아침에 시체로 발견되었다는 임계숙을 떠올리고 수빈은 마음이 무거워졌다.

"새댁이 임신을 했다고?"

고영두의 물음에 수빈은 임계숙이 했던 얘기를 전해주었다. 임계숙이 황미자와 함께 수돗가에서 입덧을 하는 새댁을 목격했던 이야기.

전직 경찰은 팔짱을 끼고 눈을 가늘게 떴다. 들은 말에 대해

곰곰이 생각해보는 듯했다.

"새댁 아들이 지금 스물아홉 살이에요. 당시 새댁이 임신했었다는 말은 얼추 사실 같아요."

수빈은 식어서 우유거품이 덩어리로 엉겨 붙은 카푸치노를 마셨다.

고영두가 팔짱을 풀며 말을 툭 던졌다.

"현 선생. 지금 따로 할 일이라도 있어요?"

"네?"

"없으면…… 나랑 같이 라일락 하우스에 가보는 건 어때요?"

"라일락 하우스에?"

"아, 물론 그 집이 그대로 있진 않겠지. 하지만 변해버린 현장이라도, 현장을 다시 가보면 뜻하지 않게 옛 기억이 떠오르기도 하거든. 여기서 가깝기도 하고, 어떤가요?"

겨울 해는 이미 져서 날이 어둑했다. 새벽까지 쌓인 눈도 아직 녹지 않은 상태였다.

수빈은 손가락으로 테이블을 쓸며 잠시 생각에 빠졌다가 큰 속임수라도 당했다는 듯 뾰로통하게 물었다.

"처음부터, 그러자고 하려고 여기까지 오라고 했군요?"

늙은 전직 경찰은 장난을 들킨 어린아이처럼 미안해했다.

"거절하면 나 혼자라도 갈 생각이에요. 전에도 말했듯이 난 시간이 많으니까."

제19장

은평구 D동은 개발바람을 피해 주택가로 남아 있었다.

그간 상암동에 월드컵경기장과 대형마트가 들어섰고, 수색에 아파트 단지가 세워졌으며 지하철 6호선이 개통되었다. 그 변화와 무관한 영역에서 D동 74-54번지 주소는 아직 살아 있었다. 여덟 살 때 대전에 내려간 뒤 스무 살에 서울에 올라와 지금껏 16년을 살았지만 수빈이 이곳을 다시 찾는 건 처음이었다.

고영두가 미리 찾아둔 도로명 주소를 보며 길을 안내했다. 주택 담벼락마다 도로명 주소를 표시한 파란색 양철조각이 붙어 있었다. 골목길 귀퉁이마다 적당한 간격을 두고 가로등이 서 있어서 밤길이었어도 길을 찾는 데 큰 어려움은 없었다. 현수빈과 고영두는 담벼락의 주소와 도로명 주소로 변환한 라일락 하우스의 주소를 비교해가며 여러 갈래로 나 있는 골목길에서 방향을 잡았다.

줄줄이 늘어선 집들은 빌라 같은 공동주택이 반, 개인주택이 반이었다. 대부분 오래된 집 같아 보였지만, 그래도 각 집터마다 29년 전 건물은 헐고 한 번 이상 새집을 들였을 것이었다. 이곳도 당연히 도시가스가 들어올 테니 연탄아궁이와 굴뚝을 철거하고 보일러 파이프가 지나가는 온돌을 깔았을 것이다. 월세를 놓을 수 있도록 가외로 대충 지어 올린 문간방이나 별채 가건물이 남아 있는 집은 없었다.

수빈의 기억 속에 라일락 하우스는 가파른 언덕 꼭대기에 있었다. 수빈은 어릴 적 아빠가 자전거 짐칸에 어린 수빈을 태우고 그 언덕을 올라갔던 걸 떠올렸다. 아빠는 자전거 의자에서 엉덩이를 떼고 선 채 온 체중을 실어 페달을 밟았다. 막판엔 힘이 달려 아슬아슬하게 비틀거렸다.

수빈의 눈앞에 74-54번지로 이어지는 언덕이 펼쳐졌다. 다소 경사가 지긴 했으나, 기억에 비해 터무니없이 짧고 완만했다. 어릴 적 기억이 과장된 것일까, 아니면 이 길이 짧아진 것일까. 알 수 없었다. 그러나 그 주소지가 언덕 끄트머리에 있는 건 기억과 일치했다. 찾아낸 곳이 라일락 하우스 집터가 맞긴 맞는 모양이었다.

"조영달이 사건 다음 해에 나도 다른 파출소로 발령이 나서 이곳을 떠났지. 그 뒤로 여길 찾은 건 나도 처음이에요."

눈길에 미끄러질까 살금살금 발을 옮기며 고영두가 말했다.

라일락 하우스가 있던 자리에는 4층짜리 빌라가 들어서 있었

267

다. 녹슨 하늘색 대문은 은색 파이프 대문으로 바뀌었다. 라일
락 나무도 화단도 평상도 장독대도 남아 있지 않았다. 재래식
변소도 문간방도 함석으로 지붕을 얹은 별채도 수돗가도 연탄
광도 없었다. 어디에나 있는 특색 없는 빌라 건물이 추억을 밀
어내고 무덤덤하게 서 있었다.

수빈은 대문 앞에 눈길을 주었다. 29년 전에는 쓰레기통이
있었던 대문 앞 오른쪽 벽 자리가 비어 있었다. 당시 쓰레기통
은 직육면체의 시멘트 상자 꼭대기를 비스듬히 잘라놓은 듯한
모양새였다. 그런 게 골목마다 하나씩 있었다. 윗면과 정면에
네모난 구멍이 뚫려 있고 그 위에 철판 뚜껑이 달려 있었다. 쓰
레기 종량제도 없었고 음식물 쓰레기를 분리 배출해야 한다는
법도 없던 때였다. 음식물이든 뭐든 집 안에서 나오는 쓰레기
를 모두 모아 비닐봉지나 신문지에 싸서 집 밖 쓰레기통에 버렸
다. 새벽에 청소부가 리어카를 끌고 와 철판 뚜껑을 열고 쓰레
기통을 비워갔다. 일찍 일어난 날 아침에는 청소부가 삽으로 쓰
레기통 바닥을 긁는 소리가 들렸다. 겨울엔 쓰레기통을 채우고
넘치는 연탄재를 한옆에 줄지어 쌓아놓았다. 여름엔 쓰레기통
주변으로 종일 파리가 윙윙거렸다.

"막다른 길에 왔네요."

수빈이 입김을 뿜어내며 말했다. 한 발짝 앞에 선 고영두가
뒤돌아보았다.

"어때요. 오니까?"

"아무렇지도 않은데요." 빌라를 올려다보는 수빈의 표정이 씁쓸했다. "이제 돌아가도 되나요?"

"왔던 길과는 다른 방향으로 돌아서 가봅시다."

언덕을 내려가던 중 수빈이 빙판을 밟고 비틀거렸다. 영두가 재빨리 수빈의 팔꿈치를 잡았다. 수빈이 허우적거리다 영두의 팔을 부여잡고 가까스로 균형을 잡았다.

"고 선생님 가족들이 본다고 해도, 우리가 서로 오해 살 만한 나이는 아니죠?"

뜻하지 않게 몸이 닿은 것이 어색해서 수빈이 농담을 했다.

"절대로. 아내는 오래전에 저세상으로 갔어요. 내겐 자식도 없고."

수빈의 놀란 얼굴을 등지고 영두가 앞장섰다.

저 전직 경찰에 대해서 나는 아는 것이 별로 없다고 수빈은 새삼 생각했다. 겨울밤 갑작스럽게 추억의 장소에 동행까지 한 지금에서야.

언덕의 끝자락까지 내려오자 왼쪽으로 교회의 첨탑이 보였다. 수빈이 어릴 적 사탕과 빵을 얻어먹을 수 있다는 말을 듣고 또래들과 멋모르고 몰려갔던 그 교회인 것 같았다. 삼삼오오 둘러앉게 해 '아멘'을 시키고, 헌금 상자를 한 바퀴 돌린 후에야 간식을 주는 것이 싫어서 몇 번 가다 말았다. 헌금을 낼 돈으로 차라리 구멍가게에서 하나 사 먹는 게 낫다는 계산을 했기 때문이었다.

"구멍가게가 아직 있을까요?"

수빈이 말했다.

"구멍가게?"

"언덕을 내려와서 왼쪽으로 난 길을 따라 가면, 구멍가게가 있었는데요."

어떤 곳을 말하는지 짐작했는지 영두가 고개를 주억거렸다.

"한번 가봅시다."

수빈은 신기하게도 구멍가게로 가는 길이 기억났다. 군것질 거리와 잡다한 생필품과 각종 채소를 팔던 동네 슈퍼. 집에 오는 날이면 수빈의 아빠가 수빈을 목마 태워 과자를 사주러 들렀던 그곳. 고양이 장난감을 만드는 일거리를 떼어주던 곳. 어린 오빠가 알록달록한 쥐 인형이 든 봉투를 어깨에 메고 매일같이 심부름을 오갔던 곳. 구멍가게 아주머니는 동네 낙찰계 계주이기도 했다.

"있네요. 저기. 옛날 그 자리가 맞는 거 같은데."

영두가 '경희슈퍼'라는 낡은 간판을 단 길목 구멍가게를 가리켰다. 미닫이 유리문 딱 두 짝 크기의 작은 가게였다. 가게 앞 평상이 텅 비어 있었다. 추위 때문에 푸성귀가 얼까봐 안으로 치워놓은 것일까. 아니면 이제 더 이상 채소와 과일을 팔지 않는 것일까.

수빈과 영두는 문밖에서 기웃거렸다. 할머니 한 분이 계산대 앞에 무료한 표정으로 앉아 있었다. 성긴 백발을 하나로 묶고

뻣뻣한 재질의 꽃무늬 조끼를 입고 있었다. 무릎 앞에 놓인 전기난로의 막대가 붉게 달라 올라 있었다. 할머니가 29년 전의 그 아주머니일지 아닐지 눈으로는 알 수 없었다.

수빈은 어렸을 적 일화가 떠올랐다. 대여섯 살 때의 일이다. 수빈은 우연히 장난감 종이돈을 주웠다. 선명한 주홍색 잉크로 그림이 그려진 천 원짜리 지폐였다. 색깔도 이상했지만 크기도 보통 돈보다 작았고 표면이 반질반질했다. 엄마에게 보여주자 엄마는 그 큰돈을 어떻게 주웠느냐고 하며 구멍가게에 가서 과자를 사 먹어도 좋다고 했다. 엄마의 확인을 거친 수빈은 즉각 의심을 지우고 가게로 갔다. 구멍가게 아줌마는 수빈의 손을 잡아 앉히고, "이 돈은 가짜 돈이야" 하고 설명한 뒤 등을 두드려 보냈다. 빈손으로 돌아온 수빈을 보고 수빈의 엄마는 박장대소했다. 그때 등을 두드려준 아주머니가 저 할머니일까?

"안에서 골라봐요."

기웃거리던 수빈과 눈이 마주친 할머니가 자리에서 일어나 가게 문을 드르륵 열고 말을 걸었다. 수빈은 영두의 얼굴을 보았다. 영두가 눈짓으로 들어가자는 신호를 보냈다.

수빈과 영두는 안에 들어가 괜히 진열대에 놓인 과자봉지들을 훑어보다가 냉장고 문을 열고 음료수를 하나씩 골랐다.

"이 동네 사람이 아닌가보네요?"

할머니가 말을 걸었다. 끝을 올리며 존대하는 말투를 보니 서울내기 같았다.

"할머니. 여기서 장사하신 지 오래됐어요?"

수빈이 계산을 하기 위해 핸드백을 뒤지는 걸 만류하고 점퍼 주머니에서 천 원짜리 몇 장을 꺼내 내밀며 영두가 물었다.

"그럼요. 30년 하고도 7년째지요."

쨍, 하고 튀어나온 수동식 계산기계의 서랍에서 거슬러줄 동전을 집으며 할머니가 말했다.

"허허. 그때 그 슈퍼 아주머니가 맞구만. 할머니, 저 몰라요? 85년까지 이 동네 파출소에서 일했는데. 그때는 저 아셨어."

할머니가 주름진 입을 뾰족하게 오므리며 영두의 얼굴을 뜯어보았다.

"그래요?"

"고 씨예요. 몰라요?"

"글쎄…… 희미하게 기억이 나는 것도 같고……."

"여기 이 친구는?" 영두가 수빈의 등을 밀어 앞으로 보냈다. "꼬맹이 때 이 동네에 살았거든요."

영두를 볼 때와는 달리 수빈을 살펴보던 할머니의 얼굴이 환해졌다.

"맞다. 옥순이, 강옥순이 딸이지? 어머, 어릴 때 얼굴 그대로네."

수빈은 미묘한 기분으로 네, 하고 답했다. 다른 사람의 입에서 엄마의 이름 석 자를 듣는 건 좀처럼 없는 일인 데다가 거의 30년 전에 동네를 떠난 여자의 이름을 기억하다니 놀라웠다.

슈퍼 주인 할머니는 동전을 거슬러주는 것도 잊고 자리에 털썩 앉아 껄껄 웃었다.

"내가 한번 우리 계원이었던 사람은 절대 잊질 않아. 내가 지금 칠십하고도 셋인데도 아직도 이 동네에서 계를 꾸려. 강옥순이는 우리 집에서 쥐도 받아다가 만들었잖아. 그치?"

"아직도 계를 하세요?"

수빈이 묻자 할머니가 크게 고개를 끄덕였다.

"그럼!"

할머니가 계산대 책상 맨 아래 서랍을 열어 두툼한 대학노트를 꺼냈다. 귀퉁이가 들려 있는 낡은 노트였다. 비슷한 느낌의 노트가 서랍 안에 가득 차 있었다.

"이거 봐라."

노트를 펼치는 할머니의 얼굴에 스스로에 대한 자랑스러움이 가득했다. 각 장마다 날짜와 계원들의 이름, 계금 납부상황이 빼곡하게 적혀 있었다. 썩 잘 쓴 글씨였다. 수빈은 진심으로 감탄하며 장부를 넘겨 보았다.

"낙찰계 문제 많다고 잊을 만하면 뉴스에 나고 그러지만, 그게 다 원칙을 안 지켜서 그런 거야. 난 30년 넘게 계를 굴렸어도 계를 깨뜨린 적이 한 번도 없어. 챙겨서 도망간 적도 당연히 없고. 그랬으면 이 동네에서 아직까지 이러고 살겠나. 아이고, 그러지 말고 여기 뜨뜻한 데 좀 앉았다 가요. 밖에 춥지?"

슈퍼 주인 할머니가 한구석에 포개놓은 플라스틱 의자 두 개를 전기난로 앞에 깔았다. 수빈과 영두는 사양하지 않고 앉았다. 할머니는 무료한 겨울밤에 옛이야기를 할 말동무가 생겨 기쁜 눈치였다.

계주 할머니는 자신이 줄곧 유지해온 낙찰계 운영의 원칙에 관해 설명하며 화제를 이어갔다. 계주가 계원들을 모두 알아야 하는 건 물론이고 계원들도 서로 알아야 해, 할머니는 더없이 진지한 표정이었다.

수빈은 최근 강남에서 터진 거액의 낙찰계 사기사건에 관한 뉴스를 떠올렸다. 강남 바닥에서는 그 명성이 자자했다는 계주는 계금을 투자하여 큰 이자를 챙겨주겠다는 감언이설로 사모님들을 속여 계를 점조직처럼 운영했다. 거짓정보로 부풀려진 계주의 신용을 믿고 모인 계원들은 다른 계원들과는 서로 얼굴 한 번 본 적 없었다. 이번엔 아무개에게 얼마에 계금이 낙찰되었다는 계주의 말을 확인할 방법이 없었던 것이다. 거금의 계금은 매회 몽땅 계주의 주머니 속으로 들어갔다. 동시에 여러 개의 계를 굴리면서 계주가 횡령한 금액이 수십억 원에 달했다.

계를 시작할 때 일단 한 명도 빠짐없이 모이게 해서 서로 얼굴하고 사는 집을 확인하게 하지. 누구네 엄마, 누구네 딸 이런 식으로 부르는 건 안 돼. 아무렴, 여자들도 다 제 이름이 있는데. 다 주민증 내놓으라고 해서 장부에 이름 석 자를 딱 적어놔야지. 신분 확실하게. 첫 모임에는 전원이 무조건 참석해야 돼. 그게 조건이야, 계주 할머니가 신 나게 설명했다. 그녀의 원칙은 한 마디로 투명성이었다.

"저희 집에 살았던 김순자…… 아니, 김옥자 씨라는 분이 곗 돈을 타고 중간에 도망간 적이 있었다는데요."

수빈이 말했다. 할머니가 이마에 주름을 모으고 잠시 골똘하더니 이내 고개를 주억거렸다.

"아, 그 예쁘장하게 생긴 젊은 새댁. 아가씨랑 같은 집 살았지? 그 집에서 아가씨 엄마인 강옥순이 하고, 그 김옥자란 새댁하고, 또 임계숙이란 아가씨하고, 그렇게 셋이 계원이었어."

"네. 아마도요."

"그래 맞다. 그때 그런 일이 있었어. 어이가 없었지 뭐. 안 그렇게 봤는데 착실한 새댁이……. 왜 사람을 딱 보면 느낌이란 게 있잖아? 전혀 그럴 사람으로 안 보였는데, 에구."

다시 생각해도 안타까운 듯 계주 할머니는 혀를 찼다.

"그렇게 됐으니 어떡해. 내가 남은 몫을 메꿨지 뭐. 계를 깰 수는 없잖아."

고영두는 줄곧 팔짱을 낀 채 수빈과 계주 할머니와의 대화를 지켜보고만 있었다. 수빈이 영두를 힐끔 바라보았다. 영두는 고개를 끄덕이며 계속하라는 신호를 보냈다.

"그 새댁이 도망가고 다음 날 말예요, 우리 집 문간방 살던 총각이 연탄가스 사고로 죽었는데, 아세요?"

"그런 일이 있었어?" 할머니가 턱을 긁적였다. "그래. 그때 연탄가스 먹고 참 많이들 죽었지. 나도 한 번 큰일 날 뻔했잖아.

이 가게 뒷방에서 자다가."

계주 할머니는 조영달의 죽음은 물론이고 조영달이라는 사람의 존재조차 기억하지 못하는 것 같았다.

수빈은 29년 전에는 이 동네가 대충 늘려 지은 단칸방이 다닥다닥 붙어 있었던 곳임을 상기했다. 개미집처럼 칸칸이 나뉜 각 방마다 한 가구씩 살았다. 지금 생각하면 믿을 수 없을 만큼 많은 사람들이 한집에 살았다. 좁은 공간에 얼마나 많은 사람이 살 수 있는지, 등장인물을 연신 추가하여 보여주면서 관객을 웃기는 코미디극이 그 시절엔 현실이었다. 조건에 따라 집을 옮겨 다니는 뜨내기 세입자들이 대부분이었기 때문에 등장인물은 수시로 바뀌었다. 이 할머니가 동네 사람들을 다 알고 지내진 못했으리라는 생각이 들었다. 할머니는 다만 자신이 운영한 계의 계원이었던 사람만을 기억하는 것이었다.

1984년 9월 10일(8회차)
강옥순 150,000원
김옥자 150,000원
임계숙 150,000원(김옥자 편으로 보냄)

계주 할머니가 1984년도에 썼던 노트를 찾아주었다. 매달 10일에 15만 원씩 스무 명이 곗돈을 부었다. 그 시절 15만 원은 웬만한 가족 한 달 생활비에 해당하는 돈이었을 것이다. 수빈은 번 돈을 몽땅 계에 쏟아 부었던 아낙네 스무 명의 고군분투가 보이는 듯했다. 목돈을 손에 쥘 날에 대한 기대, 그날을 위해 현재 무언가 하고 있다는 만족감으로 벅차올랐을 여자들. 매달 10일 마다 곗돈 15만 원을 맞추기 위해 갖은 머리를 짜내고 속을 끓였을 단칸셋방의 안주인들.

임계숙 이름 옆에 '김옥자 편으로 보냄'이라는 메모가 덧붙여져 있는 게 자주 눈에 띄었다. 수빈은 '목발 언니' 황경자가 임계숙에 관해 했던 얘기를 떠올렸다.

'……그 기지배가 계 하는 날만 되면 순자 언니에게 계모임 하는 데 가서 자기 곗돈까지 내고 오라고 시키는 거야. 내가 몇 번이나 그걸 봤거든. 아주 당당하게 굴어요. 꼭 맡겨놓은 것처럼.'

툭하면 임계숙의 몫까지 내주어야 해서 새댁은 곱절로 힘이 들었을 것이다. 한꺼번에 30만 원을 마련하는 게 어디 쉬운 일인가. 새댁은 어쩌면 임계숙의 횡포가 싫어 야반도주를 했는지도 모른다. 새댁은 왜 임계숙에게 속수무책 당하고 살았을까. 무슨 꼬투리를 잡혔던 것일까. 습기에 눅눅해진 옛날 장부에 그런 속사정은 나와 있지 않았다.

"김옥자, 그 새댁 남편도 키가 훤칠하니 잘생겼었지 왜? 만날 기다란 장화 신고 왔다 갔다 하던 하얗고 반들반들한 사람 맞지 왜? 부부가 똑 닮았었어. 후후." 경희슈퍼 할머니가 말했다. "새댁도 우리 집에서 고양이 장난감 떼다가 만들었는데, 남편이 마누라 대신 물건 갖다 주러 왔던 적이 몇 번 있었어. 어찌나 남자가 잘났는지 그땐 우리 딸애가 아직 고등학생이었는데도 할 수만 있으면 사위 삼고 싶은 마음이 들대. 잘난 남편 만나 인물값 하면 딸이 고생이라지만, 나는 서방이고 사위고 잘난 게 좋더라. 늙은이가 주책이지?"

말을 해놓고 부끄러웠는지 할머니는 입을 가리고 새색시처럼 웃었다. 아리따운 별채 신혼부부는 그 시절 그들을 아는 모든 사람의 마음을 설레게 했던 모양이었다.

"하하. 사람 마음 다 똑같은 거죠."

수빈은 맞장구를 쳤다.

"바란 게 너무 많았나봐. 우리 경희는 아주 못생긴 놈하고 결혼했어. 그래도 사위가 착실하고 나한테도 얼마나 잘하는지 몰라. 뭘 더 바래."

잠시 사위 자랑, 딸 자랑이 늘어졌다. 노인들과 얘기하다보면 피할 수 없는 화제다. 할머니는 일찍 혼자되어 '경희'라는 이름의 딸 하나를 키우고 살아왔다고 했다. 구멍가게 벌이로는 만족하지 못하고 낙찰계 운영이며 고양이 장난감 부업이며 돈 되는 일은 다 벌이고 살아온 연유가 이해가 되었다.

사위가 함께 살자고 극진히 졸라대는 걸 젊은 사람들끼리 재미있게 살게 하고 싶어 딸네 집에 안 들어가고 장사도 안 되는 구멍가게를 지키고 있다는 얘기를 하며, 할머니는 조금 전 말과 다르게 결혼은 인물 보고 하는 게 아니라고 훈계를 했다. 수빈이 아직 결혼을 하지 않았다고 하자 역시나 결혼을 종용하는 말과 함께 꺼내놓는 얘기였다.

"사내가 잘나놓으면 본인은 그러고 싶지 않아도 인물값을 하게 돼 있어."

"그런가요?"

"아무렴. 기지배들이 사방에서 꼬리 쳐대는데, 열 번 꼬리 치면 한 번은 넘어가지. 목석이 아니고서야 사내들은 그게 그런 거여. 아까 말한 새댁 신랑도 이 동네 살 때 바람 좀 피고 다녔어. 내가 시내에 볼일 있어 나갔다가 딱 마주친 적이 있잖아."

"네?"

수빈은 놀라 반문했다.

"뭘 그렇게 놀래. 기지배랑 팔짱 끼고 깔깔대며 웃고 가느라 나는 알아보지도 못하드만. 마누라는 집에서 쥐나 만들고 있을 텐데. 하여튼 사내놈들이란……. 내가 벌였던 일이지만 그게 먼지가 얼마나 많이 나. 고생스럽지. 솜씨도 있어야 돼. 몸뚱이에 솜을 너무 적게 넣어서 봉해버리는 사람 꼭 있었어. 그러면 돈을 못 주지. 암."

"누구였어요?"

"아이구. 아가씨 엄마는 아니야. 강옥순이는 야무지게 잘 했지."

손사래를 치는 할머니 앞에서 수빈도 따라 손을 휘저었다.

"아니요. 그거 말고…… 그때 새댁 신랑과 함께 가던 여자요."

"그 여자?" 할머니는 기억을 되살리려는 듯 눈을 치켜떴다. "……그게 말이야. 동네 아가씨였어. 얼굴이 낯이 익었지. 한

279

동네 사는 여자더라고…… 이, 맞다. 그 아가씨네. 동네 파출소 순경하고도 어울려 다니던…… 순경 중에 나이 든 총각이 있었는데…….”

그때까지 대화에 끼어들지 않고 묵묵히 앉아 있었던 고영두가 몸을 움찔했다.

동시에 할머니가 뭔가 번쩍 생각이 난 듯 눈을 크게 뜨고 고영두의 얼굴을 찬찬히 바라보았다.

시선이 불편한 듯 영두가 헛기침을 했다.

수빈의 시선도 영두를 향했다.

제20장

포장마차를 제외하고 재래시장의 점포들은 모두 문을 닫은 뒤
였다. 요즘 재래시장은 옛날과 달리 네모반듯하게 구획을 정하
고 통일된 간판과 차양을 사용했다. 양옆에 늘어선 점포들 사이
노점이 두 줄로 자리해 있었다.

"남자가 사십 넘어 총각이라고 유별나게들 보았지. 그냥 노총
각 경찰로 통했어."

영두가 수빈의 잔에 소주를 따르며 말했다. 그들은 경희슈퍼
를 나온 뒤 재래시장 포장마차 한 곳에 앉아 우동 한 그릇씩을
시켜놓고 몸을 녹이는 중이었다.

우돌의 부모님이 이 재래시장에서 과일 행상을 했었지, 수빈
은 어릴 적 엄마를 따라오곤 했던 시장의 풍경을 떠올렸다. 여
기저기 호객하는 소리, 가격을 흥정하는 소리, 서로 어깨를 치
며 지나가던 사람들, 잠시 한눈을 팔다가 노점이 벌려놓은 좌판

에 발이 걸려 넘어질 뻔했던 기억, 먹을 것을 사달라고 제 엄마를 조르며 우는 아이, 장 본 물건을 담은 비닐봉지를 주렁주렁 손에 끼고 우는 아이를 끌며 힘겨워하던 엄마들.

"이리저리 소개시켜주는 사람도 많았고, 그러다 보니 동네 처녀들도 간혹 만난 거요……. 그중의 한 명과 이귀철이가 바람을 폈나보구만……."

말하며 영두가 쭉, 소리를 내며 소주를 들이켰다.

포장마차 주인 여자가 우동 육수가 끓고 있는 솥뚜껑을 열었다. 더운 수증기가 수빈의 눈앞을 가득 채웠다. 조금씩 옅어지는 수증기 너머 셔터가 내려진 건어물 가게가 보였다. 셔터 밑부분 고리에 주먹만 한 자물쇠가 굳게 채워져 있었다.

"임계숙의 추측이 맞았구만. 안 그렇소?"

수빈은 딴생각을 하며 성의 없이 고개만 끄덕였다.

"개중에 나 혼자서는 꽤 진지하게 생각했던 여자도 있긴 했는데 말이오……."

영두가 주인 여자를 향해 빈 소주병을 흔들었다. 추위에 떨던 몸에 술이 들어가니 취기가 빨리 찾아오는 듯했다. 이러다 분명 엉뚱한 말을 하고 말지, 영두는 속으로 경계했으나 한번 시작된 회한은 멈추지 않았다.

"항상 여기가 아닌 다른 곳을 보는 여자였지 뭐요. 아이 같이 덜 자라서…… 무엇이든 자기가 갖지 않은 다른 게 탐이 나는 거야. 자기가 있지 않은 다른 곳에 가고 싶은 거지……."

수빈은 영두의 넋두리를 듣고 있지 않았다.

수빈의 눈은 건어물 가게 앞에 세워진 크리스마스트리를 향해 있었다. 어릴 적 라일락 하우스 안채 마루에 겨우내 놓아두었던 트리와 비슷한 크기였다. 건어물 가게 주인은 가게 문은 굳게 닫고 가면서 크리스마스트리에 걸쳐 놓은 점멸등은 켜두었다. 어쩌면 근처 상인들이 돈을 모아 같이 산 겨울철 장식물인지도 모르겠다는 생각이 들었다.

너무 장시간 점멸등을 켜둔 탓인지 꼬마전구 세 개에 불이 들어오지 않았다. 필라멘트가 끊어진 꼬마전구 세 개를 남겨두고 다른 전구가 손톱만 한 불빛을 차례로 반짝거렸다.

수빈은 불이 들어오지 않는 꼬마전구에 오래 눈길을 주었다.

"트리가 죽었어요……."

"응? 뭐라고 했소?"

우동 가락을 후루룩거리던 영두가 입을 우물거리며 물었다.

수빈은 무언가에 홀린 듯한 멍한 눈으로 다시 한 번 중얼거렸다.

"트리가 죽었다고요."

거실 마루에 놓인 크리스마스트리 점멸등이 창호지 문에 깜빡깜빡 비치는 가운데, 나는 눈을 뜨고 친구가 무사히 돌아오기를 기다렸습니다…….

수빈은 여섯 번째 칼럼의 문장을 생각해냈다. 자기 동생의 이야기를 썼다고 우돌이 구겨서 던져버린 문장들. 결국 신문에 실리지 못한, 수빈 혼자 쓰고 지워버린 이야기.

……점멸등이 깜빡깜빡하다가 파도를 타듯 순차적으로 하나씩 켜졌다 꺼진 다음 잠깐의 암전 상태가 지나고 다시 깜빡깜빡하기를 몇 번을 하나 세었다. 열 세트가 넘도록 우돌은 돌아오지 않았다……. 걱정이 되어 견딜 수 없어질 무렵 우돌은 돌아왔다. 아톰 캐릭터가 그려진 붉은 티셔츠에 한가득 찬바람 을 묻히고 들어와 내 옆에 누웠다. 등 뒤에서 끌어안으니 차갑게 언 친구의 몸에서 칼바람이 부는 듯했다. 우영이는 다 나을 거야, 내가 이런 말을 했을 까. 우돌과 나의 몸이 같이 따뜻해지며 차츰 잠이 들려고 하는데 창호지 문 에 비치던 크리스마스트리 점멸등이 갑자기 팟, 하는 소리와 함께 꺼지며 완 전한 어둠이 찾아왔다. "트리가 죽었어." 우돌이 속삭였다. 쓸쓸하고 서늘한 목소리였다…….

크리스마스트리의 점멸등이 꺼지던 순간을 어린 수빈은 봤 던 것이었다.

누군가 밖에 나갔다 들어오다가 마루 점멸등 전선 위에 놓인 주전자 뚜껑을 밟았던 때를. 우돌이 화장실에 갔다가 방에 들어 온 뒤에 있었던 일이었다.

"그때 말이에요. 점멸등……."

"점멸등?"

"영달이 오빠가 시체로 발견되기 전날 밤, 점멸등이 꺼지는 장면을 저는 봤어요."

"그걸…… 기억한단 말이오?"

영두가 수빈이 앉아 있는 쪽으로 몸을 기울였다.

수빈의 기억은 빠르게 그날을 향해 달렸다.

"전…… 그 전부터 한동안 창호지 문에 비친 점멸등이 몇 번 깜빡이는지를 보고 있었어요. 수혁 오빠가 몽유병 때문에 마루를 돌아다니고 있었다면 알아챘을 거예요."

"……."

수빈은 우돌이 그날 밖에 나갔다 들어왔다는 사실 때문에, 우돌을 의심하느라 놓치고 있었던 기억의 끄트머리를 끄집어내었다.

"막 잠이 들려던 차에 점멸등이 갑자기 꺼졌고…… 그러자 어두워졌어요. 나는 다시 잠이 깼어요."

"무엇을 보았어요? 아님, 들었어요?"

수빈은 눈을 감았다.

그날, 일곱 살 수빈은 뒤에서 우돌의 등을 껴안고 누워 여전히 눈을 뜨고 있었다.

어둠에 눈이 익자 창호지 문의 격자 틀 사이로 창호지가 희붐하게 비쳐 보였다.

거실에 웅크려 있던 어떤 그림자 하나가 일어나 휘청거렸다.

그림자는 발소리를 죽이며 걸었다.

건넌방의 문이 열렸다. 문 안으로 그림자가 빨려 들어갔다.

"아!"

수빈은 갑자기 밀려든 기억이 섬뜩해서 외마디소리를 냈다.

수빈이 이야기를 마쳤을 때, 영두는 소주병의 마지막 잔을 비우고 있었다. 술에 불콰해진 그의 얼굴은 무표정했다. 그는 식은 우동 국물을 조금 마시고 침묵을 깼다.

"황경자가 하는 미용실이 청파동에 무슨 미용실이라고 했
소?"

제21장

관악경찰서 조남칠 형사는 '명인세탁소' 다림질대에 엉덩이를
기대고 서서 팔짱을 꼈다. 후배 형사 두 명도 적당한 간격을 두
고 섰다. 세 형사가 가운데 앉은 세탁소 주인 남자를 둘러싼 꼴
이었다.

"이번 주 월요일에 임 씨가 코트랑 치마 몇 벌을 맡기러 왔었
어요."

세탁소 남자가 입을 열었다. 낮에 경찰서에 와서 횡설수설 목
격자 진술을 할 때에 비해 많이 진정된 모습이었다. 그는 집에
돌아와 흥분을 가라앉히고 나니 임계숙과 관련해서 떠오르는
게 있었던 모양이었다. 밤늦게 할 말이 있다고 하며 경찰서에
전화를 했다. 전화를 받은 조남칠 형사는 후배 형사들을 이끌고
직접 세탁소로 왔다. 관내에 수사 중인 살인사건이 두 건 더 있
는지라 임계숙 사건은 강력계 고참인 조남칠 형사가 주도하여

사실상의 수사지휘를 하고 있었다.

지난 월요일, 세탁소 남자는 때 절은 패딩 점퍼 하나로 겨울을 나던 임계숙이 옷을 맡기러 오자 이게 웬일인가 싶었다고 했다. 옷장에 처박아둔 겨울옷을 한 아름 들고 온 임계숙은 무슨 좋은 일이 있는지 평소와 달리 싱글벙글했다. 임계숙은 주머니에서 만 원짜리를 꺼내 세탁비도 미리 지불했다.

"임 씨, 뭔 일 있소?"

생활보호대상자에서 누락된 후 도시가스도 끊길 처지에 있다던 임 씨가 돈을 척 내놓는 게 이상해서 세탁소 남자가 물었다. 임계숙은 "와요? 내 돈줄 하나 잡았어요. 억수로 큰 돈줄" 하며 낄낄낄 웃고는 세탁소 남자에게 전화를 빌려달라고 했다. "전화부터 내 다시 뚫어야겠네. 바빠가 아직 고걸 못했다" 하고 중얼거리며 임계숙은 세탁소 남자가 건네준 휴대전화로 전화를 걸었다.

"여기, 이게 임 씨가 걸었던 번호에요."

세탁소 남자가 휴대전화의 통화기록을 찾아 형사들에게 건넸다. 조남칠 형사가 가까이 있던 여드름쟁이 형사에게 턱짓을 했다. 경찰에 임용된 지 얼마 되지 않은 강력계 막내 정 형사가 자기 휴대전화를 꺼내 세탁소 남자가 짚어준 번호를 눌렀다.

"전화기가 꺼져 있답니다. 조 형사님."

정 형사가 휴대전화에서 귀를 떼며 보고했다.

"누구랑 통화하는 것 같던가요? 통화 내용을 뭐 들은 거 있습니까?"

조 형사가 묻자, 세탁소 남자는 순박한 얼굴을 갸웃거리더니 말했다.

"조금 통화하다가 밖으로 나가서 많이 듣진 못했는데……. 임 씨가 전화 받은 사람한테 '언니'라고 부르던데요. 목소리가 아주 신 났어요. 맨날 술이나 퍼먹고, 지저분하게 다니면서 집 앞에 눈도 안 치우고……. 그러던 사람이 갑자기 너무 밝아져 가지고는 도대체 뭔 일인가 했네요. 전화 받은 사람하고 만날 약속을 하는 것 같았어요. 임 씨가 말하기를, 지금 세탁소에 옷 맡기러 왔는데…… 옷장에 통 입을 옷이 없다고……. 요 앞에 백화점에 옷 사러 가려고 하는데 그 백화점으로 오라고……. 대충 그렇게 말하는 걸 들은 것 같네요."

"평소 종종 만나는 사람 같던가요? 느낌이?"

"아니요. 임 씨가 여기 오래 살긴 했는데…… 내가 보기엔 딱히 친한 사람도 없고 찾아오는 사람도 없었어요. 가족도 하나 없는 것 같고…… 술주정뱅이에 성질도 더러워서 누구 하나 좋다는 사람이 있나요. 아침에도 말씀드렸듯이 어제 젊은 여자가 임 씨를 찾아온 것도 내 보기에 처음 있는 일이었다니까요."

세탁소 남자는 아침에 경찰서에서 했던 진술을 다시 언급했다. 세탁소 남자가 말한 젊은 여자는 현수빈이라는 평론가이자 인터뷰 작가였다. 낮에 조남칠 형사가 직접 현수빈을 불러내 참고인 조사를 했는데, 별다른 특이점은 없었다. 임계숙 같은 사람도 누군가에겐 추억의 인물이 될 수 있다는 사실에 재미와 씁쓸함을 동시에 느꼈을 뿐.

다만, 현수빈은 임계숙이 죽기 전날 자신이 찾아왔을 당시 임계숙이 묘하게 흥분하여 누군가를 만나러 나갈 채비를 하고 있었다고 했다. 그 '누군가'가 바로 임계숙이 세탁소 남자의 휴대전화를 빌려 통화했다는 이 여자가 아닐까, 조남칠 형사가 이런 생각에 빠져 있을 즈음 세탁소 남자가 진술을 덧붙였다.

"제가 전화 소리를 좀 크게 해놔서…… 일하면서 전화 받으려면 이게 작으면 안 들리거든요. 임 씨가 전화할 때 저쪽 사람이 말하는 소리가 들렸는데 임 씨처럼 경상도 사투리를 씁디다. 그래서 그때는 고향 언니를 오랜만에 만났나, 하고 생각했네요."

세탁소를 나와 형사들은 임계숙의 방으로 내려갔다. 감식반들이 낮에 할 일을 끝내고 물러난 뒤였다. 임계숙의 시신도 바닥에 쓰러져 있던 시바스 리갈 병도 모두 증거물로 수거되었다. 보일러를 꺼둔 방바닥이 을씨년스러웠다. 개수대에 쌓여 있는 그릇들, 깡통에 가득 차 있는 담배꽁초들, 이리저리 널려 있는 옷가지와 쓰레기들로 집 안은 꽤나 지저분했다.

조남칠 형사가 옷장을 열었다. 귀가 잘 맞지 않는 옷장 문이 끼익, 소리를 내며 열렸다.

낡은 옷들 사이에 한눈에 보기에도 새것 같은 코트가 하나 걸려 있었다. 조 형사가 옷걸이째 코트를 꺼내 들었다. 유명 브랜드의 캐시미어 코트였다.

"내일 둘은 이 근처 백화점에 이 옷 매장 찾아가."

조 형사가 후배 형사들에게 지시했다.

"월요일에 임계숙이 이 코트를 샀는지, 동행한 사람이 있었는지 확인해. CCTV 확보해 와. 그 전에 통신사에 임계숙이 통화했던 번호 조회하고."

여드름쟁이 정 형사와 덩치 큰 백 형사가 동시에 손을 뻗어 코트를 받아 들었다. 말을 마친 조남칠 형사는 가죽점퍼에 손을 찌르고 주인 없는 방을 뚜벅뚜벅 걸어 나갔다.

제22장

휴대전화는 꺼져 있었다. 우돌은 전화 거는 것을 포기하고 천천히 옷을 입었다. 상대를 직접 찾아갈 생각이었다. 머릿속을 휘돌며 사라지지 않는 질문을 끝내기 위해서. 마음의 헛헛증은 결코 음식이나 술로는 채워지지 않았다.

우돌은 세탁소에서 찾아온 상태 그대로 비닐도 뜯지 않고 걸어둔 하얀 와이셔츠를 걸치고 공들여 단추를 채웠다. 가죽재킷을 입고, 목도리를 두르며 마치 정해진 의식을 행하는 사람처럼 차분히 외출 준비를 했다.

아버지를 만나고 온 뒤로 우돌은 주위 세계가 온통 낯설어진 느낌에 공포 속에서 잠을 깼다. 거울에 비친 자신의 모습도 낯설었다. 무엇보다 예전 그 집에 있던 사람들이 가장 낯설고도 두려운 대상이었다. 그들에게 들켜버린 어린 시절. 자신에 대한, 자신도 모를 수백 가지의 속성이 탄로가 나서 빌미를 잡혀 있을 것만 같았다. 편하게 넘겨 보던 옛날 스냅사진에 찍힌 사람들이 미묘한 시선으로 자신을 훑어보고 있는 것만 같은 기분이었다.

우돌은 지금껏 친숙한 줄로만 알았던 한 낯선 사람에게 다가갈 참이었다. 용기라기보다는, 계속 이런 마음으로 살 수는 없다는 절박함이 우돌을 움직이고 있었다.

우돌은 밖으로 나가 자동차에 시동을 걸었다.

***

수빈은 눈을 감은 채 책상에 손을 모으고 앉아 있었다.

임계숙의 시체가 발견되고, 조남칠 형사에게 불려가 참고인 조사를 받고, 고영두를 다시 만나 라일락 하우스 집터를 방문하고, 슈퍼마켓 계주 할머니를 만난 것이 모두 어제 하루에 일어난 일이었다.

그 전날엔 황미자, 황경자 자매를 만났고, 솟구친 의심에 이끌려 우돌의 집에 찾아갔지만 우돌을 만나지 못했고, 불안감을 해소하지 못해 어쩔 줄 모르는 채로 임계숙을 찾아갔으며, 이의철을 집으로 불렀고, 박우돌이란 사람을 맘속에서 지우지 못하면서도 의철과 관계를 가졌다.

우돌을 만나지 못한 지 얼마나 되었을까?

옛날 일을 파헤치는 것도, 칼럼을 쓰는 일도 그만두라며 우돌이 수빈의 집을 박차고 나갔던 날. 종이와 집기가 날아다니고 고함과 울음이 둘 사이를 채웠던 그날 이후 수빈은 우돌을 보지 못했다. 하필 그날 방영된 'TV특강쇼' 때문에 구설수에 연루되어 홍역을 치르느라 우돌과의 관계를 살필 여유가 없었다.

'그때 하필 무슨 일이 생겨서⋯⋯.'

이런 이유로 엉클어지는 관계들이 얼마나 많을까? 얼마나 많은 안타까운 사연들이, 때론 핑계가 된 이야기들이 그 말에 숨어 있을까. 수빈은 모아 잡은 손 위로 고개를 숙였다.

크리스마스트리 점멸등을 꺼뜨리고 마루를 가로질러 방으로 들어갔던 사람은 건넌방 세 언니들 중 한 명이었다. 댓돌 위에 불붙은 연탄을 올려놓은 손은 어린 우돌의 손이 아닐지도 몰랐다. 한 번도 입 밖으로 꺼내지 않은 의심 때문에, 충분히 착오일 수도 있는 짐작 때문에 우돌과의 관계가 이렇게 끝나도 좋은 걸까.

수빈은 빈손을 쥐었다 펴며 괴로운 한숨을 토했다. 늘 먼저 다가오는 건 우돌이었다. 우돌이 늘 먼저 연락했고, 먼저 사과했고, 먼저 웃었다. 수빈은 이번에도 우돌이 먼저 다가오기를 바랐다.

***

차임벨을 누르는 우돌의 손이 떨렸다.

여기까지 오는 동안 뒤돌아서고 싶은 마음이 수없이 들었지만 한 번도 주저하거나 뒤돌아보지는 않았다. 현관문 안쪽에서는 아무 반응이 없었다. 그러나 오늘이 아니면 이 사람을 다시는 만날 수 없을 것 같다는 원인 모를 예감에 휩싸여 우돌은 사이를 두지 않고 연이어 벨을 눌렀다.

***

비디오폰에 비친 얼굴을 확인했을 때, 수빈은 곤혹스러운 마음에 잠시 거실에 우두커니 서 있었다.

세 번째 차임벨 소리를 듣고서야 정신이 들었다. 이 상황을 피할 수는 있겠지만, 그래서는 안 될 것 같았다. 모두 자신에게서 시작되었고, 자신에게서 비롯된 일이었다.

수빈은 흐트러진 머리칼을 정돈하고 옷깃을 여민 뒤 도어록의 해제 버튼을 눌렀다.

***

"우돌이가?"

힘없이 현관문을 밀어 열며 김순자가 말했다.

우돌은 김순자의 수척해진 얼굴을 보고 깜짝 놀랐다.

"어디…… 아프세요?"

안 그래도 식당 종업원들로부터 사장님이 며칠째 식당에 나오질 못하고 4층 살림집에 계시다는 말을 듣고 올라온 참이었다. 김순자는 대답 없이 희미한 미소를 띠었다. 한바탕 열병을 앓은 듯 달뜬 얼굴이 땀에 젖어 있었다. 지난번에 식당에서 보았을 때와는 마치 다른 사람인 것 같았다. 젊은 시절부터 유명했던 또렷한 미모도 짙게 깃든 병색 속에 기운을 잃은 듯했다.

"아주머니께 할 말이…… 있어서요."

우돌이 입을 떼었다.

김순자는 어깨에 두른 스웨터를 추어올리며 한쪽으로 비켜섰다.

"그래. 들어온나."

집 안으로 발을 옮기다 말고 우돌이 잠시 주춤했다.

"개얀타. 나 혼자 있다."

김순자가 앞서 들어가며 덧붙였다.

**

"누나. 우리 엄마가 이상해요. 불안해 미치겠어요."

문을 열자마자 성큼 들어온 의철이 수빈의 소매를 부여잡았다. 의철이 밖에서부터 몰고 들어온 한기에 수빈은 오소소 소름이 돋았다. 의철이 입고 있는 갈색 점퍼에서 찬바람이 부는 것 같았다. 29년 전 그날, 어린 우돌이 새벽에 변소에 갔다 들어와 어린 수빈의 옆에 누웠을 때처럼.

따로 말하지 않아도 알 만큼 의철은 불안해 보였다. 원래도 하얀 얼굴이 핏줄이 비칠 만큼 창백해져 있었고, 눈동자가 쉴 새 없이 돌아갔다.

엄마가 이상해요. 우리 엄마가 이상해요. 저는 어떡하죠. 어떡하죠. 누나.

의철은 계속 같은 말을 반복하며 거친 숨을 몰아쉬었다.

"잠깐."

수빈은 천천히 힘을 주어 팔뚝을 잡은 의철의 손을 떼어냈다. 그리고 의철의 뒤로 돌아가 현관문을 당겨 닫았다.

우돌은 지금 어디에 있을까. 도어록 잠기는 소리와 함께 다시금 찾아온 걱정을 수빈은 애써 털어냈다.

수빈이 돌아보았을 때, 의철은 벽에 등을 기댄 채 얼굴을 씰룩이며 울음을 참고 있었다. 수빈은 힘없이 축 늘어진 의철의 손을 잡아끌고 안으로 들어갔다.

제23장

청파동 '황 미용실'의 문이 열렸다.

마네킹 머리를 앞에 놓고 파마 컬 연습을 하던 황경자는 습관적으로 어서 오세요, 소리를 내뱉고는 의외의 손님을 보고 눈을 끔뻑거렸다. 겨울용 등산복에 벙거지 모자를 쓴 남자 노인이 점퍼 주머니에 손을 찌르고 서 있었다. 동네 여자들이 주로 찾는 '황 미용실'에 어울리지 않는 손님이었다.

"커트 하시게요?"

황경자는 수건을 집어 손을 닦으며 물었다.

"사람을 좀 찾아왔어요." 노인이 말했다. "저는 84년도에 D동 파출소에서 일했던 고영두라고 합니다만."

"고영두?"

"현수빈 씨 소개로 왔어요."

영두가 빠르게 덧붙였다. 황경자의 얼굴에 어른거렸던 불안감이 현수빈이라는 이름이 언급되자 약간 가라앉는 듯했다.

영두는 지난날 별채 문밖에 서서 경찰이 조영달의 시신을 수습하고 현장을 수색하는 모습을 겁에 질린 표정으로 지켜보고 있었던 목발 짚은 아가씨를 떠올렸다. 건넌방 언니들 중 가장 무던하고 너그러운 언니. 현수빈은 황경자를 그렇게 묘사했다. 참 좋은 사람이야, 라고 모두가 기억하고 평가할 만한 사람.

영두도 당시 황경자를 알고 있었다. 황미자의 동생. 돈을 벌기 위해 언니와 함께 서울로 올라왔으나 장애 때문에 일할 곳을 쉽게 찾을 수 없었던 아가씨.

"……무슨 일 때문에?"

"84년도에 현수빈 씨와 같은 집에 사시지 않았던가요?"

"네. 그랬죠. 언니랑."

강자는 굳이 착할 필요가 없다. 하지만 약한 사람은 착해야 한다. 혼자 살아갈 용기와 능력이 당장 없다면 착한 것으로 가까운 사람을 붙들고 기대야 한다. 애정에 대한 욕망 때문에 줄곧 남자와 사랑에 빠져드는 언니를 보며 당시 황경자의 심정은 어땠을까, 하고 고영두는 이제는 수수한 중년 여자가 된 황경자의 모습을 보며 생각했다. 자기를 버릴 거라고 느끼고 불안해했을까, 아니면 자신은 실현하기 어려운 욕정과 욕망을 가진 언니를 질투했을까.

"조영달 씨를 아시죠?"

"네. 그 집에…… 문간방 총각 말하시는 거죠? 연탄가스 사고로 죽은."

　누적된 불안감과 열등감이 큰 화로 변할 수 있기 때문에 고영
두는 착한 사람이 두려웠다. 흔히 젊었을 때 무서운 게 없다지
만 어떤 사람에게는 그렇지 않다. 젊기 때문에 삶은 더 두렵다.
가진 게 많지 않고, 포기하는 법도 모르기 때문이다.

　친언니가 먼 이국땅으로 도망쳐 나갔을 때, 황경자는 드디어
강해졌을 것이다.

　"도대체 무슨 일 때문에⋯⋯."

　말하는 중간에 무언가 깨달은 듯 황경자는 아아, 하며 입을
벌렸다. 영두는 황경자가 할 말을 예상한 듯 고개를 끄덕였다.

　"그때 혹시⋯⋯ 언니랑 만났던 경찰?"

　"언니께서 외국에 이민 가셨는데, 요사이 들어오셨다고 들었
습니다만."

　"네. 우리 언니는⋯⋯ 왜?"

　"꼭 할 얘기가 있어요."

　황경자는 걱정스러운 표정으로 영두를 바라보았다.

　"공항에⋯⋯ 아침에 택시 타고 갔는데, 오늘 2시 15분 비행
기에요. 이제서 우리 언니는 왜 찾는 거죠?"

***

　비행기 출발 시각을 40여 분 남겨두고 면세점 쇼핑을 마친

황미자는 일찌감치 탑승 게이트 대기석에 앉았다. 6년 만의 짧은 고국 방문을 마친 황미자는 내일부터 다시 토론토에 있는 슈퍼마켓 카운터에 서야 했다. 슈퍼마켓은 코리아타운에 있었다. 영어는 거의 사용할 필요가 없는 곳. 손님도 이웃도 모두 한국 사람이었다. 매 끼니 한국 음식을 먹고, 한국 텔레비전에서 하는 방송을 보고, 한국 사람들과 일하고, 한국 사람들과 어울리고, 일요일엔 교민들과 함께 한국 교회에 갔다. 한국의 어느 도시에 사는 것과 크게 다르지 않은 삶. 지금의 남편과 결혼하면 캐나다에 가서 살 수 있다는 사실에 마냥 설레던 처녀 시절에는 이보다는 좀 더 넓고 화려하고 이국적인 삶을 상상했었다.

황미자는 늘 다른 삶을 원했다. 동시에 사랑도 원했다. 그러나 그 둘은 함께 오지 않을 때가 더 많았다. 그러다 보니 때론 열정적인 사랑에 휩쓸려 나쁜 삶을 선택하고 싶을 때도 있었고, 때론 더 윤택하고 화려해 보이는 삶을 위해 사랑하는 사람을 버리기도 했다. 여성으로서 완전하지 못하다는 자격지심이 새로운 남자, 새로운 삶에 대한 꿈을 더욱 간절하게 했다는 것도 부인할 수 없었다. 결핍과 불안이 황미자를 한층 절박하게 만들었다.

인생을 다시 산다면 그땐 무엇을 더 중요하게 바라볼 것인가. 장밋빛 미래를 꿈꾸던 아가씨는 이제 중년에 이르렀다. 그리고 불행히도 황미자는 우여곡절 끝에 다다른 지금의 삶이 시시했다. 간만의 고국 방문도 중년의 우울을 치유하지는 못했다. 그녀는 깊은 한숨을 쉬고 털코트를 벗어 무릎 위에 올려놓았다.

빈 의자가 많이 남아 있는데도 어떤 남자가 황미자의 바로 왼쪽 옆자리에 털썩 앉았다. 황미자가 오른쪽으로 조금 옮겨 앉으며 무언의 핀잔을 주었다.

왼쪽에 앉은 남자가 헛기침을 했다.

"저기…… 황미자 씨?"

황미자가 왼쪽 남자에게 시선을 돌렸다. 그녀의 눈에 놀라움의 빛이 스쳤다.

"날 기억하겠어요?"

영두가 물었다. 대답은 듣지 않아도 좋았다. 반응으로 미루어 볼 때, 그녀는 분명 그를 기억하고 있었다.

"여긴 웬일이죠?"

황미자가 경계하듯 주변을 둘러보았다. 고영두는 능청스러운 어투로 말했다.

"다행히 표가 몇 장 남아 있습디다."

"표?"

"잊었어요? 불쑥 찾아오는 게 내 특기요."

"절 찾아서 일부러 비행기 표까지 사서 여기 들어왔다는 거예요? 왜요?"

당황한 황미자는 무의식적으로 탑승출구 위쪽 점광판에 표시된 시간을 보았다.

"우리에게 지금 시간이 많지 않으니……." 고영두가 황미자를 향해 몸을 돌렸다. "내가 먼저 얘기를 좀 하리다. 옛날 얘기요."

"……."

"29년 전, 마흔이 넘은 한 총각 경찰이 말이오. 흔하디흔한 연탄가스 중독사 사건을 처리하면서 한 가지 의심을 품게 돼요. 설마 그게 사실이리라곤 생각하고 싶지 않은 의심이지. 하지만 그거 알아요? '설마, 아니겠지'가 사람 잡는 거. 그게 정말 아니란 것을 확인할 때까지 자기 자신을 괴롭히게 되는 질문이지."

탑승객들이 점점 더 많이 모여들고 있었다. 고영두는 알아서 목소리를 낮게 깔았다.

"그런데 마침 죽은 사람의 배경도 이상하고, 외부 압력에 의해서 사건도 자살로 흐지부지 마무리 돼요. 그래서 노총각 경찰은 혹시 다른 내막이 있는 건 아닐까, 하는 의심을 하며 안심하지. 의심을 다른 의심으로 덮는 거요. 경찰은 두 번째 의심을 쫓아요. 첫 번째 의심은 늘 간직한 채로."

황미자의 얼굴에 냉소가 스쳤다. 하지만 떨쳐 일어나고픈 생각까지는 들지 않는 모양이었다. 그녀는 이제 10분쯤 후면 앞에 보이는 탑승통로로 사라질 것이고, 다시는 이 땅에 오지 않을 수도 있었다.

"문간방 총각이 죽은 일을 말하는 것 같네요. 당신이나 현수빈이라는 애나 왜 그렇게 그 총각한테 관심이 많지요?"

고영두가 몸을 기울여 황미자를 비스듬히 바라보았다. 그의 입가에는 보일 듯 말 듯 한 미소가 흘렀다.

"그래서 그 경찰이 스스로 떠안은 그 일은 어떻게 되었을 것 같아요? 두 번째 의심은 해답이 아니더군. 남은 건 뭐겠소?"

"그냥 말을 해요. 묻지 말고."

"당신이 신고를 했잖아요." 고영두가 말했다. "기록에 공식적인 신고자는 강옥순으로 되어 있어요. 최초 발견자를 신고자라고 편의상 해둔 거지만 사실 강옥순은 시신을 발견하고 너무 놀라서 파출소에 직접 전화하지 못했지. '건넌방 아가씨들'에게 신고를 부탁했고, 당신이 나에게 전화를 했소."

"그랬던가요?"

"당시 우리는 헤어진 상태였는데…… 당신이 죽고 못 살 다른 상대를 만난 것 같아서 말이오. 당신은…… 드디어 원하던 사람을 만난 것 같더군. 날 만날 때와는 완전히 달랐어요. 그때 그랬소?"

"웃기는 소리!"

앙칼지게 쏘아붙이는 황미자의 얼굴이 굳어졌다.

"그래도 당신 목소리를 들으니 반갑더군. 당신은 이렇게 말했어요. 간밤에 별채 새댁이 연탄가스를 먹고 자살했다고. 댓돌 위에 연탄을 놓고 방문을 조금 열어놓고 말이오."

"그게 어때서요?"

"후후……."

되묻는 황미자를 향해 고영두는 쓰게 웃었다. 29년 전 아침, 고영두는 파출소 전화기를 통해 흘러나오던 아가씨의 떨리는 음성을 똑똑히 기억했다.

"강옥순은 당신께 신고를 부탁하기 전에 별채 창문을 통해서 안을 들여다봤어요. 별채 새댁이 아니라 웬 남자가 누워있는 걸 봤지."

"별채 안쪽 방에서 사고가 났다고 하니까 당연히 새댁이 죽었으리라고 생각했나 보죠."

황미자가 코웃음을 치며 말했다. 하지만 입술 한쪽 끝이 살짝 떨리는 것을 고영두는 놓치지 않았다.

"댓돌 위에 연탄이 놓인 상황은 현장에 들어가서야 확인된 거요."

"……."

"조금 열린 방문 밖 댓돌에 연탄이 놓여 있는 건 밖에서 방 창문으로 들여다봐서는 잘 보이지 않지. 당시 방 안엔 연기가 가득 차 있었고 말이오. 하지만 만약 어떻게든 그걸 봤다면 말이오, 방 안에 누워 있는 사람이 새댁이 아니라는 것쯤은 알았겠지. '새댁이 댓돌 위에 연탄을 놓고 자살했다'고 말하기엔 힘들지 않을까……."

토론토행 비행기의 탑승을 시작한다는 안내방송이 울렸다. 게이트 대기석에 앉아 있던 사람들이 한꺼번에 일어나 줄을 섰다. 의자에는 단 두 명만이 남았다.

"그 한 가지 의심을 못 버려서 여기까지 왔어요? 뭘 확인하고 싶어서?"

"당신이 사랑했던 남자가 별채 새신랑이었소?"

"……뭐라구요?"

"D동 '경희슈퍼' 아주머니가 그러더군. 당시 나랑 만났던 동네 아가씨가 시내에서 별채 새신랑과 다정하게 데이트하는 모습을 봤다고. 그 아주머니는 참 재밌는 분이더구만. 그렇게 자부심이 넘치는 계주는 처음 봤어요. 한 번이라도 자기 계원이었던 사람은 이름은 물론이고 어디에 살았는지도 기억하더군. 하지만 당신은 그 아주머니의 계원이 아니었지. 아주머니에게 당신은 그냥 '동네 아가씨'일 뿐이었어요."

"……"

"당신은 그날 밤, 새벽에 방을 빠져나가 안채 부엌이나 연탄광 같은 곳에 웅크리고 있었겠지. 낮에 안채 안방 서랍에서 슬쩍해둔 별채 부엌문 열쇠를 가지고 말이오. 모두가 잠들어 있었고, 안채 마루에는 크리스마스트리의 점멸등만 깜빡이고 있었던 밤……. 당신이 앞으로 하려는 짓이 과연 옳은 일일까를 생각하느라 시간을 보냈던 것일까? 아니면 기회를 노리고 기다리고 있었던 것일까? 이미 그 전날 새벽에 새댁은 짐을 싸서 야반도주를 하고, 새댁의 방에서는 조영달이 술에 취해 자고 있다는 걸 까맣게 모른 채 말이오.

아무튼 적당한 때가 되자 당신은 별채 부엌문으로 들어가 아궁이에서 불붙은 연탄을 꺼내서 댓돌 위에 놓아요. 문을 살짝 열어놓고. 방문을 열고 들어갈 용기까진 없었던 거요? 아니면 주저했던 거요? 방문을 더 열어봤다면 새댁이 아니라 조영달이 그 방에서 자고 있다는 걸 알았을 텐데 말이오."

탑승객의 줄이 눈에 띄게 줄어들어 있었다. 뒤늦게 게이트에 도착한 탑승객 몇몇이 여권과 비행기 표를 꺼내 들고 뒷줄에 따라붙었다. 황미자는 그 줄의 끝을 강하게 쏘아보았다. 그 줄을 시선에서 놓치면 다시 캐나다로 돌아가지 못할 거라는 생각이라도 하는 것 같았다. 고영두가 계속했다.

"일을 마치고 나와 안채 부엌 뒷문으로 들어왔겠지. 마루를 가로질러 건넌방으로 돌아가다가 그만 크리스마스트리 점멸등 전선 위에 있던 주전자 뚜껑을 밟고 말아요. 점멸등은 꺼지고, 동시에 집 안의 퓨즈가 나가지. 잠시 당황한 당신은 마루에 잠시 웅크리고 있다가 스르르 일어나 건넌방으로 들어갔어요. 그때 안채 안방에서 잠이 깨어 있던 아이 한 명이 창호지 문에 비친 당신의 그림자를 봤지."

황미자가 기내용 가방의 앞주머니를 열었다. 마구 떨리는 손 때문에 여권과 비행기 표를 꺼내 가지런히 쥐기가 쉽지 않았다. 그녀는 깊게 심호흡을 하고 무릎 위에 올려둔 털코트를 한쪽 팔에 걸쳤다.

"……제가 왜 그랬다고 생각해요?"

고영두는 젊은 시절, 한때는 좋아했던 여자가 진실을 마주하고 당황하는 모습을 안타까운 눈으로 지켜보았다. 바로 앞 탑승 출구는 황미자와 고영두에겐 구원과 같았다. 때문에 고영두는 끝까지 말할 수 있었다.

"남편의 불륜 사실을 알았던 새댁이 다툼 끝에 남편을 집에서 쫓아냈어요. 당신에게 기회가 왔던 거지. 그 상황이 좀 더 유지된다면……." 고영두는 오로지 이곳까지 들어오기 위해 산 비행기 표를 만지작거렸다. "그런데 말이오. 당신은 임계숙과 함께 우연히 새댁이 수돗가에서 입덧을 하는 모습을 보고 말아요. 새댁이 임신을 한 거지. 새댁이 남편을 찾아가 임신 사실을 알리기 전에 당신은 손을 써야 했어요. 그 사이 좋은 신혼부부가 아이를 사이에 두고 다시 합치기 전에……."

황미자가 벌떡 일어섰다. 그 기세에 기내용 가방이 쓰러져 바닥을 때렸다.

고영두는 가방 손잡이를 잡기 위해 뻗은 황미자의 손목을 덥석 잡아 쥐었다.

"꺅!"

황미자가 비명을 질렀다. 티켓팅을 하기 위해 서 있던 항공사 직원과 주변 승객이 일제히 이 수상한 늙은 남녀를 바라보았다.

"내 말이 맞소?"

황미자가 몸을 흔들어 손목을 빼냈다. 고영두가 몸을 돌리는 황미자의 앞을 급히 가로막았다. 흥분한 두 남녀는 씩씩거리는 숨을 토해내며 몸싸움을 했다.

"정말 그 이유 때문이요? 아님 다른 사정이 있었던 거요?"

전직 경찰이 추궁했다. 하얀 제복을 입은 항공사 직원이 곤경에 빠진 황미자를 구하기 위해 다가왔다. 고영두는 목소리를 높였다.

"그냥 내가 말한 대로 이해하면 되는 거요? 말해! 말하라구!"

무슨 일입니까, 항공사 직원이 전직 경찰의 한쪽 어깨를 잡았다. 몇 발자국 뒤로 무전 연락을 받은 공항 경찰이 다가오고 있었다.

"……다 가졌어."

그 와중에 고영두의 손에 흐느적거리던 황미자가 입을 열었다.

"뭐라구?"

"다 가졌다구! 그 여자는! 내가 못 가진 걸 다!"

이 말을 끝으로 황미자는 그들을 둘러싼 사람들의 어깨 사이로 빠져 나왔다.

마침 비행기 출발 시각이 얼마 남지 않았다는 말과 함께 탑승을 독촉하는 안내방송이 나왔다. 황미자는 공항 경찰의 에스코트를 받으며 탑승 출구로 비틀비틀 걸음을 옮겼다.

비행기 문으로 연결되는 통로 가운데서 황미자는 결국 휘청거렸다. 그녀는 벽에 기대어 괴롭게 신음을 토했다. 공항 경찰이 걱정이 가득 담긴 말투로 괜찮냐고 물었지만 황미자는 듣지 못했다.

"됐어요. 거짓말이었어요."

대신 황미자는 29년 전의 제 목소리를 들었다.

거짓말이에요, 거짓말.

한밤중, 만나자는 전갈에 짧은 시간 최대한 멋을 내어 차려입고 동네 영아원 담벼락에 나갔을 때였다. 설레는 마음을 참으며 화장을 하고 긴 머리칼에는 새로 산 머리핀도 물렸다. 곱게 찰랑이는 긴 머리는 스물두 살 황미자의 트레이드 마크였다. 남자는 살인이라도 저지른 듯 죄지은 얼굴로 거의 울먹이며 기다리고 있었다. 울음을 견디며 황미자에게 봉투를 내밀었다. 봉투에는 임신중절수술을 두 번 하고도 남을 만한 돈이 들어 있었다. 밀려드는 배신감과 수치심에 황미자는 정신을 잃을 지경이었다. 마지막 남은 자존심을 지키기 위해서 황미자는 그쯤 아무렇지도 않다는 표정으로 '거짓말'이었다고 외쳤다. 당신의 아이를 가졌다는 그 말은 거짓말이었다고.

　이귀철은 화를 내기는커녕 죽었다가 다시 살아났다는 듯한 표정을 지었다. 미안해. 나는 아내를 버릴 수 없어. 그날은 정말 실수였어. 미안해. 끝도 없이 뱉어내는 이귀철의 사죄를 황미자는 더 이상 들어줄 수가 없었다. 충동적으로 한 거짓말이었다. 이귀철을 잡기 위한 궁극의 수단이었지만 황미자로서도 거짓의 무게를 버티기가 쉽지 않았다. 황미자는 이미 10대 때 선천적 자궁 발육 부진으로 인한 불임 선고를 받았다. 황미자 씨가 임신에 성공할 가능성은 10퍼센트 미만입니다, 라고 하던 산부인과 전문의의 목소리가 그날 이후 그녀를 떠난 적이 없었다.

　"손님. 탑승하시기 전에 치료부터 받으셔야겠어요. 몸이 뜨거워요."

소란을 듣고 쫓아온 항공사 여직원이 황미자를 일으켜 세웠다. 황미자는 고개를 저으며 비행기 쪽으로 바삐 걸음을 옮겼다. 어서 떠나야 했다. 빨리 이 나라를 떠야 한다. 이 정도는 아무것도 아니다. 29년 전 그날에 비하면. 질투심에 몸이 활활 타버려 재만 남을 것만 같았던 그 아픔에 비하면. 새댁이 입덧을 하는 모습을 지켜보았던 그때에 비하랴. 그 여자는 황미자가 절대 가질 수 없는 두 가지를 한꺼번에 가졌다. 그 사실을 황미자 앞에 보란 듯이 과시했다.

네가 내 남편을 가질 수 없는 이유를 이제 알겠지.

그 여자는 수도꼭지를 붙잡고 가녀린 상체를 꺾으며 유세 좋게 구토를 했다. 가까이 있던 황미자에게 분명한 신호를 보내고 있었다.

사람이 미치는 건 한순간이었다. 영혼의 두께는 아주 얇다는 것을 그때 황미자는 뼈저리게 체험했다.

51세, 중년의 토론토 한인 슈퍼마켓 주인 황미자는 겨우 정신을 가다듬고 정해진 좌석에 앉았다. 비행기 출발은 단 10분 정도 지연되었을 뿐이었다. 그 정도는 으레 있는 일이다.

고영두는 게이트 좌석에 앉아 황미자를 실은 토론토행 비행기가 무사히 이륙하는 것을 지켜보았다.

무언가를 떠나보내기에 가장 좋은 장소에서 고영두는 지난 29년간 간직해온 짐을 내려놓았다.

제24장

"아주머니가 편지를 남겼죠?"

필요한 설명을 끝낸 우돌이 드디어 질문을 던졌다.

김순자는 우돌이 쏟아내는 말을 조용히 듣고 있었다. 옛날 조영달의 방 안에서 무슨 일이 있었는지, 엊그제 우돌이 아버지와 무슨 얘기를 나누고 돌아왔는지, 어떻게 아버지를 오해하게 되었는지. 우돌은 하나하나 힘겹게 설명했다. 둘은 김순자의 집 식탁에 마주앉아 있었다.

김순자는 우돌의 질문에 대해 천천히, 그러나 분명하게 고개를 끄덕였다.

"기억나는 장면이 하나 있어요."

김순자는 병색이 짙은 얼굴을 들어 우돌의 말에 귀를 기울였다.

"옛날, 조영달의 밥공기 뚜껑. 꽃무늬가 그려진 밥뚜껑이요.

아주머니가 그 밥뚜껑을 손에서 놓치던 순간. 그리고 화들짝 놀란 눈으로 저를 바라보시던 모습이 잊히질 않아요. 밥뚜껑은 방바닥을 또르르 굴러 한참 뒤에 멈췄죠. 그 시간이 굉장히 길게 느껴졌어요. 아주머니는 귀신이라도 본 듯한 얼굴이고요."

김순자는 손에 쥔 수건으로 이마와 목덜미에 배어 나온 땀을 닦았다.

"내 얼굴이…… 그랬나……."

"아주머니는 그때 뭔가를 보셨어요. 뭐였죠?"

"우돌아 니, 꼭 들어야겠나?"

"네."

우돌은 담담한 목소리로 말했다.

"더 이상 상처받을 일도 없으니까요. 그리고, 대충 짐작하고 있어요."

김순자는 크게 한숨을 쉬고 마음을 한 차례 가다듬었다.

"그날도 점심상을 물리려고 문간방에 갔는데, 총각이 니랑 우영이를 방에 불러가 같이 놀고 있더라만. 상을 들고 나와 설거지를 하다보니 밥뚜껑을 안 갖고 온 기라. 방바닥에 떨어져 있는 걸 보긴 봤는데 주워 오질 않은 기지. 생각났을 때 빨리 가져와서 설거지할 때 같이 해버리는 게 좋겠다 싶어서 문간방에 갔다. 문간방 방문이 꽉 안 닫혀 있더라."

우돌은 눈을 감아버리고 싶은 걸 참고 김순자의 말을 들었다. 들어야 했다.

"……그래서 뚜껑 가지러 왔다카면서 방문을 열고 냉큼 밥뚜껑을 집어 들었는데…… 그…… 총각이 느그들에게 못된 짓을 하고 있는 걸 본 기다."

김순자는 말하며 식탁 위로 시선을 떨어뜨렸다.

"처음엔 나도 무슨 일이 벌어지고 있는 긴가 알 수가 없었다. 상을 들고 나올 때만 해도 한쪽에 쌓여 있던 이불이 방바닥에 펼쳐져 헝클어져 있고…… 니랑 우영이가…… 그 쬐끄만 것들이 아랫도리를 벗고 나란히 엎드려 있었다. 총각도…… 급하게 바지춤을 끌어 올리고……."

"……."

둘 사이 잠시 침묵이 흘렀다.

툭. 또르르르. 밥뚜껑이 떨어져 구르는 환청이 들려와 우돌은 고개를 털어냈다.

"그래서, 떠날 때 편지를 쓰셨군요."

"그래."

"그 편지엔, 제 이야기가 있었던 거 맞나요?"

김순자는 고개를 끄덕이는 것으로 대답을 대신했다. 우돌의 눈이 촉촉이 젖어들었다.

"방바닥에 부엌문 열쇠랑 월세를 넣은 봉투랑 편지를 넣은 봉투를 두고 떠났다. 문간방 총각이 과일장수 아들들한테 몹쓸 짓을 하니까네 주인아저씨가 좀 말려달라고. 우돌이 우영이 부모한테는 따로 편지를 남기겠다고, 그래도 그건 그거고 주인아저씨가 총각 고향 선배고 어른이니깐 단속해줄 수 있지 않겠냐고, 그래 썼던 걸로 기억난다."

"우리 부모님한테도…… 편지를 남겼어요?"

"하모. 그때는 우영이가 아파가 니만 빼고 다 집을 떠나 있었지마는 언젠가는 돌아올 거 아이가. 그땐 내도 이제 떠나고 없을 텐데 총각이 못된 버릇을 못 버리고 또 그러면 우짜노. 가뜩이나 막내도 아픈데 느그 부모가 충격을 받긴 하겠지만 모르고 당하는 것보단 낫겠다 싶어서……."

"우리 방 문은 잠겨 있었는데 어떻게 편지를 남겼어요?"

김순자는 미지근해진 수건으로 다시 얼굴을 닦았다. 지난날에 대한 회한이 복잡하게 밀려왔다. 내가 그렇게 한 것은 과연 잘 한 일일까. 다른 방법은 없었을까.

"연탄아궁이. 비닐에 싸서 아궁이 속에 넣었다. 아픈 니 동생이 집에 오면 일단 구들부터 때서 방에 눕힐 거 아이가. 그 전에는 다른 사람이 니 집 아궁이에 불붙일 일은 없을 테고. 그래서……."

편지는 있었지만, 목적지에는 전해지지 않았다. 우돌은 어떻게 된 일인지 이제 알 것 같았다.

집주인 아저씨가, 얼굴이 기억나지 않은 집주인 아저씨가 편지를 가로채 없었던 것으로 만들어버렸다. 김순자가 방에 놓고 간 편지뿐만 아니라 우돌이네 방 아궁이에 놓아둔 편지까지.

그래 그날. 그날이었다. 집주인 아저씨가 우돌에게 '아무도 모르게 살짝' 방 열쇠를 갖다 달라고 한 날. 조영달의 시체가 발

견되기 바로 전날. 간밤에 야반도주를 한 김순자의 전화를 받고
별채 안쪽 방으로 가서 편지를 발견한 집주인 아저씨는 김순자
가 우돌이네에게 남긴 편지도 찾아야 했던 것이다. 고향 후배의
못된 짓을 감싸주기 위해서. 어린 우돌이 갖다 준 열쇠로 방문
을 열어 우선 방 안을 뒤져보았겠지. 방 안에 없자 부엌을 꼼꼼
히 뒤져보았을 테고. 아궁이에 숨겨둔 편지를 끝내 찾아냈을 것
이다.

그리고 집주인 아저씨는 조영달을 끌고 나가 술을 먹이며 경
고했겠지.

야 이 변태 자식아. 조심해. 들켰어. 제발 그 버릇 좀 고치지
못해?

윽박질렀다가 얼렀다가 위협했다가 다시 살살 달래기도 했
겠지. 마시고, 또 마시고, 계속 마시다가 고주망태로 취해서 덜
취한 놈이 더 취한 놈을 떠메고 들어왔겠지. 다음 날 조영달이
죽은 채 발견되고, 편지는 사라지고, 편지에 담긴 일은 원래부
터 없었던 일이 된 거지.

"그런데 왜……."

우돌이 소리쳤다.

"그렇게 편지를 남길 생각이었으면, 왜 진작 다른 사람들에게
는 말하지 않았어요? 왜 우리 부모님께 미리 말을 하지 못하셨
나요?"

***

　"그 여자가 찾아온 뒤부터 엄마가 이상해졌어요."

　의철은 물 한 잔을 단숨에 들이켜고는 겨우 흥분을 가라앉히고 소파에 앉았다. 그제서야 수빈은 의철이 하는 말을 알아들을 수가 있었다.

　"우리 엄마요, 아무리 아파도, 당장 쓰러질 만큼 아파도 한 번도 식당일을 쉬어본 적이 없으신 분이에요. 그런데 그날 이후로 거의 식당에도 나가지 않고, 말도 없이 어딜 갔다 오셔서는…… 말을 시키면 깜짝깜짝 놀라고요. 저를 보면 피하세요. 분명 그 아줌마가…… 그 아줌마가 찾아오면서부터 시작된 거예요!"

　"아줌마?"

　수빈은 미간을 찡그렸다.

　"지난주 수요일인가 목요일인가 엄마가 식당에 없는 거예요. 어디 간다는 말도 없이……. 종업원 누나에게 물어보니까, 낮에 식당으로 어떤 아줌마가 찾아왔었대요. 얼굴이 까맣고 삐쩍 마른 아줌만데, 종업원 누나는 처음 보는 사람이었대요. 그 아줌마가 대뜸 사장님을 만나러 왔다고 하고는 엄마를 찾더니…… 엄마를 보고 반가운 척을 하는데……. 엄마는 그 아줌마를 보자마자 너무 놀라서 접시를 떨어뜨려 깨뜨렸대요. 엄마가 그렇게 당황하는 모습은 종업원 누나도 처음 봤대요…….

그러더니 엄마는 그 길로 그 아줌마를 끌고 밖에 나가시더라는 거예요."

수빈은 마음속으로 쿵, 하는 소리가 들리는 것 같았다.

지난주 화요일, 수빈은 임계숙을 29년 만에 처음으로 찾아갔다. 임계숙은 곤궁하고 타락한 모습이었고 엉망으로 취해 있었다. 수빈은 임계숙에게 별채 새댁이 간장게장집 사장으로 성공했다는 말과 함께, 식당의 상호를 말해주었다. 임계숙은 술에 취해 잠이 들었다가 깨어, 수빈에게 간장게장집 상호를 한 번 더 물어보았다.

그다음 날 또는 다음다음 날, 김순자에게 어떤 수상한 여자가 찾아왔다.

의철이 말을 계속했다.

"그런데 이번 주 월요일이었을 거예요. 엄마가 통 밥도 못 먹고 잠도 못 자는 것 같아 걱정돼서 낮에 식당에 나가봤는데…… 종업원 누나가 엄마가 손님과 함께 방에 들어가 있다는 거예요. 그래서 엄마가 있는 방의 문을 열었는데……."

당시 의철의 엄마는 식당 내실 안에 중년 여자 한 명과 마주 앉아 있었다고 했다. 문을 열고 들어오는 의철을 보고 김순자는 헉, 하는 소리를 내며 놀랐다. 그 놀라는 정도가 너무 심해 의철은 당황했다. 김순자는 무슨 끔찍한 장면을 목도한 사람처럼 입술까지 하얗게 질려가며 손을 덜덜 떨었다. 그때 의철과 등을 지고 있던 중년 여자가 몸을 돌려 의철을 보았다. 엄마의 손님이라는 그 여자는 가늘게 째진 눈을 빛내며 무슨 신기한 물건이라도 보듯 의철을 쳐다보았다.

"니가 옥자 언니 아들이가?"

경상도 사투리를 쓰는 여자는 의철의 엄마를 옥자라고 불렀다. 까무잡잡한 세모꼴 얼굴에 실핏줄이 터진 콧등. 보고 있으면 묘하게 기분이 나빠지는 인상이었다.

"어머야. 고놈 엄마 아빠 닮아가 자알 생깄다. 지 아빠 젊었을 적하고 똑같네. 히히히."

중년 여자의 끈적한 눈빛이 의철을 훑었다.

여기까지 말하고는 다시 생각해도 기분이 나쁘다는 듯 의철이 얼굴을 찡그렸다.

"어떻게 설명할 수가 없어요. 들척지근한 게 몸에 달라붙는 것 같은 눈빛이었어요."

중년 여자가 의철에게 자기를 젊었을 적 엄마와 한집에 살았던 사람이라고 소개했다. 중년 여자가 의철에게 말을 건넬수록 김순자의 얼굴은 점점 더 창백해졌다. 중년 여자는 그런 김순자의 모습을 곁눈질로 살펴보며 능글맞게 새살거렸다. 그 상황을 즐기는 듯이.

"그 아줌마가 손을 내밀며 저보고 들어와 앉으라고 했어요. 기분 나쁘게 쿡쿡 웃으면서요. 그때 엄마가 벌떡 일어나더니 저에게 나가라고 소리를 질렀어요. 제가 머뭇거리니까…… 저를 밀쳐 방 밖으로 내보내고 제 문 앞에서 방문을 꽝 닫았어요."

의철이 곱상한 얼굴을 일그러뜨리며 울먹였다.

수빈은 자리에서 일어나 거실 창으로 다가갔다. 어제 하루 날이 개고 오늘 다시 눈이 내리려는지 하늘에 먹구름이 깔려 있었다. 아직 한낮인데도 사위가 어둑하고 스산했다. 수빈은 창틀에 한 손을 올리고 차가운 유리창에 이마를 대었다.

의철이 말하는 '그 아줌마'는 임계숙이 틀림없었다. 뜻하지 않게 수빈이 임계숙과 김순자의 만남을 이어준 꼴이 되었다. 그리고 그 후, 임계숙은 죽었다.

"엊그제도 말이에요. 누나. 제가 여기 왔다가 새벽에 들어갔잖아요."

의철이 소파에서 일어나 수빈의 등 뒤로 다가왔다.

"그날도 엄마는 하루 종일 밖에 나갔다 들어온 모양이더라구요. 다음 날 많이 아프신 것 같아서 병원에 가자고 엄마 방에 들어갔는데…… 엄마가 날보고 그러는 거예요. 필요 없다고. 저리 가라고. 그러고는 내 말 잘 들으라고 하면서, 글쎄 제가 엄마 친아들이 아니래요. 지금껏 숨기고 있었지만 제가 아빠가 밖에서 낳아온 아이라는 거예요. 그 말을…… 그 말을 저보고 믿으라구요? 제가 그 말을 믿을 것 같아요, 누나?"

수빈은 엊그제 의철과 밤을 보냈던 날, 의철이 요즘 엄마가 이상하다며 잠시 근심 어린 표정을 지었던 것을 기억했다. 그러나 의철은 이내 말을 거두고 손수 끓인 삼계탕의 닭살을 찢어 내밀며 수빈이 요청하는 대로 쓸데없는 소리만 했다.

김순자와 임계숙. 두 여자의 관계는 도대체 무엇일까. 임계숙은 김순자의 어떤 약점을 틀어쥐고 옛날부터 괴롭혀온 것일까. 수빈을 통해서 김순자의 소재를 알게 되자마자 찾아가 괴롭힐 만한 일이란 무엇이란 말인가.

두 여인 간의 수상한 관계에 골몰하던 중, 문득 한 가지 의문이 수빈의 머리를 스치고 지나갔다.

"의철아. 너 생일 언제야?"

뜬금없는 수빈의 질문에 의철은 의아해하면서도 대답했다.

"저요? 6월 29일이요. 85년 6월 29일."

"네 엄마는?"

"네?"

수빈은 뒤돌아보았다.

"우리 처음 만난 날. 의철이 네가 그랬잖아. 오십이 내일모레인 사람 중에 우리 엄마처럼 예쁜 사람 봤냐고. 엄마가 아직 오십이 안 됐다는 거 아냐. 지금 몇 살이셔?"

"왜 갑자기 나이는…… 마흔여덟이신데요."

"마흔여덟?"

"네. 엄마는…… 열여덟 살 때 결혼하셨대요. 열아홉 살에 절 낳으시고요. 그래서……."

수빈은 석연치 않은 표정을 하고 거실을 몇 발짝 거닐었다. 영문을 모르는 의철의 눈이 수빈의 움직임을 좇았다.

"그럼, 1984년에. 내 칼럼의 배경이 되었던 그 해에 네 엄마가 겨우 열여덟 살이었단 말이야?"

수빈이 발을 멈추고 소리쳤다.

"그게……."

"네 엄마는 당시 조영달과 나이가 같았어. 스물두 살이었다고. 지금은 오십하고도 한 살을 더 먹었어야 하고. 왜냐면……."

수빈이 갑자기 말을 멈췄다. 의철이 한층 혼란스러워진 얼굴로 수빈을 바라보고 있었다.

'왜냐면 임계숙이 마흔아홉 살이었기 때문이야. 자기 말대로 아홉 수를 넘기지 못하고 죽어버렸지. 새댁은 임계숙보다는 나이가 많아야 하는 거잖아.'

방금, 수빈이 급히 삼킨 말이었다.

김순자. 김옥자. 이름이 혼동되는 것은 의철의 말마따나 어렸을 때 쓰던 이름과 호적상 이름이 달라서일 수 있다 쳐도, 사람이 나이마저 달라질 수는 없는 법이었다.

***

"우돌아. 그때 나는 겨우 스물두 살 새댁이었다. 내가 본 게 도대체 뭔지, 그 말을 어떻게 옮겨야 하는지 정말로 모르겠더라."

김순자가 답했다. 우돌의 물음에 약간의 원망이 담겨 있는 것 같아서 김순자는 마음이 아팠다. 하지만 다시 그때로 돌아간다고 해도 다른 행동을 할 수는 없을 것 같았다.

"그리고…… 며칠 지나지 않았는데 네 동생이 아파 병원에 실려 갔다 아이가. 그 길로 느그 부모도 병원으로 가서 집에 들어오지도 않고. 말을 하려고 해도 할 수가 없게 된 기야."

우돌이 어깨를 으쓱하며 김순자의 말을 받아들였다.

'상황이 마침 그렇게 되지 않았더라도 내가 말할 수 있었겠나, 어디.'

김순자는 투정이 통하지 않은 아이처럼 속이 상한 듯한 우돌의 얼굴을 물끄러미 바라보며 생각했다.

"아줌니."

총각의 방에서 밥뚜껑을 놓쳐버렸던 그날 저녁, 수돗가에서 빨래를 하고 있는 김순자의 옆으로 어떤 사람이 소리 없이 슬쩍 다가왔다.

"아이쿠!"

김순자는 놀라 빨래를 주무르던 손을 놓고 엉덩방아를 찧었다. 총각이 주머니에 손을 찌르고 선 채 웅얼거렸다.

"……우리 성이 서울지검 검사인 거 알쥬?" 총각은 감히 이쪽을 바라보지 못하고 있었다. "뭔 오해를 하는지는 모르겠지만 못 본 척하는 게 좋을 거여유."

기어들어가는 목소리였다. 저편으로 돌리고 있는 얼굴은 혹 수치심에 붉게 달아올라 있을지도 모를 일이었다. 그러나 김순자는 너무나도 겁이 나 총각이 사라진 후에도 한참 동안 엉덩방

아를 찧은 자세 그대로 앉아 있었다.

경찰도 그 앞에서는 무섭고 황송해 쩔쩔맨다는 검사의 눈 밖에 나면 무슨 풍파를 맞게 될지 몰랐다. 법을 휘두르는 사람과는 엮여서는 안 된다. 안 그래도 위태로운 자신과 남편의 자리가 바람 앞에 촛불 신세가 될 것이다. 이런 두려움 때문에 김순자는 누군가에게 자신이 본 것을 말할 생각을 차마 하지 못했다. 그 집을 떠나기로 결심하고 나서야 남은 사람들에게 편지로라도 알려야겠다는 생각을 했던 것이다. 그 정도는 해야 할 것같았다.

"아주머니."

우돌이 침묵을 깨고 입을 열었다.

"와?"

"설마 편지를 남기기 위해 그 집을 떠나신 건 아닐 테고요……."

양 볼이 저릿저릿할 만큼의 두통이 다시 김순자를 덮치고 있었다. 어제부터 시작된 통증이었다. 김순자는 크게 심호흡을 했다. 우돌이 김순자의 안색을 살피면서 조심스레 말을 이었다.

"왜 아무도 몰래 그 집을 떠나신 거죠? 뭘 피해서 떠나신 거예요?"

***

조남칠 형사는 다 먹은 설렁탕 그릇을 옆으로 밀어놓은 뒤 책상 위 사진으로 눈을 옮겼다. 사진 속에는 한 중년 여인이 의류 매장의 계산대 근처에 서 있었다. 장갑 낀 손을 맞잡고 불안하게 두리번거리던 CCTV 속 여인. 여인이 CCTV 카메라 쪽을 바라보는 순간을 포착하여 뽑은 사진이었다. 40대 중후반 정도로 보이는 여인은 단발머리에 계란형 얼굴, 눈이 크고 코가 오똑하며 선이 고운 미인형이었다. 조남칠 형사는 몇 시간째 이 사진을 앞에 두고 앉아 눈길을 떼지 못했다.

'이 여자는 누굴까?'

조남칠 형사는 쩝, 소리를 내며 이 사이에 긴 밥알을 빼냈다. 아무래도 수상해. 칫솔에 치약을 짜 바르고 화장실로 걸어가는 동안에도 조 형사는 사진 속 여자의 정체에 대해 생각했다.

오늘 아침, 조남칠 형사는 통신회사를 통해 임계숙이 통화했던 문제의 그 휴대전화 번호 명의자의 이름과 주소, 주민등록번호를 알아냈다. 서울 상계동에 사는 48세의 김순자란 사람이었다.

"임계숙이 '언니'라고 불렀다고 하지 않았어?"

통신회사에서 받은 사실조회서를 보고 조 형사가 후배 정 형사에게 물었다. 네. 맞습니다, 세탁소 남자의 진술을 같이 들었던 정 형사가 대답했다.

"그런데 이 여자는 임계숙보다 한 살이 적잖아?"

정 형사가 다가와 사실조회서를 들여다보았다. 옛날 사람들은 실제 나이보다 출생신고가 몇 년 늦기도 하잖아요. 호적상 나이보다 실제로는 더 많은 거 아닐까요, 정 형사가 조심스럽게 의견을 제시했다.

경찰온라인조회시스템에 김순자의 주민등록번호를 조회해 보았더니 또 이상한 점이 나타났다. 김순자의 본적지가 전라도 광주에 위치한 한 보육원으로 드러난 것이다. 그 보육원이 아직 운영 중에 있어 전화상으로 김순자의 입퇴소 일자를 알아보았다. 김순자는 갓난아기 때 그 보육원에 들어와 열다섯 살 때까지 있었다고 했다.

"열다섯 살 때까지 전라도 광주에서 자란 여자가 임계숙처럼 경상도 사투리를 썼다고?"

조남칠 형사는 또 의문을 달 수밖에 없었다. 다른 사람이 김순자 명의의 휴대전화를 사용한 건 아닐까? 임계숙이 통화한 사람이 김순자가 맞긴 맞는 걸까? 김순자 명의의 휴대전화는 어제부터 계속 꺼져 있었다.

이후 정 형사와 백 형사가 임계숙의 주소지 근처에 있는 백화점에 출장 나갔다 들어와 수사결과를 보고했다. 임계숙의 옷장에 있었던 새 캐시미어 코트의 브랜드 매장을 찾아 지난주 월요일의 CCTV 녹화기록을 뒤져보았더니 과연 임계숙의 모습이 찍혀 있었다고 했다. 기세등등하게 매장에 들어와 여유롭게 코트를 고르는 임계숙의 뒤로 한 중년 여인이 따라 들어왔다. 여인은 계산대 근처에만 맴돌더니 임계숙이 고른 코트의 값을 계산했다. 여인은 미리 준비해온 듯 핸드백 속에서 백만 원 단위의 돈을 꺼내 계산대에 내밀었다.

그 여인의 사진이 지금 조남칠 형사의 책상 위에 있는 것이었다.

'딱 무슨 약점을 잡혀 돈을 뜯기고 있는 모습이군.'

양치질을 마치고 돌아온 조남칠 형사는 의미심장한 표정으로 사진을 톡톡 두드렸다.

김순자에겐 1994년에 취득한 2종 보통 운전면허증이 있었다. 차적조회 시스템에 나타난 김순자의 운전면허증 사진은 백화점 CCTV에 찍힌 여자의 모습과 흡사했다. 이 여자가 김순자가 맞긴 맞는 모양이었다. 다른 사람이 김순자 명의의 휴대전화를 사용한 건 아니다. 그럼 주민등록상 임계숙보다 적은 나이, 경상도 사투리는 어떻게 된 것일까?

형사과 문이 덜컥 열렸다. 백화점에 다녀온 후 이어서 중랑구의 한 주민센터로 출장을 갔던 정 형사와 백 형사가 추위에 상기된 얼굴로 씩씩거리며 들어왔다.

"여기 복사해 왔습니다."

정 형사가 손에 든 서류봉투를 치켜들며 말했다. 밖에 눈이 오는지 숱 많은 정 형사의 머리가 물기에 반짝였다.

***

의철은 팔짱을 낀 자세로 소파에 뒤로 머리를 기대고 앉아 눈을 감았다. 눈꼬리에 매달린 눈물이 옆으로 흘러내렸다. 자신이 엄마의 친아들이 아니라는 김순자의 선언에 설마 긴가민가하며 충격을 많이 받은 모양이었다. 수빈은 책상 의자를 끌어다놓고 앉아 그런 의철을 측은하게 바라보았다. 성냥개비를 올려놓아도 좋을 만한 의철의 긴 속눈썹이 파르르 떨렸다. 콧날과 턱선이 뒤로 기댄 자세 때문에 더욱 매끈하고 날렵해 보였다.

정말, 29년 전의 제 아버지와 똑같이 생겼다고 수빈은 생각했다.

그리고 그 아버지와 의철의 어머니는 서로 무척 닮았다. 그래서 아버지를 닮은 의철은 자연스럽게 어머니도 닮아 있었다. 의철이 정말 의철의 아버지가 다른 여자와의 사이에 낳아온 아들이라 해도 새댁의 친아들이 아니라는 걸 의심하기 어려운 조건이었다. 아들은 아버지를 닮았을 테고, 아버지와 어머니 또한 서로 닮았으니까.

의철이 제 아버지와 다른 점이 있다면 부자 어머니를 두었다는 점, 외아들로 자라 조금은 철이 없다는 점, 서울에서 자라 서울말을 쓴다는 점 정도일까.

서울말?

수빈은 괜스레 의철의 붉은 입술을 바라보았다. 서울말을 쓰는 의철의 입을.

의철의 부모는 모두 경상도 사투리를 썼다. 그리고 임계숙. 임계숙은 '경상도 언니'였다.

김순자, 임계숙의 공통점. 경상도 사투리.

'……임계숙이 개가 왜 그런지 모르겠는데 순자 언니를 그렇게 시샘하고 못살게 굴었어. 고향도 얼추 비슷하니 고향 언니 삼아 친하게 지내면 좋았을 텐데.'

'목발 언니' 황경자가 언젠가 이런 말을 한 적이 있었다. 고향 언니 삼아 친하게 지내면 좋았을 텐데.

'임계숙이 김순자의 어떤 약점을 틀어쥐고 있었다면, 그건 '고향'과 관련된 게 아닐까?'

***

"다행히 원장이 있었군."

조남칠 형사가 서류봉투를 받아 들고 내용물을 꺼내며 말했다.

경찰의 전산기록에 김순자의 운전면허증 사진은 있었지만, 무슨 이유인지 주민등록증 사진은 조회되지 않았다. 조남칠 형사는 직감을 건드리는 의문은 아무리 사소한 것이라도 일단 풀고 넘어가야 하는 성격이었다. 김순자의 2005년도 주소지를 알아보니 중랑구 소재 K동으로 나왔다. 조 형사는 정 형사와 백 형사를 K동 주민센터로 보내 김순자의 주민등록표 원장을 복사해 오라고 시켰다.

주민등록표가 전산화되기 전에는 수기로 기록한 주민등록표 원장을 바탕으로 초본이나 등본을 발급해주곤 했다. 만 17세가 되어 처음 주민등록증을 발급받을 때는 동사무소에 가서 개인별 주민등록표 원장에 열 손가락 지문을 찍고 증명사진 두 장을 제출해야 했다. 증명사진 하나는 주민등록표 원장에 붙이고, 다른 하나로는 주민등록증을 만들었다. 전산화에 따라 2005년부터 주민등록표 원장 제도는 폐기되었고, 그때까지 작성된 원장은 2005년 8월 1일을 기준으로 당시 주소지 사무소에서 보관하고 있었다. 조남칠 형사는 김순자의 주민등록표 원장에 붙어 있는 사진을 확인하고 싶었던 것이다.

"조 형사님. 가서 보니 김순자의 주민등록증 사진이 조회되지 않는 이유가 있더라고요."

정 형사가 말했다. 추위에 붉어진 얼굴에 여드름이 더 도드라져 있었다.

"무슨 이유?"

"요즘엔 다 사진을 스캔해서 주민등록증을 만들잖아요. 사진을 안 가져가더라도 동사무소에서 바로 캠으로 찍어서 만들어주기도 하고. 그럴 때 스캔한 데이터가 시스템에 남아서 조회되는 건데. 김순자는 사진을 스캔해서 만드는 주민등록증을 아직까지 발급받질 않았답니다."

"그게 무슨 소리야?"

주민등록표 원장 사본을 펼치며 조 형사가 얼굴을 찌푸렸다.

정 형사가 입술에 침을 바르고 열심히 설명하기 시작했다.

"옛날엔 주민등록증을 그냥 비닐 코팅해서 만들어줬잖아요.

그걸 99년에 플라스틱 주민등록증으로 교체했고요. 그러면서 사진은 스캔기록으로 남기기 시작했고요. 그러니까 김순자는 플라스틱 주민등록증으로 바뀐 이후 주민등록증을 발급받질 않았다는 얘기죠."

"뭐야. 이 아줌마가 지문날인 거부운동이라도 한다는 거야?"

조 형사의 목소리가 높아졌다. 캐면 캘수록 자꾸만 석연치 않은 점이 발견되었다.

정 형사의 말대로 예전에는 증명서 종이를 비닐로 코팅해서 주민등록증을 만들어주었다. 그러다 보니 오래되면 훼손되어 사진이나 글씨를 알아보기 힘들었고, 위조하기도 쉬웠다. 이런 단점을 보완하고 전산화 추세에도 발을 맞추고자 1999년 정부는 비닐 코팅한 주민등록증을 지금의 플라스틱 주민등록증으로 전격 교체하였는데, 이때 주민등록증에 현출하는 사진과 우측 엄지 지문을 전산화하는 것에 대하여 반대운동이 벌어졌다. 때문에 아직까지 플라스틱 주민등록증을 발급받지 않고 여권이나 운전면허증으로 신분을 대체하며 불편을 감수하고 있는 사람이 적지 않았다.

조 형사는 김순자의 주민등록표 원장 사본을 내려다보았다. 최초 주민등록증 발급 당시에 찍은 열 손가락 지문과 사진이 있었다. 보육원 출신의 이 48세 아줌마가 신념에 의하여 플라스틱 주민등록증 발급을 거부한다고는 언뜻 납득하기 어려웠다.

"사진은 복사하면 알아보기 힘들 것 같아서 따로 사진으로 찍어 왔어요."

김 형사가 조남칠 형사에게 휴대전화로 찍은 사진을 내밀었다.

약 30년 전에 찍은 증명사진인지라 많이 흐릿해져 있었다. 더구나 주민등록표 원장의 사진은 18살이나 19살 때의 사진이고, 지금의 김순자는 48살이다. 조남칠 형사는 눈가에 주름을 잔뜩 잡은 채 휴대전화에 담긴 김순자의 주민등록표 원장 사진과 CCTV에 찍힌 48세 김순자의 사진을 대조해 보았다. 일단 얼굴형은 비슷했다. 눈코입의 자세한 생김생김은 대조하기가 힘이 들었다. 주민등록표 원장 사진이 너무 흐릿하기도 했고, 세월의 차이도 고려해야 했기 때문이었다.

한참 동안 두 사진을 비교해보던 조남칠 형사의 겨울무 같이 생긴 얼굴에 별안간 확신이 깃들었다. 조남칠 형사는 책상을 쿵 내리치며 자리에서 일어섰다.

"다른 사람이다!"

점심을 거른지라 점심 겸 저녁 겸 컵라면을 챙겨먹던 후배 형사들이 입에 걸린 라면 면발을 급히 빨아들이고는 조남칠 형사를 올려다보았다.

"귀야 귀! 귀 모양이 달라!"

후배 형사들이 조남칠 형사의 책상으로 모였다. 조 형사가 하나하나 가르치듯 설명했다.

"봐라. 주민등록표 사진에는 귓불이 붙어 있는 게 희미하게 보이지? CCTV 속 아줌마를 봐. 귓불이 거의 없이 귀가 물음표 모양이잖아. 귀 모양도 지문처럼 사람마다 다 다르단 말이야! 이 둘은 다른 사람이야!"

후배 형사들이 한 명씩 고개를 끄덕였다. 그중에 하나가 물었다.

"그럼 다른 여자가 김순자 행세를 하고 있단 말인가요?"

"그래. 아주 오랫동안. 그러니까 플라스틱 주민등록증 발급을 못 받은 거야. 원장의 사진과 지문을 대조하면 다른 사람인 게 드러날 테니까. 운전면허증으로 신분증을 대신하고 살았겠지. 그러니까 나이도 고향도 실제 김순자와는 달랐던 거야!"

**

"우돌아, 내는……."

김순자가 풋, 하고 자조의 웃음을 흘렸다.

30여 년간 쌓여온 피로가 이제 그 끝을 맞이하고 있었다. 김순자는 공포를 잊었다. 우돌은 곧 떠날 것이고, 아마도 우돌이 자신을 찾아온 마지막 손님이 되리라. 안방 금고 안에 임계숙에게 쓰고 남은 게 있었다. 도금공장에 다녔던 남편 생전에 도금 과정에서 재료로 쓰는 청산가리 고형물을 얻어다 놓았다. 양은 충분할 것이다.

"김옥자라는 사람을 피해 떠난 기다."

라고 말한 뒤 김순자는 빠질 것처럼 아픈 두 눈을 양 손바닥으로 꾹꾹 눌렀다.

　좀 더 일찍 떠나야 했다. 임계숙으로부터 임계숙의 고모님과 김옥자가 동향이라는 사실을 들었을 때, 즉각 짐을 쌌어야 했다. 비밀을 지켜주겠다던 임계숙의 약속과 사탕 같은 위로를 쉽게 믿는 것이 아니었다. 비밀을 담보로 은근슬쩍 돈을 갈취하는 것보다 더 견디기 힘들었던 건 짐승 보듯 깔보는 시선이었다.

　외사촌 남매끼리 상피 붙은 집.

　동네 망신으로 파다하게 퍼진 소문이 연고를 타고 시골 뜨내기들이 모여 사는 서울의 한 다가구 주택에도 파고들었다. 그 소문을 주워들은 사람이 하필이면 임계숙이었다.

　그래, 짐승들은 지 애미하고도 한다드라.

　원하는 걸 들어주지 않을 때 툭툭 뱉곤 하던 임계숙의 그 말. 자기에게도 맘 놓고 혐오할 대상이 있다는 사실이 무척 마음에 들었는지 임계숙은 철저히 비밀을 지켜주며 괴롭혔다. 처음엔 비밀을 지켜주는 것만 해도 고맙고 심지어 의지하고픈 마음까지 들어서 그 음흉한 속내를 알지 못했다.

　29년 만에 임계숙이 다시 눈앞에 나타났을 때 얼마나 놀랐던지. 비참한 생활의 막다른 길 낭떠러지에 있던 임계숙은 자기 인생에서 두 번 다시는 못 구할 돈줄을 발견하고 흥분했다. 천성은 나쁜 쪽으로 더욱 굳어져 있었다. 술에 찌들어 총기는 잃었지만 교활함은 배가 되었다. 아무렇지도 않게 돈을 요구했고 앞으로도 계속 요구할 심산이라는 게 뻔히 보였다.

그러나, 임계숙이 의철과 마주치지 않았더라면. 의철을 보고 반기며 김순자에게 은근한 협박을 하지 않았더라면, 자신의 요구에 응하지 않으면 의철에게 부모의 비밀을 폭로할 것처럼 위험하게 굴지 않았더라면. 김순자도 극단적인 선택을 하지는 않았을 것이다. 임계숙은 건드려서는 안 될 치명적인 선을 넘고 말았다. 의철은 김순자에게 절대적으로 지켜야 할 비밀의 선이었다. 너무나 맹목적으로 지켜왔기에 그것이 위협받았을 때 김순자는 다른 생각을 하지 못했다.

"그게…… 무슨 말씀이세요?"

선문답 같은 김순자의 말에 우돌이 난처해하며 물었다.

"우돌아. 안채에 황미자라고, 수빈이는 '긴 머리 언니'라고 불렀던, 그 사람 기억나나? 황경자 언니."

"네……. 그런 분이 있었던 건 기억나는데……."

김순자는 고개를 한쪽으로 꼬며 피식, 웃었다.

"우리 신랑이 그때 그 사람하고 바람이 났단다."

"……"

"그래서 신랑을 내쫓아삐렸다. 다른 사람들에게는 지방에 일하러 갔다카고."

"어쩌다가……."

"그때 황미자 가가 무슨 공장에서 경리를 봤는데. 우리 신랑이 일하던 공사장 함바집에서 밥 먹다 밖에서 만난 모양이드라."

외사촌 오빠이자 남편이었던 사람. 외사촌이었지만 친남매처럼 서로 닮은 것이 둘이 쌓은 죄의 증거인 것 같아 서로의 얼굴을 볼 때마다 문득문득 두려웠던 사람. 이귀철이 외도를 고백했을 때 김순자는 그야말로 하늘이 무너지는 기분이었다. 부모형제와 고향, 모든 걸 버리고 선택한 남편의 배신은 당시 김순자에게는 죽음과도 같았다. 둘 사이를 오갈 데 없이 얽어맨 둘만의 비밀, 그 비밀이 남편을 숨 막히게 했고 그것이 인생을 통틀어 단 한 번의 외도를 저지르게 했다는 것을 나중에는 이해했지만 그때는 아니었다.

그러나 배 속에 아이가 있었다. 남편이 집을 나가고 난 뒤 알았다. 김순자는 선택을 해야 했다. 아이를 지울 것인지 낳을 것인지. 남편을 용서하고 함께 둘의 아이를 키울 것인지. 혼인신고도 못 하는 부모지만 둘이 함께 쌓은 업을 체념하고 어쨌거나 같이 책임져나갈 것인지.

후자를 선택하는 것과 동시에 김순자는 남편이 외도한 그 집을, 소름끼치는 협박자 임계숙을, 그리고 '김옥자'란 이름을 함께 버리기로 했다.

"남편분의 외도 때문에 떠나셨던 거군요. 그 집 안의 여자와 그렇게 됐으니……."

우돌은 김순자가 말한 선에서 납득하는 모양이었다.

마주 본 두 사람은 서로 다른 의미로 고개를 끄덕였다.

그 집을 떠나고 김옥자는 김순자로 다시 태어났다. 새로 찾은 집 근처에서 보육원 출신이라는 김순자란 처녀를 만나 친구가 되었다. 김순자는 김옥자보다 세 살 어린 동생이었는데, 겨우 스무 살 나이에 깊은 병이 들어 죽어가고 있었다. 부부는 김순자의 가는 길을 돌봐주었다. 부부의 비밀을 안 김순자도 자기 죽음 이후의 처리에 동의해주었다. 김순자가 죽자, 부부는 '김옥자'를 땅에 묻고, '김순자'란 그 이름을 얻었다.

"그래도 말이에요……."

우돌이 자리에서 일어서며 말했다. 두 눈이 촉촉이 젖어 있었다. 한때 '김옥자'였던 김순자의 눈에 그는 일곱 살 어린아이와 다름없었다.

"다행이에요. 단 한 사람이라도…… 모른 척하지 않았잖아요. 편지를, 남겨주셨으니까요."

우돌은 다시 제 문제로 돌아와 있었다. 김순자는 씁쓸하게 웃었다.

"정말 다행이에요. 모두가 다 몰랐다면, 알고도 숨겼다면, 알고도 모른 척했다면…… 그 일은 없었던 일인 거잖아요. 내가 나 자신을 의심해야 했겠죠."

고맙습니다.

김순자가 마지막으로 들은 말은 고맙습니다, 라는 말이었다.

***

조남칠 형사도 후배 형사들을 따라 형사기동대 차량에 올라

탔다.

거친 눈이 형사들이 유니폼처럼 걸쳐 입은 가죽점퍼 위로 툭툭 떨어져 내렸다.

"일단 참고인으로 서까지 임의동행 해. 수상한 점은 신병확보하고 데려와서 묻자고. 주소가 상계동이라고 했지?"

조 형사가 승합차 문을 밀어 닫으며 운전석에 앉은 정 형사에게 말했다. 정 형사가 네, 상계동입니다, 하고 답했다. 조수석에 앉은 백 형사가 내비게이션에 주소를 입력했다. 정 형사가 형사기동대 차량을 출발하며 와이퍼를 작동시켰다.

조 형사는 팔짱을 끼고 좌석에 깊숙이 기대앉았다. 관악구에서 제법 시간이 걸리는 거리였다. 김순자가 집에 있기를, 그리고 너무 늦지 않았기를 빌었다.

"소문난 밥도둑?"

덩치 큰 백 형사가 조수석에서 커다란 머리를 갸우뚱거렸다.

물음표가 달린 백 형사의 말이 조 형사의 예민한 신경을 긁었다.

"뭐야. 왜 그래?"

"여기가 식당인가 본데요. 주소를 찍으니까 소문난 밥도둑이라고 뜨네요."

형사들이 탄 차량이 관악경찰서 정문을 통과하여 도로로 접어들었다.

차는 서울의 북쪽을 향하여 회색빛 눈이 내리는 길을 뚫고 나아갔다.

다시, 프롤로그

"우리 어렸을 적 살던 집 이야기를 쓸 거야. 커다란 라일락 나무가 있던 그 집."

수빈이 말하며 우돌의 품에 파고들었다. 동시에 흩어진 이불을 끌어당겨 가슴팍에 뭉쳐 안았다. 수빈과 우돌의 맨다리가 이불 밖으로 드러났다. 약 두 달 전, 수빈의 오피스텔 안이었다.

두 연인은 서로 발장난을 치며 일곱 살 적, 그 집에 살던 사람들에 대하여 열거해보았다. 매니큐어를 바른 수빈의 발가락이 털투성이 종아리를 꼬집기 위해 달려들었다. 우돌이 다른 쪽 다리를 툭 내리뻗어 수빈의 발재간을 쉽게 제압했다.

"너, 나 쌍코피 터트렸었어."

발을 묶인 수빈이 즉시 우돌의 젖꼭지를 비틀었다.

"아이구야. 내가 뭘!"

우돌이 손바닥으로 가슴팍을 비비며 죽는소리를 냈다.

"우리 오빠랑 우영이랑 다 같이 야구 하면서 말이야. 나보곤 여자니까 포수를 하라고 했잖아. 그러고는 네가 빨래방망이 휘둘러서 뒤에 있던 내 코에 딱 맞았다고! 내 평생 쌍코피는 그때가 처음이자 마지막이야."

"기억 안 나. 수혁이 형이 그런 거 아니야?"

"아니. 수혁 오빠는 그 공으로 혼자 놀다가 변소 창문을 깨뜨렸지."

둘의 회상은 자연스럽게 그 집에 단 하나뿐이었던 재래식 옥외 변소로 나아갔다. 여덟 살 때 그 집을 떠나 대전에 지은 새 집으로 이사 가서 수빈은 집 안에 화장실이 있는 걸 보고 깜짝 놀랐다. 변소는 당연히 집 바깥에 있어야 하는 것으로 알았던 것이다. 의자처럼 생긴 변기에 앉아서 볼일을 보고 한 번 볼일을 볼 때마다 물과 함께 배설물을 어딘가로 씻겨 내려 보내는 수세식 화장실이라는 것도 너무 생소해서 편리한 줄을 몰랐다.

재래식 변소의 통이 가득 차면 정화조 청소차를 불렀다. 골목으로 정화조 청소차가 지나가면 아이들까지 '똥차'라고 소리치며 코를 싸쥐고 깔보았다. 청소차 아저씨들은 차체에 감긴 두꺼운 호스를 풀어 변소까지 끌고 와 변소통으로 흡입구를 들이밀었다. 변소통이 어느 정도 바닥을 보이면 통 안쪽을 씻어낼 물이 필요했다. 문간방에 살던 총각이 별채 앞 수돗가에서 세숫대야에 물을 받아 청소차 아저씨에게 날라다 주곤 했다. 총각은 말없이 세숫대야를 제자리에 갖다놓고 아무 데나 걸터앉아 담배를 피워 물었다.

별채 앞 수돗가는 별채에 사는 우돌 우영 형제네와 신혼부부가 주로 사용했다. 여름이면 우돌 우영 형제가 한가득 물을 받아놓은 붉은 고무 다라이에 벌거벗고 뛰어들었다. 늦은 저녁 일하고 들어온 새신랑은 수돗가에 무릎을 펴고 엎드려 등목을 했다. 새댁이 남편의 벗은 등 위로 펌프질로 뽑아 올린 차가운 물을 부으면 새신랑은 푸아푸아, 목을 타고 입으로 들어오는 물을 불어내며 몸을 떨었다.

가을날 화단 앞 빨랫줄에 빨래를 널면 주홍색 나일론 줄에 앉아 있던 잠자리가 날아올랐다가 슬금슬금 눈치 보며 바지랑대 끄트머리로 내려앉았다. 과일장수 아주머니가 잠자리를 잡아 목을 빼고 선 아이들에게 한 마리씩 건넸다. 아이들 손에 날개가 눅눅해진 잠자리는 놓아줘도 날지를 못하게 되곤 했다.

라일락 나무 앞엔 평상을 놓았다. 안채 언니들이 과일 깎은 것이나 부엌에서 요령껏 만든 음식들을 평상에 갖다 놓고 모여 앉아 종종 수다를 떨었다. 수빈의 엄마도 아궁이에 구운 카스텔라를 은박지에 싸 들고 같이 끼어들었다. 심부름 갔던 안채 큰아이 현수혁이 헐떡거리며 들어와 고양이 장난감 재료가 가득 든 봉투를 마루에 던져놓기 무섭게 다시 하늘색 대문 밖으로 뛰어나갔다. 어느 겨울날, 그 하늘색 대문으로 수빈의 아빠가 플라스틱 크리스마스트리를 어깨에 메고 선물을 손에 주렁주렁 든 채 환하게 웃으며 들어왔다.

수빈과 우돌의 회상은 끝을 모르고 신 나게 나아갔다. 갈수록 추가되는 등장인물들이 와글와글 제 목소리를 내며 떠들었다. 수빈이 소리쳤다.

"이런 젠장! 도대체 그 집에 몇 명이 살았던 거야? 계딱지만 한 집에?"

"몰랐어? 그게 바로 1980년대의 미스터리야."

〈끝〉

라일락 붉게 피던 집

2014년 5월 30일 초판 1쇄 발행
2021년 8월 25일 초판 3쇄 발행

지은이 | 송시우
발행인 | 윤호권 박헌용
본부장 | 김경섭

발행처 | (주)시공사
출판등록 | 1989년 5월 10일(제3-248호)

주소 | 서울특별시 성동구 상원1길 22 7층(우편번호 04779)
전화 | 편집(02)2046-2869·마케팅(02)2046-2800
팩스 | 편집·마케팅(02)585-1755
홈페이지 www.sigongsa.com

ISBN   978-89-527-7140-7 03810